Paul Heyse

Neue Novellen

Paul Heyse

Neue Novellen

ISBN/EAN: 9783741125232

Hergestellt in Europa, USA, Kanada, Australien, Japan

Cover: Foto ©Andreas Hilbeck / pixelio.de

Manufactured and distributed by brebook publishing software
(www.brebook.com)

Paul Heyse

Neue Novellen

Neue Novellen

von

Paul Heyse.

Vierte Auflage.

Stuttgart.

Verlag der J. G. Cotta'schen Buchhandlung.

1864.

Meinem lieben Freunde

Moritz Lazarus

in treuer Gesinnung

zugeeignet.

Das Mädchen von Treppi.

1855.

Das Mädchen von Treppi.

1855.

Auf der Höhe des Apennin, wo er sich zwischen Toscana und dem nördlichen Theil des Kirchenstaats hinzieht, liegt ein einsames Hirtendorf, Treppi genannt. Die Pfade, die hinaufführen, sind für Wagen unzugänglich. Viele Stunden weiter nach Süden in großem Umweg überschreitet die Straße der Posten und Vetturine das Gebirge. Treppi vorüber ziehen nur Bauern, die mit den Hirten zu handeln haben, selten ein Maler oder ein landstraßenscheuer Fußwanderer, und in den Nächten die Schmuggler mit ihren Saumthieren, die das öde Dorf, wo sie kurze Rast machen, auf noch viel rauheren Felswegen zu erreichen wissen, als alle Andern.

Es war erst gegen die Mitte des Octobers, eine Zeit, wo die Nächte in dieser Höhe noch von großer Klarheit zu sein pflegen. Heute aber hatte sich nach dem sonnenheißen Tage ein feiner Nebel aus den Schluchten heraufgewälzt und breitete sich langsam über die edelgeformten nackten Felszüge

des Hochlandes. Es mochte gegen neun Uhr Abends
sein. In den zerstreuten niedrigen Steinhütten,
die über Tag nur von den ältesten Weibern und
jüngsten Kindern bewacht werden, glimmen nur
noch schwache Feuerscheine. Um die Herde, über
denen die großen Kessel wankten, lagen die Hirten
mit ihren Familien und schliefen; die Hunde hatten
sich in die Asche gestreckt; eine schlaflose Großmutter
saß wohl noch auf einem Haufen Felle und bewegte mechanisch die Spindel hin und her, Gebete
murmelnd, oder ein unruhig schlafendes Kind im
Korbe schaukelnd. Die Nachtluft zog feucht und
herbstlich durch die handgroßen Lücken in der Mauer,
und der Rauch der ruhig ausbrennenden Herd-
flamme, der jetzt vom Nebel gedrängt wurde, schlug
schwerfällig zurück und floß an der Decke der Hütte
hin, ohne daß es der Alten beschwerlich ward.
Hernach schlief auch sie mit offenen Augen, so viel
sie konnte.

Nur in einem Hause war noch Bewegung. Es
hatte auch nur ein Stockwerk wie die andern; aber
die Steine waren besser gefugt, die Thür breiter
und höher, und an das weite Viereck, das die
eigentliche Wohnung ausmachte, lehnten sich mancherlei Schuppen, angebaute Kammern, Ställe und
ein gut gemauerter Backofen. Vor der Hausthür
stand ein Trupp beladener Pferde, denen ein Bursch
eben die geleerten Krippen wegriß, während sechs

bis sieben bewaffnete Männer aus dem Hause traten, in den Nebel hinaus, und eilig ihre Thiere rüsteten. Ein uralter Hund, der neben der Thür lag, bewegte nur leicht den Schweif, als sie aufbrachen. Dann erhob er sich müde von der Erde und ging langsam in das Innere der Hütte, wo das Feuer noch hell brannte. Am Herde stand seine Herrin, dem Feuer zugewendet, die stattliche Gestalt regungslos, die Arme an den Hüften herabhangend. Als der Hund mit der Schnauze sanft gegen ihre Hand rührte, wandte sie sich, als schrecke sie aus Träumen auf. „Fuoco,“ sagte sie, „mein armes Thier, geh schlafen, du bist krank!“ — Der Hund winselte und bewegte den Schweif dankbar. Dann kroch er auf ein altes Fell neben dem Herd und streckte sich hustend und winselnd nieder.

Indessen waren auch einige Knechte hereingekommen und hatten sich um den großen Tisch an die Schüssel gesetzt, welche die abziehenden Schmuggler so eben verlassen hatten. Eine alte Magd füllte sie aus dem großen Kessel von Neuem mit Polenta und setzte sich nun ebenfalls mit ihrem Löffel zu den Andern. Während sie aßen, wurde kein Wort laut: die Flamme knisterte, der Hund stöhnte heiser aus dem Schlaf, das ernsthafte Mädchen saß auf den Steinplatten des Herdes, ließ das Schüsselchen mit der Polenta, das ihr die Magd besonders hingestellt hatte, unberührt und

sah in der Halle umher, ohne Gedanken in sich
versunken. Vor der Thür stand der Nebel jetzt
schon wie eine weiße Wand. Aber zugleich ging
der halbe Mond eben hinter dem Rand des Felsens
in die Höhe.

Da kam es wie Hufschlag und Menschentritte
die Straße herauf. — „Pietro!“ rief die junge
Hausherrin mit ruhig erinnerndem Ton. Ein langer
Bursch stand augenblicklich vom Tische auf und
verschwand im Nebel.

Man hörte jetzt die Schritte und Stimmen
näher, endlich hielt das Pferd am Hause. Noch
eine Weile, so erschienen drei Männer unter der
Thür und traten mit kurzem Gruß ein. Pietro
näherte sich dem Mädchen, das theilnahmlos in die
Flamme sah. „Es sind Zwei von Porretta,“ sagte
er ihr, „ohne Waaren: sie führen einen Signore
über die Berge, der seine Pässe nicht in Ordnung hat.“

„Nina!“ rief das Mädchen. Die alte Magd
stand auf und kam an den Herd.

„Das ist's nicht allein, daß sie essen wollen,
Padrona,“ fuhr der Bursch fort. „Ob der Herr
ein Lager haben kann für die Nacht. Er will nicht
weiter vor Tagesanbruch.“

„Mach' ihm eine Streu in der Kammer.“ Pietro
nickte und ging wieder an den Tisch.

Die Drei hatten Platz genommen, ohne daß

die Knechte sie einer besondern Aufmerksamkeit würdigten. Es waren zwei Contrabbandieri, wohlbewaffnet, die Jacken leicht übergeworfen, die Hüte tief über die Stirn gedrückt. Sie nickten den Andern zu, wie guten Bekannten, und nachdem sie ihrem Begleiter einen breiten Platz eingeräumt hatten, schlugen sie das Kreuz und aßen.

Der Signore, der mit ihnen gekommen, aß nicht. Er nahm den Hut von der hohen Stirn, strich mit der Hand durchs Haar und ließ die Augen über den Ort und die Gesellschaft schweifen. An den Wänden las er die mit Kohle gemalten frommen Sprüche, sah im Winkel das Madonnenbild mit dem Lämpchen, daneben die Hühner, die auf der Stange schliefen, dann die Maiskolben, die auf Schnüre gereiht an der Decke hingen, ein Brett mit Krügen und Korbflaschen, übereinandergeschichtete Felle und Körbe. Das Mädchen am Herd fesselte endlich seine unruhigen Augen. Das dunkle Profil zeichnete sich streng und schön gegen das flackernde Roth des Herdfeuers, ein großes Nest schwarzer Flechten lag tief auf dem Nacken, die Hände hatte sie in einander verschränkt auf das eine Knie gelegt, während der andere Fuß auf dem Felsboden des Gemachs ruhte. Wie alt sie sein mochte, konnte er nicht errathen. Doch sah er an ihrem Gebahren, daß sie die Wirthin des Hauses war.

„Habt Ihr Wein im Hause, Padrona?“ fragte

er endlich. Er hatte diese Worte kaum gesagt, als das Mädchen wie vom Blitz gestreift emporfuhr und aufrecht neben dem Herde stand, mit beiden Armen sich auf die Platten stützend. In demselben Augenblick fuhr der Hund aus dem Schlafe auf. Ein wildes Murren brach aus seiner keuchenden Brust vor. Der Fremde sah plötzlich vier funkelnde Augen auf sich gerichtet.

„Darf man nicht fragen, ob Ihr Wein im Hause habt, Padrona?" wiederholte er jetzt. Noch aber hatte er das letzte Wort nicht geredet, als der Hund in unerklärlicher Wuth laut heulend auf ihn zusprang, ihm den Mantel mit den Zähnen von der Schulter riß und von Neuem gegen ihn losgesprungen wäre, wenn nicht ein scharfer Ruf seiner Herrin ihn gebändigt hätte.

„Zurück, Fuoco, zurück! Friede, Friede!" — Der Hund stand mitten im Zimmer, heftig mit dem Schweife schlagend, den Fremden unverwandt im Auge. — „Schließ ihn in den Stall, Pietro!" sagte das Mädchen halblaut. Sie stand noch immer wie erstarrt am Herde und wiederholte den Befehl, als Pietro zauderte. Denn seit langen Jahren war der nächtliche Platz des alten Thiers neben dem Herde gewesen. Die Knechte flüsterten untereinander, der Hund folgte widerwillig, und sein Heulen und Winseln drang schauerlich von draußen herein, bis es vor Erschöpfung nachzulassen schien.

Indessen hatte die Magd auf einen Wink der
Wirthin Wein gebracht. Der Fremde trank, reichte
den Becher seinen Begleitern und sann in Stillen
über den wunderlichen Aufruhr nach, den er un-
wissentlich angestiftet. Ein Knecht nach dem andern
legte den Löffel nieder und ging mit einem „Gute
Nacht, Padrona!“ hinaus. Zuletzt waren die Drei
mit der Wirthin und der alten Magd allein.

„Die Sonne geht um vier Uhr auf,“ sagte der
eine Schmuggler halblaut zu dem Fremden. „Eccellenza braucht nicht früher aufzubrechen, um bei
guter Zeit in Pistoja zu sein. Es ist auch wegen
des Pferdes, das seine sechs Stunden stehen muß.“

„Es ist gut, meine Freunde. Geht und schlaft!“

„Wir werden Euch wecken, Eccellenza.“

„Auf alle Fälle,“ erwiederte der Fremde. „Ob-
wohl die Madonna weiß, daß ich nicht oft sechs
Stunden in Einem Strich schlafe. Gute Nacht,
Carlone; gute Nacht, Meister Baccio!“

Die Leute rückten ehrerbietig die Hüte und standen auf. Der Eine ging nach dem Herd und
sagte: „Ich habe einen Gruß, Padrona, vom Co-
stanze aus Bologna, und ob es bei Euch war, wo
er sein Messer hat liegen lassen letzten Samstag.“

„Nein,“ sagte sie kurz und ungeduldig.

„Ihr hätter's ihm wohl wieder zurückgeschickt,“
sagte ich ihm, „wenn's hier gewesen wäre. Und
dann —“

„Nina," unterbrach sie ihn, „zeige ihnen den Weg in die Kammer, wenn sie ihn vergessen haben."

Die Magd stand auf. „Ich wollte nur noch sagen, Padrona," fuhr der Mann mit großer Ruhe und leisem Zwinkern der Augen fort, „daß dieser Herr dort das Geld nicht ansähe, wenn Ihr ihm ein sanfteres Bette machtet, als unsereinem. Das wollt' ich Euch sagen, Padrona, und nun schenk' Euch die Madonna eine gute Nacht, Signora Fenice!"

Damit wandte er sich zu seinem Gesellen, neigte sich, wie dieser, vor dem Bilde in der Ecke, bekreuzte sich, und Beide verließen mit der Magd das Gemach. „Gute Nacht, Nina!" rief das Mädchen. Die Alte wandte sich noch auf der Schwelle und machte ein fragendes Zeichen, zog dann aber rasch und gehorsam die Thüre hinter sich zu.

Sie waren kaum allein, als Fenice eine Messinglampe, die seitwärts am Herde stand, ergriff und hastig anzündete. Das Herdfeuer erlosch mehr und mehr, die drei rothen Flämmchen der Lampe erhellten nur einen kleinen Theil des weiten Raumes. Es schien, als habe die Dunkelheit den Fremden schläfrig gemacht, denn er saß am Tische, den Kopf auf die Arme gelegt, den Mantel dicht um sich gezogen, als gedenke er so die Nacht zuzubringen. Da hörte er seinen Namen rufen und sah empor. Die Lampe brannte vor ihm auf dem Tisch, ihm gegenüber stand die junge Wirthin, die ihn gerufen hatte. Ihr Blick traf den seinen mit großer Gewalt.

„Filippo,“ sagte sie, „kennt Ihr mich nicht mehr?“

Er sah eine Zeit lang forschend in das schöne Gesicht, das vom Schein der Lampe glühte und mehr noch von der Angst, welche Antwort ihrer Frage werden würde. Das Gesicht war wohl des Wiedererinnerns werth. Die weichen langen Augenwimper sanftigten, wie sie langsam auf und nieder gingen, die Strenge der Stirn und der schmalgeformten Nase. Der Mund blühte in der röthesten Jugend; nur hatte er, wenn er schwieg, einen Zug von Entsagung, Schmerz und Wildheit, dem die schwarzen Augen nicht widersprachen. Jetzt erst, als sie am Tische stand, zeigte sich auch der herbe Reiz der Gestalt, besonders die Schönheit des Nackens und Halses. Und dennoch sprach Filippo nach einigem Besinnen:

„Ich kenne Euch wahrlich nicht, Padrona!“

„Es ist nicht möglich,“ sagte sie mit einem wunderbar tiefen Ton der Gewißheit. Ihr habt ja sieben Jahre Zeit gehabt, mich im Sinn zu behalten. Das ist lang; da kann ein Bild sich schön einprägen.“

Das seltsame Wort schien ihn jetzt erst völlig aus seinen besondern Gedanken loszumachen. „Ja, Mädchen,“ sagte er, „wer sieben Jahre zu nichts

Andern anwendet, als einem schönen Mädchenkopf
nachzudenken, der muß ihn wohl zuletzt auswendig
wissen."

„Ja," sagte sie nachdenklich, „so ist es, so
sagtet Ihr auch damals, daß Ihr an nichts an=
deres denken würdet."

„Vor sieben Jahren? So war ich noch ein
scherzhafter Mensch vor sieben Jahren. Und du hast
das im Ernst geglaubt?"

Sie nickte dreimal sehr ernsthaft. „Warum sollte
ich nicht? Ich habe es ja an mir selbst erfahren,
daß Ihr Recht hattet."

„Kind," sagte er mit einer gutmüthigen Miene,
die seinen entschiedenen Zügen wohlstand, „das
thut mir leid. Vor sieben Jahren dacht' ich wohl
noch, es wüßten es alle Weiber, daß zärtliche
Männerworte nicht viel mehr werth sind als Spiel=
marken, die man freilich gelegentlich gegen klingen=
des Gold umwechselt, wenn es ausdrücklich aus=
gemacht ist. Was dacht' ich nicht Alles vor sieben
Jahren von euch Weibern! Jetzt denk' ich, ehrlich
gesagt, selten an euch. Liebes Kind, man hat so
viel Wichtigeres zu denken."

Sie schwieg, als ob sie das Alles nicht verstünde
und ruhig abwarten wollte, bis er etwas sagte,
was sie wirklich anging.

„Es dämmert jetzt freilich in mir auf," sagte
er nach einigem Sinnen, „daß ich diesen Theil des

Gebirges schon einmal durchwandert habe. Ich hätte auch vielleicht das Dorf und dieses Haus wieder erkannt, ohne den Nebel. Ja, ja, es war allerdings vor sieben Jahren, wo mich der Arzt in die Berge schickte, und ich wie ein Narr die steilsten Wege auf und ab stürmte.“

„Ich wußte es wohl,“ sagte sie, und ein rührender Glanz der Freude erschien auf ihren Lippen, „ich wußte es wohl, Ihr könntet es nicht vergessen haben. Hat es doch der Hund, der Fuoco nicht vergessen, auch nicht seinen alten Haß auf Euch von damals, — noch ich — meine alte Liebe.“

Das sagte sie mit so großer Festigkeit und Heiterkeit, daß er immer erstaunter zu ihr aufsah. „Ich besinne mich nun auch auf ein Mädchen,“ sagte er, „das ich einmal auf der Höhe des Apennin traf, und das mich zu seinen Eltern nach Hause brachte. Ich hätte sonst die Nacht auf den Klippen zubringen müssen. Ich weiß auch, daß sie mir gefiel —“

„Ja,“ unterbrach sie ihn, „sehr!“

„Aber ich gefiel dem Mädchen nicht. Ich hatte ein langes Gespräch mit ihr, zu dem sie nicht viel über zehn Worte beisteuerte. Als ich ihr endlich das schlafende finstre Mündchen mit einem Kuß aufzuwecken dachte — ich sehe sie noch, wie sie von mir weg auf die Seite sprang und mit jeder Hand einen Stein aufhob, daß ich kaum ungesteinigt davon kam. Wenn du jenes Mädchen

bist, wie kannst du von deiner alten Liebe zu mir
reden?“

„Ich war funfzehn Jahr, Filippo, und schämte
mich sehr. Ich war immer so trotzig gewesen und
allein, und wußte mich nicht auszudrücken. Und
dann hatte ich Furcht vor den Eltern, die lebten
damals noch, wie Ihr wissen werdet. Mein Vater
hatte die vielen Hirten und Heerden, und hier die
Schenke. Es ist seitdem nicht viel anders geworden.
Nur, daß er nicht mehr hier schaltet und schilt — seine
Seele sei im Paradiese! Und vor der Mutter schämte
ich mich am meisten. Wißt Ihr noch, gerade an
demselben Fleck saßet Ihr damals, Ihr lobtet noch
den Wein, den wir von Pistoja hatten. Mehr hörte
ich nicht, die Mutter sah mich scharf an, da ging
ich hinaus und stellte mich hinter das Fenster, um
Euch noch betrachten zu können. Ihr waret jünger,
natürlich, aber nicht schöner. Ihr habt noch heut
dieselben Augen, mit denen Ihr damals gewinnen konntet, wen Ihr wolltet; und dieselbe dunkle
Stimme, die den Hund so aufbrachte vor Eifersucht, armes Thier! Bisher hatte ich ihn allein
geliebt. Er merkte wohl, daß ich Euch mehr liebte,
er merkte es besser als Ihr selbst.“

„Richtig,“ sagte er, „er war in jener Nacht wie
unsinnig. Eine wunderliche Nacht! Du hattest mir’s
doch sehr angethan, Fenice. Ich weiß, daß ich keine
Ruhe hatte, als du gar nicht wieder ins Haus

zurückkommen wolltest, daß ich aufstand und dich
draußen suchte. Dein weißes Kopftuch sah ich, und
dann nichts mehr von dir, denn du sprangst in
die Kammer neben dem Stall.“

„Das war meine Schlafkammer, Filippo. Da
durftet Ihr doch nicht hinein.“

„Aber ich wollt' es. Ich weiß noch, wie lange
ich stand und redt' und bettelte, der schlechte Ge-
sell, der ich war, und meinte, der Kopf müsse mir
springen, wenn ich dich nicht noch einmal sähe.“

„Der Kopf? Nein, das Herz, sagtet Ihr. Ich
weiß sie noch alle wohl, die Worte, alle!“

Und wolltest doch damals nichts von ihnen
wissen.“

„Mir war zu Muth wie zum Sterben. Ich
stand im hintersten Winkel und dachte, wenn ich
mir nur das Herz fassen könnte, an die Thüre zu
schleichen, den Mund an die Spalte zu legen,
durch die Ihr spracht, daß ich den Hauch empfunden hätte.“

„Thörichte verliebte Jugend! Wäre deine Mutter
nicht gekommen, ich stände wohl noch da: du hättest
denn inzwischen aufgemacht. Ich schäme mich jetzt
beinahe, wie ich im hellen Aerger und Grimm
davonging und die Nacht hindurch einen langen
Traum von dir hatte.“

„Ich habe im Finstern gesessen und gewacht,“
sagte sie. „Gegen Morgen überfiel mich ein Schlaf,

und als ich auffuhr und in die Sonne sah — wo
wart Ihr? Es sagte mir's Keiner und fragen
konnt' ich nicht. Ich hatte einen solchen Haß, ein
menschliches Gesicht zu sehen, als hätten sie Euch
umgebracht, damit ich Euch nur nicht mehr sähe.
Ich lief fort, wie ich ging und stand, die Berge
auf und ab, zuweilen schrie ich nach Euch, zuweilen
verwünschte ich Euch, denn um Euch konnte ich nun
keinen Menschen mehr lieben. Am Ende kam ich
unten in der Ebene an, da erschrak ich und kehrte
wieder um. Zwei Tage war ich weg gewesen. Der
Vater schlug mich, als ich wiederkam, und die
Mutter sprach nicht mit mir. Sie wußten wohl,
warum ich weggelaufen war. Nur der Hund war
mit mir gewesen, der Fuoco; aber wenn ich Euern
Namen rief in der Einsamkeit, heulte er."

Es entstand eine Pause, in der die Blicke der
beiden Menschen auf einander ruhten. Dann sagte
Filippo: „Wie lange sind deine Eltern nun todt?"

„Drei Jahr. Sie starben beide in derselben
Woche — ihre Seelen seien im Paradiese! Dann
bin ich nach Florenz gegangen."

„Nach Florenz?"

„Ja. Ihr sagtet ja, Ihr wäret aus Florenz.
Die Frau des Caffetiere draußen bei San Miniato,
an die wiesen mich welche von den Contrabbandieri.
Einen Monat habe ich da gelebt und sie alle Tage
in die Stadt geschickt, nach Euch zu fragen. Abends

ging ich selbst hinunter und suchte Euch. Am Ende
hörten wir, daß Ihr längst fortgezogen. Keiner
wollte recht wissen, wohin."

Filippo stand auf und ging mit starken Schritten
durch das Gemach. Fenice wandte sich nach ihm,
ihr Blick folgte ihm, doch verrieth sie keine Spur
einer ähnlichen Unruhe, wie sie ihn umhertrieb.
Er kam endlich auf sie zu, sah sie eine Weile an
und sagte dann: „Und wozu gestehst du mir das
Alles, la Peveretta?"

„Ich habe sieben Jahre Zeit gehabt, mir einen
Muth dazu zu fassen. Ach, wenn ich es Euch damals gestanden hätte, es hätte mich nicht so unglücklich gemacht, dieses feige Herz. Aber ich wußte,
daß Ihr wiederkommen mußtet, Filippo: nur daß
es so lange dauerte, das hatte ich nicht gedacht,
das that mir weh. — Ein Kind bin ich, so zu
sprechen. Was kümmert mich, was nun vorüber
ist? Filippo, da seid Ihr, und hier bin ich und
bin Euer, ewig, ewig!" — --

„Liebes Kind!" sagte er leise und verschwieg
dann wieder, was er auf der Zunge hatte. Sie
empfand es aber nicht, daß er so nachdenklich und
schweigsam vor ihr stand und über ihre Stirn weg
auf die Wand starrte. Sie sprach ruhig weiter; es
war, als wären ihr ihre Worte seit lange bekannt, als
habe sie sich tausendmal im Stillen vorgestellt: Er
wird kommen, und das und das wirst du ihm sagen.

„Ich habe schon Viele heirathen sollen, hier oben, und als ich in Florenz war. Ich wollte nur dich. Wenn mich einer bat und sagte mir süße Reden, gleich war deine Stimme da, aus jener Nacht, deine Reden, die süßer waren, als alle Worte unterm Monde. Seit manchem Jahr lassen sie mich in Ruh, obwohl ich noch nicht alt bin und so schön, wie ich immer war. Es ist, als ob sie Alle wüßten, daß du nun bald kommen würdest.“ — Dann wieder:

„Wo willst du mich nun hinführen? Willst du hier oben bleiben? Nein, es taugt nicht für dich. Seit ich in Florenz war, weiß ich, daß es traurig auf dem Gebirge ist. Wir wollen das Haus und die Heerden verkaufen, dann bin ich reich. Ich habe das wilde Wesen mit den Leuten hier satt. In Florenz mußten sie mich Alles lehren, was eine Städterin braucht, und sie verwunderten sich, wie rasch ich Jedes begriff. Freilich, ich hatte nicht viel Zeit, und alle Träume sagten mir, daß es hier oben sein würde, wo du mich zu suchen kämest. — Ich habe auch eine Zauberin gefragt, und auch das ist Alles eingetroffen.“

„Und wenn ich nun schon eine Frau hätte?“

Sie sah ihn groß an. „Du willst mich ver=suchen, Filippo! Du hast keine. Auch das hat mir die Strega gesagt. Aber wo du wohnest, das wußte sie nicht.“

„Sie hat Recht gehabt, Fenice, ich habe kein
Weib. Aber woher weiß sie oder du, daß ich je
eins haben will?“

„Wie könntest du mich nicht wollen?“ sagte sie
mit unerschütterlichem Vertrauen.

„Setz dich hier zu mir her, Fenice! Ich habe
dir viel zu sagen. Gieb mir deine Hand: versprich
mir, daß du mich verständig anhören willst bis zu
Ende, meine arme Freundin!“ — Als sie nichts
von dem Allen that, fuhr er mit klopfendem Herzen
fort, vor ihr stehen bleibend und das Auge traurig
auf sie geheftet, während das ihrige wie in Ahnun-
gen, die ihr ans Leben gingen, bald geschlossen
war, bald am Boden hin irrte.

„Ich habe schon vor Jahren aus Florenz fliehen
müssen,“ erzählte er. „Du weißt, da waren jene
politischen Tumulte, die so lange hin und her
schwankten. Ich bin Advocat und kenne eine Menge
Menschen, und schreibe und empfange einen großen
Haufen Briefe das Jahr hindurch. Zudem war ich
unabhängig, sagte meine Meinung, wo es noth
that, und wurde verhaßt, obwohl ich die Hände
bei ihrem heimlichen Spiel nie haben mochte. Am
Ende mußte ich auswandern, wenn ich nicht in
endloses Verhör und Gefängniß gehen wollte, ohne
Nutz und Zweck. Ich bin nach Bologna gezogen
und habe für mich gelebt, meine Processe geführt
und wenig Menschen gesehen, am wenigsten Weiber:

denn von dem tollen Burschen, dem du vor sieben
Jahren das Herz schwer machtest, ist nichts mehr
an mir geblieben, als daß mir noch immer der
Kopf, oder, wenn du lieber willst, das Herz sprin=
gen will, wenn ich irgend was nicht bezwingen
kann, freilich heut zu Tage andere Dinge, als den
Riegel an der Kammerthür eines schönen Mädchens.
— Du hast vielleicht gehört, daß es auch in Bo=
logna in der letzten Zeit unruhig geworden ist.
Man hat angesehene Männer verhaftet, darunter
einen, dessen Wege und Stege ich seit Langem
kenne, und weiß, daß seine Seele diesen Dingen
sehr fern war. Denn eine schlechte Regierung bessern
sie damit so wenig, als wenn eine Krankheit unter
euern Schafen ist und ihr schicket den Wolf in den
Stall. Aber was soll das hier? Genug, mein
Freund bat mich, sein Advocat zu sein, und ich ver=
half ihm zur Freiheit. Es war das kaum bekannt
worden, als mich eines Tages ein elender Mensch
auf der Straße anrannte und mich mit Beleidi=
gungen überhäufte. Ich konnte mich nicht anders
von ihm losmachen, als durch einen Stoß gegen
die Brust, denn er war berauscht und keiner Er=
wiederung werth. Kaum hatte ich mich aus dem
Menschenschwarm herausgewunden und war in ein
Café getreten, so kam mir schon ein Verwandter
jenes Menschen nach, nüchtern von Wein, aber
trunken von Gift und Zorn, und stellte mich zur

Rede, daß ich wie ein Ehrloser auf Worte mit
Fäusten geantwortet hätte, statt zu thun, was jeder
Galantuomo gethan haben würde. Ich antwortete
so gemäßigt, wie ich konnte, denn schon durchschaute
ich's, daß Alles eine Veranstaltung der Regierung
war, mich endlich einmal unschädlich zu machen.
Doch gab ein Wort das andere und die Feinde
hatten zuletzt das Spiel gewonnen. Der Andere
gab vor, daß er ins Toscanische hinüber müsse,
und drang darauf, die Sache drüben auszumachen.
Ich ging darauf ein, denn es war Zeit, daß einer
von uns Besonnenen den unruhigen Köpfen bewies,
nicht Mangel an Muth sei die Ursache unserer Zu
rückhaltung, sondern einzig die Hoffnungslosigkeit
aller heimlichen Umtriebe, einer so überlegenen
Macht gegenüber. Als ich aber vorgestern um einen
Paß einkam, wurde er mir verweigert, ohne daß
man sich herabließ, mir einen Grund dafür anzu-
geben; es hieß, so sei der Befehl der obersten Be-
hörden. Es wurde mir klar, daß sie mir ent-
weder den Schimpf zuziehen wollten, das Duell vermieden zu haben, oder mich dazu treiben, mich in
irgend welcher Verkleidung über die Grenze zu
stehlen, wo ich dann sicher von einem Hinterhalt
aufgefangen worden wäre. Dann hätten sie einen
Vorwand gehabt, mir den Proceß zu machen, und
ihn hinzuzerren, so lange es ihnen nützlich erschienen wäre.

„Die Elenden! die Gottlosen!" unterbrach ihn das Mädchen und ballte die Faust.

„So blieb nichts übrig, als mich in Porretta den Contrabbandieri anzuvertrauen. Wir werden morgen, wie sie mir sagen, noch früh Pistoja erreichen. Nachmittags ist das Duell verabredet, in einem Garten vor der Stadt."

Sie ergriff plötzlich heftig seine Hand mit ihren beiden. „Geh nicht hinunter, Filippo," sagte sie. „Sie wollen dich ermorden."

„Gewiß, das wollen sie, Kind, nichts Geringeres. Woher weißt du das aber?"

„Ich sehe es hier und — hier!" Und sie deutete mit dem Finger auf Stirn und Herz.

„Du bist auch eine Zauberin, eine Strega," fuhr er mit Lächeln fort. „Ja wohl, Kind, sie wollen mich morden. Mein Gegner ist der beste Schütze in Toscana. Sie haben mir die Ehre angethan, einen stattlichen Feind gegen mich zu stellen. Nun, ich werde mir auch keine Schande machen. Wer weiß aber, ob Alles mit rechten Dingen zu geht! Wer weiß! Oder hast du auch Zauberkünste, das vorauszusehen? Was hülf' es, Kind! damit wäre nichts geändert."

„Du mußt es dir also schon aus dem Sinn schlagen," fuhr er nach einigem Schweigen fort, „deiner thörichten alten Liebe ihren Willen zu thun. Vielleicht hat Alles so kommen müssen, damit ich nicht aus der Welt ginge, ohne dich frei zu machen, frei von dir selbst und deiner unseligen Treue, armes Kind. Siehst du, wir hätten auch vielleicht schlecht für einander getaugt. Du warst einem andern Filippo treu, einem jungen Fant mit leichtsinnigen Wünschen und außer Liebessorgen sorgenlos. Was hättest du mit dem Grübler, dem Einsiedler anfangen wollen?“

Nun trat er auf sie zu, da er das Letzte halb vor sich hin, auf und ab gehend, gesprochen hatte, und wollte eben ihre Hand fassen, als er vor dem Ausdruck ihres Gesichts sich entsetzte. Alle Weichheit war aus den Zügen gewichen, alle Röthe von den Lippen. „Du liebst mich nicht!“ sagte sie langsam und tonlos, als spräche ein Andrer aus ihr und sie horchte hin, um zu erfahren, was eigentlich gemeint sei. Dann stieß sie seine Hand mit einem Schrei zurück, daß die Flämmchen der Lampe zu erlöschen drohten und von draußen auf einmal ein wüthendes Wimmern und Toben des Hundes laut wurde. — „Du liebst mich nicht, nein, nein!“ rief sie wie außer sich. „Kannst du lieber in den Tod wollen, als in meine Arme? Kannst du nach sieben Jahren kommen, um Abschied zu nehmen? Kannst du so ruhig von deinem Tode sprechen, als wäre er nicht auch meiner? So wäre mir besser, diese Augen wären erblindet, eh' sie dich wiedersahen, und diese Ohren taub geworden, ehe sie die

grausame Stimme hören mußten, durch die ich
lebe und sterbe. Warum hat der Hund dich nicht
zerrissen, ehe ich wußte, daß du gekommen bist,
mein Herz zu zerreißen? Warum ist dein Fuß
nicht an den Abgründen ausgeglitten? Wehe, wehe!
Siehe meinen Jammer, Madonna!“

Sie stürzte nieder vor dem Bilde, lag mit der
Stirn gegen den Boden, die Hände weit von sich
gestreckt, und schien zu beten. Der Mann hörte
den Lärm des Hundes, dazwischen das Murmeln
und Stöhnen des unglücklichen Mädchens, während
der Mond nun schon Macht gewann und das Ge=
mach durchleuchtete. Ehe er aber noch sich fassen
und ein Wort aussprechen konnte, fühlte er schon
wieder ihre Arme an seinem Nacken, ihren Mund
an seinem Halse und heiße Thränen über sein Ge=
sicht fließen. „Geh’ nicht in den Tod, Filippo!“
schluchzte die Arme. „Wenn du bei mir bleibst,
wer will dich finden? Laß sie reden, was sie wollen,
das Mördergesindel, die heimtückischen Elenden,
schlimmer als die Wölfe des Apennin. — Ja,“
sagte sie und sah durch Thränen strahlend zu ihm
auf, „du bleibst, die Madonna hat dich mir ge=
schenkt, damit ich dich retten sollte. Filippo, ich
weiß nicht, was für böse Worte ich gesprochen,
aber daß sie böse waren, empfand ich an dem eisi=
gen Krampf hier am Herzen, der sie mir entrissen.
Vergieb mir das. Es bringt in die Hölle, zu

denken, daß die Liebe vergessen und die Treue zer-
treten werden kann. Wir wollen uns nun ber-
sehen und das Alles berathen. Willst du ein neues
Haus haben? Wir bauen eins. Andere Leute? Wir
schicken Alle fort, auch die Nina, auch der Hund
soll fort. Und wenn du meinst, daß sie dich dann
verrathen — so wollen wir selber fort, noch heut,
jetzt, ich weiß alle Wege, und ehe die Sonne
kommt, sind wir tief in den Schluchten nach Norden zu und wandern, wandern bis Genua, bis
Venedig, wohin du willst."

„Halt!" sagte er strenge. „Es ist genug der
Thorheit. Du kannst mein Weib nicht werden,
Fenice. Wenn es morgen nicht ist, daß sie mich
umbringen, so ist es nicht lange, denn ich weiß,
wie ich ihnen im Wege bin." Er zog sanft, aber
entschlossen seinen Hals aus ihren Armen.

„Siehe, Kind," fuhr er fort, „das ist nun
unglücklich genug, und wir brauchen es uns nicht
noch schwerer zu machen durch Unvernunft. Vielleicht, wenn du später einmal von meinem Tode
hörst, wirst du einen Mann und schöne Kinder ansehen und dich segnen, daß der Todte in dieser
Nacht mehr Vernunft hatte, als du, wenn es auch
in jener ersten umgekehrt war. Laß mich nun
schlafen gehn, geh du auch, und schaffe, daß wir
uns morgen nicht wiedersehn. Du hast einen guten
Ruf, wie ich unterwegs von meinen Centrab-

bandieri erfuhr. Wenn wir uns etwa umhalsten, morgen, und du machtest ein Schauspiel — nicht wahr, Kind? Und nun — gute Nacht, gute Nacht, Fenice!"

Da bot er ihr noch einmal herzlich die Hand. Aber sie nahm sie nicht. Sie sah ganz bleich aus im Mondschein, die Brauen und niedergeschlagenen Wimpern um so finsterer. „Hab' ich nicht genug gebüßt," sprach sie halblaut, „daß ich vor sieben Jahren eine Nacht lang zu viel Vernunft hatte? Und nun will er, daß diese tausendmal verwünschte Vernunft mich wieder elend machen soll, und dies= mal eine Ewigkeit lang? Nein, nein, nein! Ich lasse ihn nicht mehr aus den Händen — ich müßte mich vor allen Menschen schämen, wenn er ginge und stürbe."

„Hörst du nicht, daß es mein Wille ist?" unter= brach er sie mit Heftigkeit, „daß ich jetzt schlafen will, Mädchen, und allein sein? Was redest du irre und machst dich kränker? Wenn du nicht fühlst, daß meine Ehre mich von dir reißt, so hättest du nie für mich getaugt. Ich bin keine Puppe auf deinem Schooß, zum Hätscheln und Possentreiben. Ich habe meine Wege vor mir gezeichnet, und sie sind zu enge für Zwei. Zeige mir das Fell, auf dem ich die Nacht zubringen soll, und dann — laß uns einander vergessen!"

„Und wenn du mich mit Schlägen von dir

triebest, ich ginge nicht! Wenn sich der Tod zwischen uns stellte, ich jagte dich ihm ab mit diesen guten Armen. Auf Tod und Leben — du bist mein, Filippo!"

„Still!" rief er überlaut. Die Röthe stieg ihm jählings in die Stirn, indem er mit beiden Armen die heftige Gestalt von sich drängte. „Still! Und nun ist's aus für heut und immer. Bin ich ein Ding, das an sich reißen kann, wer will, und wem es in die Augen sticht? Ein Mensch bin ich, und wer mich haben soll, dem muß ich mich geschenkt haben. Du hast sieben Jahre nach mir geseufzt — hast du darum ein Recht, mich im achten ehrlos vor mir selbst zu machen? Wenn du mich bestechen willst, so war das Mittel schlecht gewählt. Vor sieben Jahren liebt' ich dich, weil du anders warst, als heut. Wärst du mir damals an den Hals geflogen und hättest mein Herz mir abtrotzen wollen, ich hätte Trotz gegen Trotz gesetzt, wie heut. Nun ist Alles aus zwischen uns, und ich weiß, daß das Mitleid, das mich vorhin anwandelte, nicht Liebe war. Zum letztenmal, wo ist die Kammer?"

Das hatte er hart und schneidend gesagt, und wie er nun schwieg, schien ihm der Ton der eignen Stimme weh zu thun. Doch fügte er kein Wort hinzu, sich im Stillen verwundernd, daß sie es ruhiger hinnahm, als er selber gefürchtet hatte.

Er hätte nun gern einen stürmischen Ausbruch ihres Schmerzes mit gütigeren Worten beschwichtigt. Sie ging aber kalt an ihm vorbei, öffnete eine schwere Holzthür nicht weit vom Herde, deutete stumm auf die Eisenriegel an derselben und trat dann an den Herd zurück.

Er schritt denn auch hinein und riegelte hinter sich zu. Doch blieb er eine Zeitlang dicht neben der Thür stehen, um zu horchen, was sie beginne. Es wurde keine Bewegung im Gemache laut, und im ganzen Hause hörte man nichts als die Unruhe des Hundes, das Scharren des Pferdes im Stall und das Singen des Windes, der draußen die letzten Nebelstreifen verwehte. Denn der Mond war in aller Pracht am Himmel und die Kammer hell, nachdem Filippo einen großen Büschel Haidekraut aus dem Mauerloch gezogen hatte, das als Fenster diente. Er sah nun, daß er offenbar in Fenicens Kammer war. Da stand ihr schmales, sauberes Bett an der Wand, eine Lade unverschlossen da= neben, ein Tischchen, eine kleine Holzbank, die Wände waren mit Bildern behangen, Heiligen und Madonnen, ein Weihkesselchen unter dem Crucifix neben der Thür.

Er setzte sich jetzt auf das harte Bett und fühlte, wie es in ihm stürmte. Ein paarmal hob er schon den Fuß, um wieder hinaus zu eilen und ihr zu sagen, daß er ihr nur weh gethan habe, um sie zu heilen. Dann stampfte er gegen den Boden, unmuthig über seine weichherzige Regung. „Es ist das Einzige, was bleibt," sprach er für sich, „wenn Schuld und Fluch nicht noch wachsen sollen. Sieben Jahre, armes Kind!" — — Ein starker Kamm, mit kleinen Metallstückchen verziert, lag auf dem Tischchen, den nahm er mechanisch in die Hand. Das volle Haar kam ihm dabei wieder in den Sinn, der stolze Nacken, auf dem es lag, die edle Stirn, um die es sich ringelte, und die bräunliche Wange. Er warf endlich den Versucher in die Lade, worin er saubere Röcke, Kopftücher und allerlei kleine Schmuckstücke ordentlich zusammen verwahrt sah. Langsam ließ er den Deckel wieder fallen und ging nun an die Mauerlücke und sah hinaus.

Die Kammer lag an der hintern Seite des Hauses, und keine der andern Hütten von Treppi wehrte ihm die Aussicht über das zerklüftete Hochland. Gegenüber, hinter der Schlucht aufsteigend, der nackte Felsrücken, vom Monde angeschienen, der jetzt über dem Hause stehen mußte. Seitwärts sah er einige Schuppen, an denen der Weg vorüber in die Tiefe führte. Eine verlorene kleine Fichte mit kahlen Zweigen wurzelte zwischen dem Gestein, sonst bedeckte den Boden nur Haidekraut und hie und da ein kümmerlicher Busch. — „Hier ist freilich kein Ort," sagte er im Stillen, „zu vergessen, was man geliebt hat. — Ich wollte, es wäre anders! Ja ja, sie wäre am Ende die rechte Frau für mich gewesen, die mich mehr geliebt hätte, als Putz und Spazierengehen und das Geflüster der Stutzer. Was für Augen mein alter Marco machen würde, wenn ich plötzlich mit einer schönen Frau von der Reise zurückkäme! Man brauchte nicht einmal die Wohnung zu ändern, die vielen öden Winkel waren ohnehin unheimlich. Und mir altem Grämler würde es zuweilen gut sein, ein lachendes Kind — aber Thorheit, Thorheit, Filippo! Was soll das arme Ding als Wittwe in Bologna! Nein, nein! nichts davon! Keine neue Sünde auf die alte häufen! Ich will eine Stunde früher die Leute wecken und mich fortstehlen, ehe ein Mensch in Treppi wacht.“

Eben wollte er das Fenster verlassen und die vom langen Ritt ermüdeten Glieder aufs Lager strecken, als er eine weibliche Gestalt aus dem Schatten des Hauses in den Mondschein vertreten sah. Sie blickte nicht um, aber es blieb ihm kein Zweifel, daß es Fenice war. Sie entfernte sich vom Hause auf dem Wege, der in die Schlucht hinunterführte, mit ruhigen großen Schritten. Ein Schauder überlief ihm die Haut, denn im selben Augenblick fuhr ihm der Gedanke in den Kopf: sie will sich ein Leids anthun. Ohne Besinnung sprang er nach der Thür und zerrte gewaltsam an dem Riegel. Aber das alte rostige Eisen hatte sich so eigensinnig

in die Klammer verhakt, daß er vergebens alle
Kraft aufbot. Ein kalter Schweiß trat ihm vor
die Stirn, er schrie, rüttelte und stieß mit Fäusten
und Füßen gegen die Thür und bezwang sie nicht.
Endlich ließ er ab und stürzte wieder an die Fenster-
lücke. Schon gab der eine Stein seinem Wüthen
nach, da plötzlich sah er die Gestalt des Mädchens
wieder auftauchen auf dem Wege und sich der
Hütte zuwenden. Sie trug etwas in der Hand,
das er bei dem unsichern Licht nicht erkennen konnte,
nur ihr Gesicht sah er deutlich, das war ernsthaft
und gedankenvoll, aber ohne Leidenschaft. Keinen
Blick warf sie auf sein Fenster und verschwand
wieder im Schatten.

Noch stand er und athmete tief nach der Angst
und Anstrengung, da vernahm er großen Lärm, der
von dem alten Hunde herzurühren schien, doch kein
Bellen oder Winseln. Das Räthsel beklemmte ihn
immer unheimlicher: er bog den Kopf weit zu der
Oeffnung hinaus, konnte aber nichts sehen als die
regungslose Nacht im Gebirge. Auf einmal erscholl ein kurzes scharfes Heulen, darauf ein tief-
erschütterndes Stöhnen des Hundes und dann, so
lange und ängstlich er hinhorchte, kein Laut mehr
die ganze Nacht, als daß noch einmal die Thür
des Gemachs nebenan klappte und Fenice's Schritte
über den Steinboden sich vernehmen ließen. Umsonst stand er lange an der verriegelten Thür, horchte

erst, bat und fragte dann und beschwor das Mädchen
nur um ein kurzes Wort — es blieb still nebenan.
Er warf sich nun auf das Bett, wie im Fieber,
und lag wachend und sinnend, bis endlich eine
Stunde nach Mitternacht der Mond unterging, und
die Ermüdung über seine tausend wogenden Gedanken Herr wurde. —

Eine Dämmerung war um Filippo, als ihn
der Schlaf verließ; doch als er seine Sinne völlig
ermuntert und sich vom Bett aufgerichtet hatte,
ward er wohl inne, daß es nicht ein Zwielicht wie
vor Sonnenaufgang war. Von einer Seite her
traf ihn ein schwacher Sonnenstrahl, und bald sah
er, daß die Mauerlücke, die er vor dem Einschlafen
offen gelassen, dennoch fest mit Gestrüpp verstopft
worden war. Er stieß es hinaus, und die volle
Morgensonne blendete ihn. Im höchsten Zorn auf
die Contrabbandieri, seinen Schlaf und vor Allem
auf das Mädchen, dem er diese Hinterlist zuschreiben
mußte, ging er augenblicklich nach der Thür, deren
Riegel jetzt einem besonnenen Druck leicht nachgab,
und trat in das Nebengemach.

Er traf Fenice allein, gelassen am Herde sitzend,
als habe sie ihn längst erwartet. Aus ihrem Gesicht war jede Spur der gestrigen Stürme verschwunden, ja sogar keine Regung der Trauer und
kein Zug einer gewaltsamen Fassung begegnete
seinem finstern Auge.

„Du haſt es veranſtaltet, daß ich die Stunde verſchlafen mußte," herrſchte er ſie an.

„Ja," ſagte ſie gleichgültig. „Ihr waret müde. Ihr kommt immer noch früh genug nach Piſtoja, wenn Ihr am Nachmittag erſt den Mördern begegnen müßt."

„Ich hatte dich nicht geheißen, um meine Müdigkeit beſorgt zu ſein. Drängſt du dich noch immer an mich an? Es ſoll dir nichts helfen, Mädchen. Wo ſind meine Leute?"

„Fort."

„Fort? Willſt du mich narren? Wo ſind ſie? Thörin, als ob ſie fortgingen, ehe ich ſie bezahlt habe!" Und er ſchritt raſch auf die Thür zu, um hinauszugehn.

Fenice blieb unbeweglich ſitzen und ſagte in demſelben harmloſen Ton: „Ich habe ſie bezahlt. Ich ſagte ihnen, daß Ihr Schlaf brauchtet und dann, daß ich ſelbſt Euch hinunter begleiten würde: denn der Weinvorrath iſt zu Ende und ich muß neuen kaufen, eine Stunde vor Piſtoja."

Der Zorn verwehrte ihm einen Augenblick zu ſprechen. „Nein," brach er endlich heraus, „mit dir nicht, mit dir nimmermehr! Heimtückiſche Schlange! Es iſt lächerlich, daß du noch immer denkſt, mit deinen glatten Windungen mich umſtricken zu können. Nun ſind wir völliger geſchieden als je. Ich verachte dich, daß du mich für

blöde und armselig genug hältst, mit diesen kleinen
Künsten es mir abgewinnen zu können. Mit dir
geh' ich nicht! Gieb mir einen deiner Knechte mit
und da — mache dich bezahlt für deine Auslagen
an die Contrabbandieri.“

Er warf ihr eine Börse hin und öffnete die
Thür, selbst Jemand zu suchen, der ihn hinunter-
führte. „Macht Euch keine Mühe,“ sagte sie, „Ihr
findet von den Knechten keinen, sie sind alle in die
Berge. Auch sonst ist in Treppi Niemand, der
Euch dienen könnte. Arme gebrechliche Mütterchen,
Greise und Kinder, die noch gehütet werden. Wenn
Ihr mir nicht glaubt — seht nach!“

„Und überhaupt,“ fuhr sie fort, als er unent-
schlossen in Grimm und Aerger auf der Schwelle
stand und ihr den Rücken zugekehrt hatte, „warum
dünkt es Euch so unmöglich und gefährlich, wenn
ich Euch führe? Ich habe die Nacht Träume gehabt, aus denen ich sehe, daß Ihr nicht für mich
seid. Es ist wahr, ich will Euch noch immer ein
wenig wohl, und es wird mir Freude machen,
noch ein paar Stunden mit Euch zu plaudern.
Muß ich Euch darum nachstellen? Ihr seid frei,
von mir zu gehn auf immer, wohin Ihr wollt, in
den Tod oder ins Leben. Nur, daß ich es so ein-
gerichtet habe, daß ich noch eine Strecke neben Euch
hergehe. Ich will Euch zuschwören, wenn Euch
das beruhigen kann, daß es nur eine Strecke sein

wird, beileibe nicht bis Pistoja. Nur so lange, bis Ihr den rechten Weg habt. Denn wenn Ihr auf Eure eigne Hand fortginget, verstieget Ihr Euch bald, daß Ihr weder vor noch zurück könntet. Ihr müßt das ja noch wissen von Eurer ersten Reise durch die Berge."

„Pest!" murmelte er und biß sich die Lippen. Er sah indeß, wie die Sonne stieg, und Alles wohl erwogen, — was hatte er im Grunde Ernstliches zu besorgen? Das Ernstlichste wollte er sich nicht gestehen. Er wandte sich zu ihr um und glaubte von dem gleichmüthigen Blick ihrer großen Augen Zeugniß annehmen zu dürfen, daß keinerlei Falsch hinter ihren Worten sei. Sie schien ihm wirklich seit gestern eine ganz Andere geworden zu sein, und fast mischte sich ein Gefühl von Unzufriedenheit in sein Staunen, da er sich sagen mußte, daß der gestrige Anfall von schmerzlicher Leidenschaft so bald und spurlos vorübergegangen sei. Er sah sie länger an, aber sie gab schlechterdings zu keinem Argwohn Anlaß.

„Wenn du denn so vernünftig geworden bist," sagte er jetzt trocken, „so mag es sein, so komm!"

Ohne eine sonderliche Aeußerung der Freude stand sie auf und sagte: „Wir wollen erst essen; auf Stunden finden wir nichts." Sie stellte ihm eine Schüssel hin und einen Krug und aß dann selbst, am Herde stehend, aber von dem Wein

genoß sie keinen Tropfen. Er dagegen, um es ab=
zumachen, aß einige Löffel voll, stürzte den Wein
hinunter und zündete an den Kohlen des Herdes
seine Cigarre an. Während dessen hatte er ihr
keinen Blick gegönnt, und als er nun zufällig, da
er ihr nahe stand, sie ansah, war eine wunderliche
Röthe auf ihren Wangen und etwas wie Triumph
in den Augen. Sie stand rasch auf, ergriff den
Krug und zerschellte ihn mit einem Wurf gegen den
Steinboden. „Es soll Keiner mehr daraus trinken,"
sagte sie, „seit Eure Lippen daran gehangen!"

Betroffen fuhr er auf, ein Argwohn stand eine
Secunde lang vor seinem Geist: „Ob sie dir Gift
gegeben?" dann zog er es vor zu glauben, daß es
noch ein Rest des verliebten Götzendienstes sei, den
sie abgeschworen, und ohne weitere Worte ging er
ihr nach zum Hause hinaus.

„Das Pferd haben sie wieder nach Porretta mit
genommen" sagte sie draußen zu ihm, als er es
mit den Augen zu suchen schien. „Ihr hättet auch
nicht hinabreiten können ohne Gefahr. Die Wege
sind steiler als gestern."

Sie ging ihm nun voran, und bald hatten sie
die Hütten hinter sich, die todt und selbst ohne ein
Wölkchen Rauch aus den Schornsteinen in der
scharfen Sonne standen. Jetzt erst sah Filippo die
ganze Majestät dieser Einöde, über der ein reiner
durchsichtiger Himmel hing. Der Weg, kaum in

dem harten Felsen durch eine dunklere Spur erkennbar, lief auf dem breiten Rücken nordwärts, und dann und wann, wenn der gegenüberliegende parallele Zug sich senkte, blitzte am fernen Horizont zur Linken ein Streif des Meeres herauf. Noch war von Vegetation weit und breit keine Spur, außer den harten, niederen Bergkräutern und Flechtengestrüpp. Nun aber verließen sie die Höhe und vertieften sich in die Schlucht, die zu durchwandern war, um auch den Felsrücken gegenüber zu ersteigen. Hier begegneten sie bald Nadelholz und Quellen, die in die Schlucht sprangen, und hörten in der Tiefe das Toben des Wassers. Jenice ging jetzt voran, mit sicherm Fuß auf die sichersten Steine tretend, ohne umzublicken oder ein Wort zu sagen. Er konnte nicht anders, als die Augen dicht an ihr hängen lassen und die schlanke Kraft der Glieder bewundern. Das Gesicht wurde ihm gänzlich durch ihr großes weißes Kopftuch verdeckt, aber wenn es sich fügte, daß sie wieder neben einander gehen konnten, mußte er sich zwingen, vor sich hin und von ihr weg zu sehen, so sehr fesselte ihn die großartige Bildung der Züge. Er bemerkte jetzt erst im vollen Sonnenlicht einen seltsam kindlichen Ausdruck, ohne sich sagen zu können, worin er besonders liege. Als sei etwas in diesem Gesicht seit sieben Jahren stehen geblieben, während alles Andere sich entwickelte.

Endlich fing er von selbst zu sprechen an, und sie gab unbefangen verständige Antworten. Nur daß ihre Stimme, die sonst nicht so hart und dumpf war, wie den Weibern im Gebirg eigen zu sein pflegt, heute eintönig und bei den gleichgiltigsten Dingen am traurigsten klang. Diese Wege, die sie jetzt gingen, waren in den letzten Jahren vielfach von politischen Flüchtlingen betreten worden, von denen die meisten gewiß in Treppi gerastet hatten. Filippo fragte das Mädchen nach diesem und jenem seiner Bekannten, die er beschrieb: aber sie entsann sich ihrer selten, obwohl sie wußte, daß die Contrabbandieri viele Fremde in ihrem Hause hatten übernachten lassen. Nur auf Einen besann sie sich nur zu klar. Bei der Beschreibung stieg ihr das Blut ins Gesicht und sie blieb stehn. „Der ist schlecht!“ sagte sie finster. „Ich habe die Knechte in der Nacht wecken und ihm das Haus verschließen müssen.“

Unter diesen Gesprächen merkte der Advocat nicht, wie die Sonne stieg und noch immer kein Blick in die toscanische Flur sich aufthat. Auch dachte er mit keinem Gedanken an das bevorstehende Ende dieses Tages. Es war so erquickend, fünfzig Schritt über dem Gießbach auf dem ganz überbuschten Wege hinzugehn, zuweilen den Staub des Sturzes her aufwehen zu fühlen, die Eidechsen über die Steine schlüpfen und die behenden Schmetterlinge den ver-

stohlenen Sonnenlichtern nachjagen zu sehn, daß er
nicht einmal inne wurde, wie sie dem Bach entgegen wanderten, und noch immer nicht westlich
einlenkten. Es war eine Magie in der Stimme
seiner Begleiterin, die ihn Alles vergessen machte,
was gestern in Gesellschaft der Contrabbandieri ihn
unaufhörlich beschäftigt hatte. Als sie nun aber aus
der Schlucht heraustraten und jetzt ein unabsehba-
res wildfremdes Bergland mit neuen Höhen und
Klüften wüst und versenkt vor ihnen lag, erwachte
er auf einmal aus dem Zauberschlaf, blieb stehen
und blickte gen Himmel. Er erkannte klar, daß sie
in der völlig entgegengesetzten Richtung gewandert
und wohl zwei Stunden von seinem Ziele ferner
waren, als da sie ausgingen.

„Halt!“ sagte Filippo. „Ich sehe es noch bei
Zeiten, daß du mich dennoch betrügst. Ist das der
Weg nach Pistoja, du Heimtückische?“

„Nein,“ sagte sie furchtlos, aber den Blick zu
Boden gesenkt.

„Nun denn, bei allen Mächten der Hölle, so
können die Teufel bei dir in die Schule gehn und
Heucheln von dir lernen. Fluch über meine Ver-
blendung!“

„Man kann Alles, man ist mächtiger als Teufel
und Engel, wenn man liebt,“ sagte sie mit tiefem,
traurigem Ton.

„Nein!“ schrie er in hellem Jähzorn, „noch

frohlocke nicht, Uebermüthige, noch nicht! Den Willen eines Mannes kann das nicht brechen, was eine verrückte Dirne Liebe nennt. Kehre um mit mir, auf der Stelle, und weise mir die kürzesten Wege — oder ich erdroßle dich mit diesen Händen, — du Thörin, die nicht einsieht, daß ich die haffen muß, die mich vor der Welt zu einem Nichtswürdigen machen will.“

Er trat mit geballten Fäusten dicht vor sie hin, er kannte sich nicht mehr. „Erwürge mich nur!“ sprach sie mit zitternder, lauter Stimme, „thu's nur, Filippo. Aber wenn du es gethan hast, wirst du dich über meinen Leichnam werfen und Blut aus deinen Augen weinen, daß du mich nicht wieder lebendig machen kannst. Dein Lager wird hier neben mir sein, mit den Geiern wirst du kämpfen, die mich zerfleischen wollen, die Sonne des Tags wird dich dörren, der Thau der Nacht dich feuchten, bis du hinfällst gleich mir — denn von mir lassen kannst du nun nicht mehr. Meinst du, das arme, thörichte Ding, das auf den Bergen aufgewachsen ist, werde sieben Jahre wegwerfen wie einen Tag? Ich weiß, was sie mich gekostet haben, wie theuer sie waren, und daß ich einen ehrlichen Preis zahle, wenn ich dich mit ihnen kaufen will. Dich in den Tod lassen? Es wäre zum Lachen. Wende dich nur weg von mir, du wirst es schon inne werden, daß ich dich zu mir zurückzwinge auf ewig.

Denn in den Wein, den du heute getrunken, war ein Liebeszauber gemischt, dem noch kein Mensch unter der Sonne widerstanden hat!"

Sie sah königlich aus, als sie diese Worte rief, den Arm nach ihm ausgestreckt, als hielte ihre Hand ein Scepter über Einem, der ihr verfallen sei. Er aber lachte trotzig auf und rief: „Dein Liebeszauber leistet dir schlechte Dienste, denn ich habe dich nie mehr gehaßt, als in diesem Augenblick. Aber ich bin ein Narr, eine Närrin zu hassen. Möge es dich, wie von dem Wahn, so auch von der Liebe heilen, wenn du mich nicht wieder siehst. Ich brauche deine Führung nicht. Ich sehe da drüben am Abhang eine Hirtenhütte und die Heerde umher. Ein Feuer blinkt herauf. Man wird mich dort wohl zurechtweisen. Lebe wohl, arme Schlange, lebe wohl!"

Sie antwortete nichts, als er ging, und setzte sich ruhig in den Schatten eines Felsens neben der Schlucht, in das dunkle Grün der Tannen, die unten am Bache wurzelten, ihre großen Augen versenkend.

———————— ——

. Er war noch nicht lange von ihr gegangen, als er sich pfadlos zwischen Klippen und Gebüsch befand; denn wie sehr er sich's verleugnen mochte, hatten doch die Worte des wunderbaren Mädchens

eine beunruhigende Wirkung auf sein Herz ausge=
übt und all seine Gedanken nach innen gekehrt.
Indessen sah er gegenüber auf der Matte noch
immer das Hirtenfeuer und arbeitete sich rüstig
durch, damit er nur erst die Tiefe erreichte. Er
rechnete nach dem Stande der Sonne, daß es gegen
die zehnte Stunde sein mußte. Wie er aber die
Bergsteile hinabgeklettert war, fand er unten einen
sonnenlosen Weg und bald auch einen Steg über
einen neuen Wildbach, der auf der andern Seite
hinanzuführen und endlich an der Matte auszu=
münden versprach. Er verfolgte ihn, und der Weg
lief Anfangs steil hinan, dann aber in großer
Windung eben am Berge hin. Er sah wohl, daß
er ihn nicht zunächst zu seinem Ziele bringen würde:
aber in geraderer Richtung hingen unüberwindlich
jähe Felsstücke vor, und wollte er nicht zurück,
mußte er sich schon seinem Wege vertrauen. Nun
schritt er rasch und Anfangs wie aus Banden er=
löst dahin, und spähte zuweilen nach der Hütte
aus, die sich immer noch zurückzog. Nach und
nach, wie sein Blut gelinder floß, fielen ihm alle
Einzelheiten des eben erlebten Auftrittes wieder
ein. Das schöne Mädchenbild sah er leibhaftig vor
sich, und nicht wie zuvor durch den Nebel seines
Jähzorns. Er konnte sich eines tiefen Mitleidens
nicht erwehren. „Nun sitzt sie droben,“ sagte er
vor sich hin, „die arme Irre, und baut auf ihre

Zauberkünste. Darum also verließ sie in Nacht
und Mondschein gestern die Hütte, um wer weiß
welch ein harmloses Kraut zu pflücken. Ja wohl:
wiesen mir nicht auch meine braven Contrabbandieri
die sonderbaren weißen Blüthen zwischen den Felsen
und sagten, das sei mächtig für Gegenliebe? Un
schuldiges Gewächs, was sie dir nachsagen! — Und
darum zerschellte sie den Krug, und darum war
mir der Wein so bitter auf der Zunge. Wird doch
das Kindische, je älter, desto stärker und ehrwür
diger. — Wie eine Sibylle stand sie vor mir, so
wahrheitsgewiß, wie schwerlich jene römische, die
ihre Bücher ins Feuer warf. Armes Weiberherz,
wie schön und elend macht dich dein Wahn!"

Je weiter er ging, um so stärker fühlte er die
rührende Herrlichkeit ihrer Liebe und die Gewalt
ihrer Schönheit, die ihm die Trennung nur noch
verklärte. „Ich hätte es sie nicht entgelten lassen
sollen, daß sie mich im besten Glauben, mich zu
retten, von meinen unabwendbaren Pflichten los
machen will. Ich hätte ihr die Hand geben sollen
und sagen: Ich habe dich lieb, Fenice, und wenn
ich leben bleibe, komme ich zu dir zurück und hole
dich heim. Wie blind war ich, daß mir diese
Auskunft nicht einfiel! eine Schande für den Ad
vocaten! Ich hätte mit Küssen wie ein Bräutigam
Abschied nehmen sollen, so hätte sie kein Arg ge
habt, daß ich sie täuschte. Statt dessen hab' ich

gerade durch gewollt mit dem Trotzkopf und Alles verschlimmert.“

Nun vertiefte er sich in das Bild eines solchen Abschiedes und meinte ihren Athem zu fühlen und den Druck der frischen Lippen auf den seinen. Es war ihm, als hörte er seinen Namen rufen. „Fenice!“ antwortete er inbrünstig und stand mit heftig klopfendem Herzen still. Der Bach rauschte unter ihm, die Zweige der Tannen hingen ohne Bewegung, weit und breit schattige Wildniß.

Schon war ihm der Name wieder auf den Lippen, als ihm noch zur rechten Zeit die Scham den Mund versiegelte. Scham und ein Grauen zugleich. Er schlug sich vor die Stirn. „Ist es schon so weit mit mir, daß ich im Wachen von ihr träume?“ rief er. „Soll sie Recht behalten, daß diesem Zauber kein Mensch unter der Sonne widerstehen kann? So wäre ich nichts Besseres, als sie aus mir zu machen gedachte, werth, ein Weiberknecht zu heißen mein Lebenlang. Nein, in die Hölle mit dir, schöne betrogene Teufelin!“

Er hatte für den Augenblick seine Fassung wieder, aber er sah nun auch, daß er von dem Wege völlig in der Irre herumgeführt war. Zurück konnte er nicht, wenn er der Gefahr nicht in die Arme laufen wollte. So beschloß er, jetzt um jeden Preis wieder eine Höhe zu erreichen, von der er sich nach der verlornen Hirtenstelle umschauen könnte.

Das eine Ufer des tief unten rauschenden Bachs, an dem er ging, war allzu jäh. Also schlang er den Mantel über den Nacken, wählte eine sichere Stelle und war mit einem Sprung an der andern Seite der Kluft, deren Wände hier dicht zusammen traten. Mit besserem Muth erklomm er den Abhang drüben und erreichte bald die Sonne.

Sie sengte schwer sein Haupt, und die Zunge lechzte ihm, als er sich mit großer Anstrengung emporarbeitete. Jetzt überfiel ihn auf einmal die Angst, daß er dennoch mit allen Mühen das Ziel nicht mehr erreichen möchte. Das Blut stieg ihm mehr und mehr zu Kopf, er schalt auf den Teufelswein, den er am Morgen hinuntergestürzt, und wieder mußte er an die weißen Blüthen denken, die man ihm gestern unterwegs gezeigt. Hier wuchsen sie wieder — ihm schauderte die Haut. Wenn es doch wahr wäre, dachte er, wenn es Kräfte gäbe, die unser Herz und unsre Sinne bemeistern, und einen Manneswillen unter die Laune eines Mädchens beugen könnten — lieber das Aeußerste, als diesen Schimpf! lieber Tod als Knechtschaft! Aber nein, nein! nur den bezwingt die Lüge, der an sie glaubt. Sei ein Mann, Filippo, verwärts, da ist die Höhe vor dir: noch eine kurze Frist — und dieß maledeite Gebirge mit seinem Spuk liegt für immer hinter dir!

Und dennoch konnte er das Fieber in seinem

Blut nicht besänftigen. Jeder Stein, jede schlüpfrige Stelle, jeder vor ihm hängende starre Tannenzweig war ihm ein Widerstand, den er mit unverhältnißmäßigem Aufbieten des Willens gewaltsam besiegte. Als er endlich oben, sich an den letzten Büschen haltend, ankam und mit einem Schwung die Höhe gewann, konnte er erst nicht um sich sehen, so war ihm das Blut in die Augen geschossen, und so plötzlich blendete ihn die Sonne von den gelben Felsen ringsum. Wüthend rieb er sich die Stirn und fuhr sich durch das verworrene Haar, den Hut lüftend. Da aber hörte er wahrlich wieder seinen Namen und starrte entsetzt nach der Stelle, von wo man rief. Und wenige Schritte ihm gegenüber, am Felsen, wie er sie verlassen, saß Fenice und sah ihn mit stillen, glücklichen Augen an.

„Kommst du endlich, Filippo!" sagte sie innig. „Ich habe dich schon früher erwartet."

„Gespenst der Hölle," schrie er außer sich, während Grausen und alle Leidenschaften der Sehnsucht sich in ihm bekämpften, „höhnst du mich noch, da ich mit Qualen in der Irre laufe und die Sonne mir alles Hirn schmilzt? Triumphirst du, daß ich dich noch einmal sehen muß, um dich noch einmal zu verfluchen? Wenn ich dich gefunden habe, beim allmächtigen Gott, so hab' ich dich doch nicht gesucht, und du sollst mich dennoch verlieren."

Sie schüttelte seltsam lächelnd den Kopf. „Es

zieht dich, ohne daß du's weißt," sagte sie. „Du
fändest mich, wenn alle Berge der Welt zwischen
uns wären, denn ich mischte sieben Tropfen von
dem Herzblut des Hundes in deinen Wein. Armer
Fuoco! Er liebte mich und haßte dich. So wirst
du den Filippo hassen, der du früher warst, als
du mich verstießest, und nur ruhig sein in dir,
wenn du mich liebst. Filippo, siehst du nun, daß
ich endlich dich erobert habe? Komm, nun will ich
dir wieder die Wege zeigen, nach Genua zu, mein
Geliebter, mein Mann, mein Helder!"

Damit stand sie auf und wollte mit beiden
Armen ihn umfangen, als sie plötzlich vor seinem
Gesicht erschrak. Er war wie mit einem Schlage
todtenblaß geworden, nur das Weiße in seinen
Augen roth, seine Lippen bewegten sich lautlos,
der Hut war vom Haupt gefallen, mit den Händen
wehrte er heftig jede Annäherung ab.

„Ein Hund! ein Hund!" waren die ersten mühsam verbrechenden Worte. „Nein, nein, nein! Du
sollst nicht siegen — Dämon! Besser ein todter
Mann, als ein lebendiger Hund!" — Darauf erscholl ein furchtbares Lachen von seinen Lippen, und
langsam, wie wenn er sich gewaltsam jeden Schritt
erkämpfte, die Augen stier auf das Mädchen geheftet, wich er taumelnd zurück und stürzte rück-
lings in die Schlucht hinab, die er eben verlassen
hatte. —

Vor ihren Augen wurde es Nacht, mit beiden Händen fuhr sie sich ans Herz und stieß einen Schrei aus, der wie ein Falkenschrei über die Schlucht klang, als sie die hohe Gestalt hinter dem Rande des Felsens verschwinden sah. Ein paar wankende Schritte that sie, dann stand sie fest und aufrecht, immer die Hände gegen das Herz gepreßt. „Madonna!" sagte sie, ohne etwas zu denken. Immer vor sich niedersehend, näherte sie sich jetzt rasch der Schlucht und begann die steinige Wand zwischen den Tannen hinabzuklimmen. Worte ohne Sinn murmelten ihre heftig athmenden Lippen, mit der einen Hand hielt sie das Herz fest, mit der andern half sie sich an den Steinen und Zweigen hinab. So kam sie bis an die Wurzeln der Tannen — da lag er. Er hatte die Augen geschlossen, Stirn und Haar von Blut überströmt, den Rücken wider einen Stamm gelehnt. Der Rock war zerrissen und das rechte Bein schien auch verwundet. Ob er lebe, konnte sie nicht unterscheiden. Sie lud ihn auf ihre beiden Arme, da empfand sie, daß er sich noch regte. Der Mantel, den er über den Schultern dicht gefaltet trug, schien die Gewalt des Falles gebrochen zu haben. „Gelobt sei Jesus!" sagte sie aufathmend. Es war, als wüchsen ihr Riesenkräfte, wie sie, den hülflosen Mann an ihrer Brust, die Steile wieder hinauf zu klimmen begann. Es dauerte lange, viermal legte sie ihn nieder

zwischen Moos und Felsen, noch immer schlief das
Leben in ihm.

Als sie endlich auf der Höhe war mit ihrer unseligen Last, brach sie selber in die Kniee und lag
einen Moment in völliger Vergessenheit und Ohnmacht. Dann stand sie auf und entfernte sich nach
der Richtung, in der die Hütte des Hirten lag.
Als sie hinlänglich nahe war, ließ sie einen gellen-
den Ruf über die Weite des Thals erschallen. Das
Echo antwortete zuerst, bald eine Menschenstimme.
Sie rief zum zweiten Mal und wandte sich dann,
ohne die Antwort abzuwarten. Als sie wieder bei
dem leblosen Mann anlangte, stöhnte sie heftig auf
und trug ihn dann in den Schatten des Felsens,
wo sie selbst vorher gesessen und ihn erwartet hatte.

Dort fand er sich noch, als ihm das Bewußtsein schwach zurückkehrte und er die Augen zuerst
wieder aufschlug. Er sah zwei Hirten neben sich,
einen Alten und einen Burschen von siebzehn Jahren. Sie sprengten ihm Wasser ins Gesicht und
rieben ihm die Schläfe. Sein Kopf ruhte weich,
er wußte nicht, daß er auf dem Schooß des Mädchens lag.

Er schien sie überhaupt ganz vergessen zu haben.
Er that einen Athemzug, der ihn bis in die Fuß-
spitzen erschütterte, und schloß dann wieder die
Augen. Endlich bat er mit stockender Stimme:
„Einer von euch, brave Leute, möge hinuntergehen

— rasch, nach Pistoja. Man wartet auf mich. Gottes Barmherzigkeit lohne es dem, der dem Wirth zur Fortuna sagt — wie es um mich steht. Ich heiße —" da schwanden ihm wieder Stimme und Bewußtsein.

„Ich werde gehen," sagte das Mädchen. „Ihr tragt den Herrn indessen nach Treppi und legt ihn in das Bett, das die Nina euch zeigen wird. Sie soll die Chiaruccia rufen, die Alte, und den Herrn von ihr heilen und verbinden lassen. Hebt ihn auf, du an den Schultern, Tommaso, du, Bippo, an den Beinen. Wenn ihr bergan geht, mußt du voran, Tommaso. So, hebt ihn! Sanft, sanft! Und halt — das taucht ihr in Wasser und legt es auf seine Stirn, und netzt es wieder an jeder Quelle. Habt ihr verstanden?"

Sie riß ein großes Stück von ihrem leinenen Kopftuch herunter, tauchte es ein und wand es um die blutigen Haare Filippo's. Dann ward er aufgehoben, die Männer trugen ihn nach Treppi zu, und das Mädchen, nachdem es ihnen mit völlig erloschenen Blicken nachgesehen, schürzte sich hastig und stieg auf rauhen Pfaden das Gebirg hinab.

***

Es war gegen drei Uhr Nachmittags, als sie Pistoja erreichte. Die Schenke zur Fortuna lag einige hundert Schritte vor der Stadt, und zu dieser

Stunde der Siesta war wenig Leben in ihr. Im Schatten des weiten Vordachs standen ausgeschirrte Wagen, die Fuhrleute schliefen auf den Polstern, in der großen Schmiede gegenüber ruhte die Arbeit, und durch die dickbestaubten Bäume längs der Landstraße rührte sich kein Luftzug. Fenice trat an den Brunnen vor dem Hause, dessen Strahl, allein geschäftig, in den großen Steintrog niederrauschte, und erfrischte sich Hände und Gesicht. Dann trank sie langsam und lange, um Durst und Hunger zugleich zu dämpfen, und trat in die Schenke.

Der Wirth erhob sich schläfrig von der Bank in der Schenkstube und legte sich wieder hin, als er sah, daß es ein Mädchen von den Bergen war, die seine Ruhe störte.

„Was willst du?" fuhr er sie an. „Wenn du zu essen haben willst oder Wein, geh in die Küche."

„Ihr seid der Wirth?" fragte sie ruhig.

„Wer anders, als ich? Man kennt mich, sollt' ich denken: Baldassare Tizzi von der Fortuna. Was bringst du mir, schöne Tochter?"

„Eine Botschaft vom Signor Avvocato Filippo Mannini."

„Eh, eh, ist's das? Ja, das ist freilich was Anders," und er stand eilig auf. „Kommt er nicht selber, Kind? Es sind Herren da, die ihn erwarten."

„So bringt mich zu ihnen."

„Ei, ei, die Heimliche! darf man nicht wissen, was er den Herren sagen läßt?"

„Nein."

„Nun nun, schon gut Kind, schon gut. Es hat jeder seine eigenen Geheimnisse, dieser hübsche Trotzkopf da so gut wie der harte Schädel des alten Baldassare. Eh, eh, er kommt also nicht: das wird den Herren sehr unangenehm sein: sie scheinen wichtige Geschäfte mit ihm zu haben."

Er schwieg und sah das Mädchen blinzelnd von der Seite an. Als sie aber nicht Miene machte, ihn weiter ins Vertrauen zu ziehn, sondern die Thür öffnete, stülpte er den Strohhut auf und ging kopfschüttelnd mit ihr.

Ein kleiner Weingarten lag hinter dem Hofe, den durchschritten sie, der Alte in fortwährenden Fragen und Ausrufungen, auf die das Mädchen keine Silbe erwiederte. Am Ende des mittelsten Laubenganges lag ein unscheinbares Gartenhaus, die Läden waren verschlossen, und innen hinter der Glasthür hing ein dichter Vorhang herab. Einige Schritte vor diesem Pavillon hieß der Wirth Fenice stehen bleiben und ging allein nach der Thür, die auf sein Klopfen geöffnet wurde. Fenice sah, wie der Vorhang dann zurückgeschoben wurde und ein Paar Augen nach ihr heraus sahen. Dann kam der Alte wieder zu ihr und sagte, daß die Herren sie sprechen wollten.

Als Fenice in den Pavillon trat, erhob sich ein Mann, der am Tisch mit dem Rücken nach der Thür gesessen hatte, und richtete einen durchdringenden kurzen Blick auf sie. Zwei andere blieben auf den Stühlen sitzen. Auf dem Tische sah sie Weinflaschen und Gläser.

„Der Signor Avvocato kommt nicht, wie er versprochen?" — sagte der Mann, vor dem sie stand. „Wer bist du, und was hast du zur Beglaubigung deiner Botschaft?"

„Eine Jungfrau aus Trexri bin ich, Fenice Cattaneo, Herr. Beglaubigung? Ich habe keine, als daß ich die Wahrheit sage."

„Warum kommt der Signor Avvocato nicht? Wir dachten, er sei ein Ehrenmann."

„Er ist es nicht minder, weil er einen Sturz vom Felsen gethan und sich Stirn und Bein verwundet hat, daß er das Bewußtsein verloren."

Der Frager wechselte Blicke mit den andern Männern und sagte dann wieder:

„Du verräthst allerdings die Wahrheit, Fenice Cattaneo, weil du schlecht zu lügen verstehst. Wenn er das Bewußtsein verlor, wie kann er dich hieher schicken, es uns ansagen zu lassen?"

„Die Sprache kam ihm wieder auf Augenblicke. Da sagte er, daß er in der Fortuna erwartet werde: man solle es dort zu wissen thun, was ihm begegnet."

Ein trocknes Lachen ward von einem der andern Männer hörbar. „Du siehst,“ sagte der Sprecher, „auch diese Herren hier glauben nicht sonderlich an dein Märchen. Es ist freilich bequemer, den Poeten zu machen, als den Ehrenmann.“

„Wenn das heißen soll, Signor, daß Signor Filippo aus Feigheit nicht hergekommen ist, so ist dies eine abscheuliche Lüge, die Euch der Himmel anrechnen möge,“ sagte sie fest und sah alle Drei nach der Reihe an.

„Du wirst warm, Kleine,“ höhnte der Mann. „Du bist wohl die gute Freundin des Herrn Avvocato, he?“

„Nein, die Madonna weiß es!“ sagte sie mit ihrer tiefsten Stimme. Die Männer flüsterten unter einander, und sie hörte, wie Einer sagte: „Das Nest ist noch toscanisch.“ — „Ihr glaubt doch nicht im Ernst an diese Schliche?“ fiel ihm der Dritte ein. „Der liegt so wenig in Treppi, wie —“

„Kommt und seht ihn selbst!“ unterbrach Fenice das Geflüster. „Aber Waffen dürft ihr nicht tragen, wenn ich euch führen soll.“

„Närrchen,“ sagte der erste Sprecher, „meinst du, daß wir einer so schmucken Creatur, wie du bist, ans Leben wollen?“

„Nein, aber ihm; ich weiß es.“

„Hast du sonst noch etwas dir auszubedingen, Fenice Cattanee?“

„Ja, daß ein Wundarzt mitgebe. Ist er schon unter euch, Signori?"

Sie erhielt keine Antwort. Statt dessen steckten die drei Männer die Köpfe zusammen. „Als wir kamen, sah ich ihn zufällig vorn im Hause: hoffentlich ist er noch nicht nach der Stadt zurück," sagte der Eine und verließ dann den Pavillon. Er kam nach kurzer Zeit mit einem Vierten wieder, der die Gesellschaft nicht zu kennen schien.

„Ihr erweis't uns wohl die Gefälligkeit, mit uns nach Treppi hinaufzugehn?" redete ihn der Sprecher an. „Man wird Euch inzwischen unterrichtet haben, um was es sich handelt."

Der Andere verneigte sich schweigend, und Alle verließen den Pavillon. Als sie an der Küche vorbeigingen, ließ sich Fenice ein Brod geben und nahm einige Bissen davon. Dann ging sie wieder der Gesellschaft voran und schlug den Weg in die Berge ein. Sie gab unterwegs nicht Acht auf ihre Begleiter, die eifrig mit einander redeten, sondern eilte, so viel sie konnte, und mußte zuweilen angerufen werden, damit man sie nicht aus den Augen verlor. Dann stand sie und wartete und sah in hoffnungslosem Brüten ins Leere hinaus, die Hand fest ans Herz gepreßt. So ward es Abend, bis sie die Höhen erreichten.

Das Dorf Treppi sah nicht lebendiger aus, als gewöhnlich. Nur einige Kindergesichter fuhren neugierig an die offnen Fenster, und einige Weiber traten unter die Thüren, als Fenice mit ihrer Begleitung vorüber ging. Sie sprach mit Niemand, sondern näherte sich, den Nachbarn ihren Gruß mit kurzem Händewinken erwiedernd, ihrem Hause. Hier stand eine Gruppe von Männern im Gespräch vor der Thür, Knechte waren mit bepackten Pferden beschäftigt, und Contrabbandieri gingen ab und zu. Als man die Fremden kommen sah, wurde es still unter den Leuten. Sie traten beiseit und ließen die Gesellschaft vorüber. Fenice wechselte einige Worte mit Nina in dem großen Gemach und öffnete dann die Thür ihrer Kammer.

Man sah drin in der Dämmerung den Verwundeten auf dem Bett ausgestreckt, neben ihm auf der Erde hockend ein uraltes Weib aus Treppi.

„Wie steht's, Chiaruccia?" fragte Fenice.

„Nicht schlecht, die Madonna sei gepriesen!" antwortete die Alte und musterte mit raschen Blicken die Herren, die hinter dem Mädchen eintraten.

Filippo fuhr aus einem Halbschlaf auf und sein blasses Gesicht glühte plötzlich. „Du bist's!" sagte er.

„Ja, ich bringe den Herrn, mit dem Ihr den Kampf vorhattet, damit er selbst sehe, daß Ihr nicht kommen konntet. Und da ist auch ein Wundarzt."

Das matte Auge des Liegenden glitt langsam über die vier fremden Gesichter. „Er ist nicht

darunter," sagte er. „Ich kenne keinen von diesen
Herren."

Als er das gesprochen und schon wieder das
Auge schließen wollte, trat der Sprecher unter den
Dreien vor und sagte: „Es genügt, daß man Euch
kennt, Signor Filippo Mannini. Wir hatten Be=
fehl, Euch zu erwarten und zu verhaften. Es sind
Briefe von Euch aufgefangen, aus denen hervor=
geht, daß Ihr nicht allein um das Duell auszu=
machen Toscana wieder betreten habt, sondern um
gewisse Verbindungen wieder anzuknüpfen, die Eurer
Partei in Bologna Vorschub leisten sollen. Ihr seht
den Commissär der Polizei vor Euch und hier meine
Instruction."

Er zog ein Blatt aus der Tasche und hielt es
Filippo vors Gesicht. Der aber starrte darauf, als
habe er von allem nichts verstanden, und fiel wie=
der in seine schlafähnliche Betäubung zurück.

„Untersucht die Wunden, Herr Dottore," wandte
sich nun der Commissär an den Arzt. „Wenn der
Zustand es irgend erlaubt, müssen wir diesen Herrn
unverzüglich hinunterschaffen. Ich habe draußen
Pferde gesehn. Wir thun zwei gesetzliche Thaten
auf einmal, wenn wir uns derselben bemächtigen,
denn sie sind mit Schleichwaaren beladen. Es ist
gut, daß man weiß, welches Volk dies Treppi be=
sucht, wenn man es einmal wissen will."

Während er dies sagte und der Arzt sich Filippo

näherte, war Fenice aus der Kammer verschwunden. Die alte Chiaruccia blieb ruhig sitzen und
murmelte vor sich hin. Man hörte Stimmen draußen
und eine seltsame Unruhe von Kommenden und
Gehenden, und zu dem Mauerloch sahen Gesichter
herein, die rasch wieder verschwanden. — „Es ist
möglich,“ sagte jetzt der Wundarzt, „daß wir ihn
hinunterschaffen, wenn er fest und doppelt verbun-
den ist. Schneller würde er freilich wieder aufkom-
men, ließe man ihn hier in der Ruhe und in der
Pflege dieser alten Hexe, deren Wundkräuter den
besten gelernten Arzt zu Schanden machen. Es
kann das Wundfieber unterwegs ihm ans Leben
treten, und eine Verantwortung übernehme ich
keinesfalls, Signor Commissario.“

„Unnöthig, unnöthig,“ erwiederte der Andere.
„Wie man ihn los wird, kann nicht in Betracht
kommen. Legt ihm Euern Verband an, so fest Ihr
vermögt, damit nichts versäumt werde, und dann
vorwärts. Wir haben Mondschein und nehmen einen
Burschen mit. Geht indessen hinaus, Molza, und
versichert Euch der Pferde.“

Der eine der Sbirren, dem dieser Befehl galt,
öffnete rasch die Kammerthür und wollte hinaus,
als ein unerwarteter Anblick ihn versteinerte. Das
Gemach nebenan war mit einer Schaar von Dorf-
leuten besetzt, an deren Spitze zwei Contrabbandieri
standen. Fenice hatte noch mit ihnen gesprochen, als

die Thür sich öffnete. Nun trat sie an die Schwelle
der Kammer und sagte mit großem Nachdruck:

„Ihr verlaßt diese Kammer unverzüglich, Sig
nori, und ohne den Verwundeten, oder Ihr seht
Pistoja nicht wieder. In diesem Hause ist noch kein
Blut geflossen, so lange Fenice Cattaneo seine
Herrin ist, und die Madonna verhüte solchen
Gräuel in alle Zukunft. Versucht auch nicht wie
derzukommen, etwa mit Mehreren. Ihr habt die
Stelle noch im Sinn, wo man einzeln die Fels
treppe zwischen den Wänden hinaufklimmt. Ein
Kind kann diesen Paß vertheidigen, wenn es die
Steine den Abhang herabrollt, die droben gesät
liegen. Wir werden dort eine Wache stellen, bis
dieser Herr in Sicherheit ist. Nun geht und rühmt
euch der Heldenthat, daß ihr ein Mädchen betro
gen habt und einen verwundeten Mann ermorden
wolltet.“

Die Gesichter der Sbirren entfärbten sich mehr
und mehr, und es entstand eine Pause nach den
letzten Worten. Dann zogen alle Drei wie auf
Commando bisher verborgene Pistolen aus der
Tasche, und der Commissär sagte kaltblütig: „Wir
kommen im Namen des Gesetzes. Wenn ihr selbst
es nicht respectirt, wollt ihr auch noch Andere hin
dern, es zu vollziehn? Es kann Sechsen von euch
das Leben kosten, wenn ihr uns zwingt, dem Ge
setz mit Gewalt Achtung zu verschaffen.“

Ein Murren durchlief die Schaar der Andern. „Still, Freunde!" rief das entschlossene Mädchen. „Sie wagen es nicht. Sie wissen, daß Jeder, den sie erschießen, dem Mörder einen sechsfachen Tod einbringt. Ihr redet wie ein Thor," wandte sie sich wieder an den Commissär. „Die Furcht, die auf euern Stirnen sitzt, redet wenigstens klüger. Thut, was sie euch anräth. Der Weg ist offen, Signori!"

Sie trat zurück und wies mit der Linken nach der Thür des Hauses. Die in der Kammer flüsterten wenige Worte zusammen, dann schritten sie mit leidlicher Haltung durch die aufgeregte Schaar, die ihnen immer lautere und lautere Verwünschungen mit auf den Weg gab. Der Wundarzt war unschlüssig, ob er folgen dürfe; aber auf einen gebieterischen Wink des Mädchens schloß er sich seinen Begleitern eilfertig an.

Diese ganze Scene hatte der Kranke in der Kammer halb aufgerichtet mit großen Augen mit angesehn. Jetzt trat die Alte wieder zu ihm und rückte ihm das Kissen. „Still liegen, mein Sohn!" sagte sie. „Es ist keine Gefahr. Schlafen, schlafen, armer Sohn! die alte Chiaruccia wacht, und daß Ihr sicher seid, dafür sorgt unsere Fenice, das benedeite Kind! Schlaft, schlaft!"

Sie summte ihn dann mit eintönigen Liedern ein wie ein Kind. Er aber nahm den Namen Fenice mit in seine Träume.

—

Filippo war zehn Tage droben im Gebirg und in der Pflege der Alten, schlief viel in den Nächten und genoß am Tage, vor der Thür sitzend, die reine Luft und die Einsamkeit. Sobald er wieder schreiben konnte, schickte er einen Boten mit einem Brief nach Bologna und erhielt am andern Tage Antwort, ob erwünscht oder unerwünscht, war auf seinem blassen Gesicht nicht zu lesen. Außer mit seiner Pflegerin und den Kindern von Treppi sprach er mit Niemand, und Fenice sah er nur des Abends, wenn sie am Herde schaltete. Denn sie verließ das Haus mit Sonnenaufgang und blieb über Tag im Gebirg. Das war sonst anders gewesen, wie er aus zufälligen Aeußerungen entnahm. Aber auch wenn sie zu Hause war, fand sich nie eine Gelegenheit, mit ihr zu sprechen. Sie that überhaupt, als merke sie seine Anwesenheit gar nicht, und schien das Leben wie früher zu tragen. Doch war ihr Gesicht wie steinern geworden und ihre Augen wie erstorben.

Als Filippo eines Tages, von dem herrlichen Wetter gelockt, weiter als sonst sich vom Hause entfernte und zum erstenmal wieder im Gefühl neuer Kraft eine sanfte Höhe hinabstieg, erschrak er, als er um einen Felsen bog und unerwartet Fenice im Moos neben einer Quelle sitzen sah. Sie hatte Wocken und Spindel in Händen und schien während des Spinnens sehr in sich vertieft. Bei Filippo's

Schritten sah sie auf, sprach aber kein Wort, noch veränderte sich der Ausdruck ihres Gesichts, und rasch erhob sie sich sammt ihrem Geräth. Dann ging sie, ohne auf seinen Ruf zu achten, davon und war ihm bald aus den Augen.

Am Morgen nach dieser Begegnung war er eben aufgestanden, und seine ersten Gedanken gingen wieder zu ihr, als die Thür seiner Kammer geöffnet wurde, und das Mädchen ruhig zu ihm eintrat. Sie blieb an der Schwelle stehen und winkte ihm gebieterisch mit der Hand, als er vom Fenster ihr näher eilen wollte.

„Ihr seid wieder geheilt," sagte sie kalt. „Ich habe mit der Alten gesprochen. Sie meint, Ihr hättet wieder die Kraft zu reisen, in kleinen Tagereisen und zu Pferde. Ihr werdet morgen früh Treppi verlassen und nie dahin zurückkehren. Dies Versprechen fordre ich von Euch."

„Ich verspreche es, Fenice, unter einer Bedingung."

Sie schwieg.

„Daß du mit mir gehst, Fenice!" sprach er in großer, unverhaltener Bewegung.

Ein dunkler Zorn überflog ihre Brauen. Doch hielt sie an sich und sagte, den Thürgriff fassend: „Womit habe ich Spott verdient? Ihr versprecht es ohne Bedingung, von Eurer Ehre erwarte ich's, Signor."

„Willst du mich so verstoßen, nachdem du mir den Liebestrank bis ins innerste Mark geflößt und mich für immer dir zu eigen gemacht hast, Fenice?“

Sie schüttelte ruhig das Haupt. „Es ist hin fort kein Zauber mehr zwischen uns,“ sagte sie dumpf. „Ihr habt Blut verloren, ehe der Trank gewirkt hatte, der Bann ist gelös't. Und es ist gut so, denn ich habe Unrecht gethan. Laßt uns nicht mehr davon reden und sagt nur, daß Ihr gehen werdet. Ein Pferd wird bereit sein und ein Führer, wohin Ihr wollt.“

„Wenn es denn dieser Zauber nicht mehr sein kann, der mich an dich bindet, so muß es wohl ein anderer sein, für den du nicht kannst, Mädchen. So wahr mir Gott gnade —“

„Still!“ unterbrach sie ihn und schürzte finster die Lippe. „Ich bin taub für solche Worte, wie Ihr sie sagen wollt. Wenn Ihr meint, mir etwas schuldig zu sein, und Euch mein erbarmen möchtet — so geht, und die Rechnung ist damit ausgeglichen. Ihr sollt nicht denken, daß dieser mein armer Kopf nichts lernen kann. Ich weiß jetzt, daß man einen Menschen nicht erkaufen kann, so wenig mit armseligen Diensten, die sich von selbst verstehen, als mit sieben Jahren des Wartens — die sich auch von selbst verstehen vor Gott. Ihr sollt nicht denken, daß Ihr mich elend gemacht habt — Ihr habt mich geheilt! Geht! und nehmt meinen Dank mit Euch!“

„Antworte mir vor Gott!" rief er außer sich und trat ihr näher, „habe ich dich auch geheilt von deiner **Liebe**?"

„Nein," sagte sie fest. „Was fragt Ihr danach? Sie ist mein, Ihr habt kein Recht und keine Macht über sie. Geht!"

Damit trat sie zurück und über die Schwelle. Im nächsten Augenblick lag er hingestürzt auf den Steinen zu ihren Füßen und umfaßte ihre Kniee.

„Wenn es wahr ist, was du sagst," rief er im höchsten Schmerz, „so rette mich, so nimm mich an, nimm mich auf zu dir, oder dieser Kopf, den ein Wunder in seinen Fugen erhalten hat, wird in Scherben gehen sammt diesem Herzen, das du verstoßen willst. Meine Welt ist leer, mein Leben eine Beute des Hasses, meine alte und meine neue Heimath verbannt mich, was soll ich noch leben, wenn ich auch dich verlieren muß!"

Da sah er auf zu ihr und sah aus den geschlossenen Augen helle Ströme brechen. Noch war ihr Antlitz regungslos, dann athmete sie tief auf, ihre Augen öffneten sich, ihre Lippen bewegten sich, noch ohne Worte: das Leben blühte wie auf einen Schlag in ihr auf. Sie beugte sich herab zu ihm, ihre kräftigen Arme hoben ihn auf — „du bist mein!" sagte sie bebend. „So will ich dein sein!" — —

Als die Sonne des andern Tages aufging, sah
sie das Paar auf dem Wege nach Genua, wohin
Filippo vor den Nachstellungen seiner Feinde sich
zurückzuziehen beschlossen hatte. Der hohe blasse
Mann ritt auf einem sicheren Pferde, das seine
Braut am Zügel führte. Zu beiden Seiten zogen
sich Höhen und Gründe des schönen Apennin in der
Klarheit des Herbstes, die Adler kreis'ten über den
Schluchten und fern blitzte das Meer. Und still
und leuchtend, wie dort das Meer, lag vor den
Wanderern die Zukunft.

———

Der Kreisrichter.

1855.

Am hellen Nachmittag rollte mein Wägelchen
über das etwas unsanfte Pflaster der saubern kleinen
Stadt und hielt vor dem Wirthshause zum rothen
Engel. Schon unterwegs, auf der fünfstündigen
Fahrt durch das schöne ebene Land in heiterer Herbst-
sonne, hatte ich es meinem Freunde Dank gewußt,
daß er mich zu dieser Abschweifung von der trost-
los geraden Eisenbahnlinie veranlaßt hatte. Ich
trug eine Vollmacht von ihm in der Tasche, den
Verkauf eines ihm vererbten Weingärtchens in der
Umgegend der kleinen Kreisstadt abzuschließen, und
einen Empfehlungsbrief an den Herrn Kreisrichter.
„Die Bekanntschaft des Mannes wird dich nicht
gereuen,“ hatte mein Freund gesagt, „und die
Bekanntschaft der Gegend lohnt sich wahrlich auch.
Wer weiß, ob ich das Stück Land, das mir jetzt
zur Last ist, nicht einmal zurückkaufen werde, wenn
ich um einen Winkel der Welt verlegen bin, wo man
sich ohne Haß vor ihr verschließen und das Restchen
Leben friedlich tropfenweise ausschlürfen kann.“

In der That schien mir der Ort gleich auf den ersten Blick wohl dazu angethan. An der Schwelle der gelinde ansteigenden Vorberge lag der bescheidne Häuserhaufen schon von fern gesehen in großer Behaglichkeit da, während die Winzerhütten und kleinen Landhäuser sich lachend im Grünen über die Abhänge zerstreut und die weitere Aussicht in Besitz genommen hatten.

Der Wein, der hier wächst, ist unberühmt, aber, wie manche geringere Landweine, von einem sehr bestimmten Geschmack und zarter hellrother Farbe. Wer ihn nur einmal flüchtig gekostet, pflegt ihn hinfort unter die Getränke zu rechnen, die nicht die Gabe haben, das Menschenherz zu erfreuen. Die Landeskinder und Andere, die sich in ihn hinein getrunken haben, verspüren dann und wann in der Gesellschaft der edelsten und kostbarsten Weine aller Zonen ein Heimweh nach ihm, das ich an mir selbst erleben sollte.

In der Gaststube zum „rothen Engel“ war es um diese Stunde leer, wie denn auch die Gassen in tiefer Nachmittagsruhe lagen, als mein Gefährt hindurchrasselte. Der Wirth aber hatte sich tapfer sein Schläfchen abgebrochen und zu mir gesetzt, auch der Gelegenheit wahrgenommen, ein höfliches Glas mitzutrinken. Nach mancherlei Kriegs-, Staats- und Erntegesprächen kam er auf das Neueste vom Jahr, eine große Hochzeit der Bürgermeisterstochter mit dem Sohne des hiesigen größten Kaufmanns, dessen Laden mir, wie ich dem Wirth zu seiner nicht geringen Befriedigung sagen konnte, durch die Mannigfaltigkeit der ausgestellten Produkte und eine stattliche Spiegelscheibe, die einzige im Orte, im Vorüberfahren aufgefallen war. „Das junge Paar ist gestern verreist," sagte der Wirth. „Das ist ja die leichtsinnige neue Mode, während es sonst für das Beste galt, den Ehestand im eignen Nest anzufangen. Da bleibt nichts übrig, wenn das ledige junge Volk nicht um sein Tänzchen kommen soll, als eine Nachhochzeit, wie sie heut Abend drüben beim Brautvater gehalten wird. Die meisten meiner Abendgäste sind zwar geladen, aber ich fahre dennoch nicht schlecht dabei," fügte er pfiffig hinzu. „Man hört die Musik über den Markt her deutlich genug, und wir lassen die Fenster auf. Es wird auf den Abend voll werden im rothen Engel, aber ein Plätzchen am Fenster soll Ihnen aufgehoben sein. Wäre jetzt noch ein Schöpplein gefällig?"

Ich dankte, seinen Wein belobend, und bat ihn, mir den Weg zum Hause des Herrn Kreisrichters zu sagen, da ich mein Geschäft mit ihm bald zu erledigen wünschte. — „Warten Sie," unterbrach sich mein Mann in einer sehr gewissenhaften Wegweisung, „da kommt mein Heinrich eben aus der Schule und soll Sie begleiten. Der Herr Kreis= richter hält was auf ihn, wie er überhaupt hübsche

Kinder und sauberes junges Volk gern um sich hat. Die Bürgermeisterstochter, die gestern geheirathet hat, war sein Augapfel, und alle jungen Mädel hat er am kleinen Finger, obwohl er schon in Jahren ist und sein Lebtag nicht war, was man eine schöne Mannsperson nennt. Schönheit vergeht, Häßlichkeit besteht, heißt's im Sprüchwort. Als er jung war, mögen sie sich nicht so arg um ihn gerissen haben."

Damit rief er seinen Buben, der draußen über den Flur gelaufen kam. Es war ein krausköpfiger lebhafter Junge mit schönen schwarzen Augen. Zutraulich faßte er meine Hand und wir wanderten zusammen unseres Weges.

„Sie werden den Onkel jetzt zu Hause treffen," sagte mein kleiner Führer. „Wenn die Birnen erst reif sind, geh' ich jeden Nachmittag mit Hans, dessen Vater nebenan wohnt, von der Schule aus an Onkels Garten vorbei. Sobald er uns sieht, ruft er uns herein, und wir dürfen sogar auf den Baum steigen. Hernach geht er wieder aufs Gericht, bis an den Abend."

Nicht lange, so hatten wir das Ende der Stadt erreicht, und mein Führer machte Miene, auch noch das Thor zu passiren. „Wohnt der Onkel draußen?" fragte ich.

„Freilich, am Wall; es ist nicht mehr weit zu ihm."

Wir bogen links ab und betraten den schattigen

Spaziergang, der auf den ehemaligen Schutz- und Trutzwerken des friedlichen Ortes hinlief. An einem alterthümlichen grauen Hause stand der Knabe still. „Hier!" sagte er. Man sah durch eine Gitterthür neben dem Hause in den Garten hinein. Vorn in der Tiefe des früheren Stadtgrabens standen prachtvolle Nußbäume, die mit ihren Aesten bis an die oberen Fenster herüber reichten. Keine menschliche Seele außer uns genoß ihren Duft und Schatten zu dieser Stunde. Oben aber hörte man eine Geige aus dem geöffneten Fenster und die Vögel zwitscherten mit hinein.

„Ist das der Onkel, der spielt?"

Der Knabe nickte. „Vater sagt, er spiele besser als unser bester Stadtgeiger. Aber er spielt keine Tänze, und fast immer aus dem Kopf."

Ich gab meinem kleinen Freunde die Hand und stand noch eine Weile unten an den steinernen Stufen, während der Knabe dem Thore zusprang. Meine gute Meinung von dem Onkel wuchs, je länger ich in die Fülle des grünen Laubes starrte. Es war ein überaus einsamlicher, erquickender Ort, und zugleich mußte in anderen Stunden eine lustig spazierende wohllöbliche Bürgerschaft die freundlichste Staffage machen.

So erstieg ich endlich, meiner Vollmacht froh, die saubere Treppe. Das untere Geschoß schien unbewohnt, wenigstens hingen die Epheuranken, mit denen die Wände des luftigen Flurs, wohin man blickte, übersponnen waren, wuchernd vor den Thüren und hielten Schloß und Thürgriff umklammert. Nun erscholl das Spiel der Geige voller in dem geschlossenen Raum des Treppenhauses, und da ich langsam stieg, den verstohlenen Genuß mir nicht selbst abzukürzen, war ich noch nicht zur Hälfte hinauf, als ein verwundertes Gesicht oben an den Stufen erschien. Der Mann hatte offenbar eine kurze Abfertigung auf der Zunge, denn ich sah, wie er mit sehr ungehaltener Geberde ans Geländer trat und den Besuch, der augenscheinlich die Stunde schlecht gewählt hatte, mit raschem Händewinken zur Umkehr bewegen wollte. Als er ein ganz fremdes Gesicht sah, ergab er sich in die Nothwendigkeit einer wörtlichen Verständigung und ließ mich völlig heraufkommen.

Er trug einen langen hellen Sommerrock und Schuhe, und ein grauer Schnurrbart bemühte sich umsonst, den harmlosen Zügen einen martialischen Anstrich zu geben.

Ich fragte nach dem Herrn Kreisrichter und hielt ihm meinen Empfehlungsbrief entgegen.

„Sie hören, daß der Herr Kreisrichter spielt,“ sagte er mit Achselzucken und einem mühsamen Anlauf zur Höflichkeit. „Um diese Stunde besucht ihn sonst Niemand, mein Herr: es weiß ein Jeder, daß ich ihn dann nicht stören darf.“

Ich entschuldigte mich, daß ich fremd sei und dieser schätzbaren Kenntniß bisher ermangelt habe. Dabei schob ich alle Schuld auf den Wirth und seinen Sohn.

„Diese unnützen Buben!“ fuhr er auf, gleichwohl die Stimme dämpfend. „Von ihnen läßt sich der Herr Kreisrichter Alles gefallen. Wir haben keine eigenen Kinder,“ setzte er vertraulicher hinzu. „Da denkt der Mensch immer Wunder welch ein Segen ihm abgeht, und dankt seinem Nachbarn, wenn der ihm vom seinigen borgt, so oft er ihm lästig wird. Manchmal haben wir den ganzen Garten voll, und die Taugenichtse fallen wie die Heuschrecken über Sträucher und Bäume her.“

„Ist keine Frau Kreisrichterin im Hause?“

Der Alte schüttelte den Kopf. „Wir sind nicht verheirathet,“ sagte er mit dem Tone eines Mannes, der mit Befriedigung, aber ohne Ueberhebung, sich eingesteht, weiser gehandelt zu haben, als die meisten seiner Nebenmenschen.

Während dieses halblauten Gesprächs an der Treppe wogte der schöne starke Ton der Violine immer auf und ab und fesselte mich so sehr, daß ich ganz vergaß, was mich hergeführt hatte. Der Alte schien durch mein respektvolles Lauschen gewonnen zu werden. „Wenn Sie sich ganz ruhig verhalten wollen,“ sagte er, „will ich Sie ins Vorzimmer treten lassen. Da hören Sie besser und

können es ruhig abwarten, bis der Herr die Geige
weglegt." — Er öffnete vorsichtig die nächste Thür,
legte noch einmal den Finger auf den Mund und
drückte, nachdem ich eingetreten war, die Thür von
außen behutsam wie an einem Krankenzimmer ins
Schloß.

Ich befand mich in einem überaus hellen, ge=
räumigen Gemach, dessen drei tiefe Fenster, fast
bis auf den Boden reichend, den Blick zwischen
den Baumwipfeln über Hügel und fernes Gebirg
frei ließen. Die reine Luft wehte herein und be=
wegte die weißen Vorhänge und die Blätter der
hochstandigen Gewächse, die in den Fensternischen
standen. Einige Sessel, ein Sopha, dazu ein
Schrank mit Musikalien, Alles einfach und bequem,
machten das Mobiliar des kleinen Saales aus.
Aber die schönsten Kupferstiche an den Wänden und
in der einen Ecke, dem günstigsten Licht zugekehrt,
die herrliche antike Statue des betenden Knaben
nahmen dem Raum alles Ungastliche der Leere.
Man sah einen feinen Sinn in der Auswahl der
Bilder und in der Anordnung des Ganzen, und
nur der gekräuselte Sand auf den Dielen erinnerte
daran, daß der Herr Kreisrichter zu den Honora=
tioren einer kleinen Stadt gehörte.

Sehr zufrieden mit meiner Lage ließ ich mich
auf einem der Sessel nieder, und indem meine Augen
zwischen den Stuckarabesken des weißgetünchten

Plafonds herumgingen, horchte ich mehr und mehr hingerissen dem Concert im Nebenzimmer.

Es war nicht allein das Fremde und Wunderliche meines Zustandes, das Unverhoffte und Heimliche, was mir den Genuß erhöhte; ich weiß es ganz bestimmt, daß ich niemals vor- und nachher so habe spielen hören. Offenbar war es freie Phantasie, denn es mischten sich gelegentliche Anklänge an bekannte Weisen ein, wie man im Erguß eines innerlichen Gesprächs dann und wann sich an ein schönes Wort eines Dritten erinnert, das die eigenen Gedanken schlagend zusammenfaßt. Aber wenn irgend Musik eine seelenbezwingende Macht hat, so hatte sie diese. Sie war ohne alles Pathos, ohne jegliche Rhetorik. Unscheinbar, ja sogar nüchtern bewegte sich bald dieses, bald jenes Thema, und wuchs unversehens, und verstärkte sich an ernster Energie der Behandlung, und hatte mich bezwungen, ehe ich mich dessen versah. Eine andere Melodie löste dann die erste ab und spielte leichter mit meinen Sinnen, bis die erste wieder auftauchte und daran erinnerte, daß sie ein älteres Recht auf mich hatte. Die dämonische Gewalt des Einfachen habe ich nie so deutlich an mir empfunden, wie hier. Wenn der heitere Herbsttag draußen selbst den Bogen geführt hätte, es hätte nicht mehr Stimme der Natur in seinem Spiel sich offenbaren können.

Und so verklang es auch ohne feierliche Schlußcadenz, wie der Wald plötzlich zu rauschen aufhört, wenn der Wind schweigt. Ich hörte einen eigenthümlich ungleichen Schritt und ein Klappen, aus dem ich entnahm, daß die Geige zur Ruhe gebracht wurde. Nun besann ich mich wieder, wo ich war, im Vorzimmer des Herrn Kreisrichters, eine gerichtlich beglaubigte Vollmacht in der Tasche.

Den alten Diener hörte ich jetzt durch eine andere Thür zu seinem Herrn treten und mich anmelden. Einen Augenblick noch, und er öffnete die Thür nach meinem Saal und bat mich, einzutreten.

Mit einer seltsamen Befangenheit trat ich über die Schwelle, und der Anblick, dem ich begegnete, war nicht geeignet, mich in die Stimmung eines Geschäftsbesuches sogleich zurückzuführen. Das Gemach war kleiner, aber nicht minder hell, und durch einen Teppich wohnlicher, als das erste. Ein großer Schreibtisch stand mitten im Zimmer zwischen den tiefen Fenstern, zu beiden Seiten mächtige Oleanderbüsche in voller Blüthe. Die Wand mir gegenüber war mit einem einzigen großen Bilde geschmückt, einer Copie jenes wunderbaren Meisterstücks des ältern Palma, das über dem Seitenaltar in Santa Maria Formosa zu Venedig steht: die heilige Barbara im dunkelrothen Gewand, das Haar goldbraun, die lebendigen Augen ernsthaft auf den Beschauer gerichtet. Unter dem Bilde stand ein niedriges Canapee, ein Tischchen davor. Sonst kein Bild in dem ganzen Zimmer und die übrigen Wände mit Bücherschränken verstellt.

Am Tische stand der Kreisrichter.

Ich hatte die Worte meines Wirths, die mich auf die Bekanntschaft eines nicht eben schönen Mannes vorbereiteten, über dem Concert gänzlich vergessen. Ich war auf einen einfachen, rüstigen und stattlichen Mann gefaßt, dessen heiter vernehmes Gesicht in den Rahmen dieses Hauses wohl hinein paßte. Fast das völlige Widerspiel meiner Erwartungen stand mir gegenüber.

Eine hochaufgeschossene, unreife Gestalt, wie eines zu rasch gewachsenen Knaben, ungeschickt in den Kleidern hängend, trug einen Kopf von der entschiedensten Häßlichkeit. Der Blick eines einzigen hellgrauen Auges fiel mir ruhig entgegen, das andere, das zu fehlen schien, war von der Wimper verschlossen, die Nase und der untere Theil des Gesichts sehr schmal und verkümmert: man konnte nicht glauben, daß jemals das Roth der Jugend auf diesen Lippen und Wangen geschimmert hatte. Die Stirne sprang vor, wie in alten Häusern das obere Geschoß über dem untern, breit und hoch; einige Büschel fahlblonder Haare hingen darüber herab. Aber selbst diese bedeutende und ungewöhnliche Bildung des Schädels vermochte die Nüchternheit des Gesichts nicht sonderlich zu beleben und die Häßlichkeit zu einer solchen zu machen, welche die Franzosen le beau du laid zu nennen pflegen. Ich habe nie einen Kopf von so erloschenem Colorit gesehen.

Nicht minder unglücklich war die Haltung der Gestalt. Der Kopf neigte sich leicht auf die linke Seite, der linke Arm war offenbar ein wenig kürzer, als der rechte, und wie der Mann an dem Tische stand, auf den rechten Fuß gestützt, den linken mit der Spitze gegen den Teppich gestemmt, war es unzweifelhaft, daß sich die Uebervortheilung der linken Seite bei der Vertheilung der natürlichen Gaben bis auf den Fuß herab erstreckt hatte.

Unwillkürlich glitt mein Blick von der seltsam vernachlässigten Mannesgestalt auf das Bild der Heiligen, das in sicherer Fülle der Schönheit fröhlich neben ihm blühte und den goldenen Rahmen verdunkelte.

Er weidete sich offenbar an meinem Erstaunen, und ich sah ein sehr feines Lächeln über seine Züge fliegen. Dabei öffnete er leise die Lippen, und eine Reihe der schönsten Zähne gab plötzlich dem unscheinbaren Munde Reiz und Adel.

„Sie müssen das Original des Bildes gesehen haben," fing er an, ohne eine weitere Vorstellung meinerseits abzuwarten. „Ich sehe es an Ihren Augen, daß Sie es nicht zum ersten Male bewundern. Dieser Copie hier, obwohl sie mit Sorgfalt und Verstand gemacht ist, fehlt denn doch

gerade das, was an der ächten Barbara auf den
ersten Blick hinreißt.“

Dabei hatte er den Kopf flüchtig nach dem Bilde
gewandt und war von dem Tisch zurückgetreten.
Seine Bewegungen waren rasch und frei, das Auge
glänzte zu dem Gemälde hinauf, und seine Stimme
klang voller und tiefer, als man der schmalen Brust
zugetraut hätte.

Ich sagte ihm, daß ich allerdings die kaum ver-
jährte Erinnerung an dieses Bild aufs Lebendigste
Zug für Zug in mir trüge.

„Sie werden sie behalten, so lang Sie leben!“
sagte er feierlich; dann in leichterem Ton: „Werden Sie glauben, daß ich mit diesem Bilde schon
Todte erweckt habe?“

Ich sah ihn fragend an.

„Verstehen Sie mich,“ fuhr er lächelnd fort,
„meine Todten gingen aufrecht auf ihren Füßen
herum, aßen, tranken und schliefen, und Einige
trieben den Hochmuth so weit, daß sie sich sogar
einbildeten, zu wissen, was Leben sei. Und doch
waren es Menschen ohne Lebensflamme, wie sie
eine kleine Stadt denn eben vielfach beherbergt.
Wenn sie mich lange genug gedauert und geärgert
hatten, führte ich sie auf die Stelle, wo Sie jetzt
stehen. Da kamen sie nach und nach zu sich und
wurden demüthig, und die Schuppen fielen ihnen
von den Augen. Wo es nicht zündete, war sicher

ein Stein in der Bruſt. Aber ich hüte mich wohl, mein Wunder zu oft zu thun. Manche gute Geſellen ſind eben zu ſchwach, das Leben zu ertragen: es macht ſie unglücklich, wenn man ſie ihrem Scheintod, ihren mittelmäßigen Wünſchen, ihren engen Bedürfniſſen entreißt. Die Schönheit iſt nur für den frommen Muthigen, der keine Götzen haben will neben ihr. Für die Anderen — iſt das!"

Mit dieſem Worte zog er einen grünen Seiden= vorhang an einem Schnürchen über das Bild. „Im Nu iſt es dunkler im Zimmer," ſagte er ernſthaft. — „Aber Sie kommen in Geſchäften. Dafür giebt uns die Sonne draußen Licht genug."

Er ſchob mir einen Seſſel neben den Schreib= tiſch und ſetzte ſich ſelbſt. Nachdem er den Brief geleſen und die Vollmacht geprüft hatte, ſagte er: „Bis auf den Einen Punkt, der mit dem Käufer mündlich zu erledigen iſt, ſteht dem Vollzuge des Kaufs nichts im Wege. Ich kann Sie zu jenem Herrn führen, mit dem Ihr Freund in Unterhand= lung ſteht, und die Sache iſt mit drei Worten und einem Federzug abgethan. Eilt es Ihnen mit der Abreiſe? Gut, ſo machen wir uns unverzüglich auf den Weg. Wollen Sie aber die Nacht darangeben, ſo fügt ſich Alles beſſer. Ich mache es mit dem Wirth ſchon aus, daß Sie mein Gaſt ſind und unter meinem Dach übernachten. Auf den Abend lade ich Sie zu einer Tanzgeſellſchaft bei unſerm

Bürgermeister, meinem braven alten Freund. Dem Käufer des kleinen Grundstückes werden Sie dort ebenfalls begegnen und können bei einem Glase Wein den Handel freundschaftlich ins Reine bringen. Ich sehe es Ihnen an, daß Sie bleiben. Machen Sie mir die Freude!" —

Ich schlug in die herzlich dargebotene Hand. „Wie schlecht verstünde ich mich auf meinen Vortheil," sagte ich, „wenn ich solcher Bitte widerstehen könnte. Leider haben Sie keinen Tänzer an mir."

„Wenn die Mädchen damit zufrieden sind, ich lasse mir's schon gefallen, einen bloß schauenden Menschen neben mir zu haben. Die Jugend hier ist gesund, und das ist in jungen Jahren die halbe Schönheit. Auch haben sie noch Race. Achten Sie auf die feine Form der Köpfe und die zarte Bildung der Schläfen, und im Gang und Tanz und Sitzen die natürliche Anmuth. Väter und Mütter sehen das wohl auch und mögen es auch gern von mir hören: wenn sie es nur völlig zu schätzen wüßten! Aber von dem ersten besten jungen Fant hören sie es doppelt so gern."

„Ich habe Sie da gleich mit meiner Schwäche bekannt gemacht," fuhr er heiter fort, indem er aufstand. „Allein ich habe ein Vertrauen zu Ihnen gefaßt: und auch das kommt von oben, wie alles Gute. Lassen Sie mich's denn genießen, was mir

nicht oft beschieden ist, meinem alten Hange nach=
zuhängen, ohne daß mich meine biedern Nachbarn
für einen Narren halten, dem man vieles hingehen
lassen muß, weil er sonst eine ehrliche Haut ist.
Sie sind in Italien gewesen. Sie wissen, wie
einem Herz und Augen zuweilen übergehen."

Er rief dem Diener und ließ sich den Hut
bringen. „Jetzt in die Kanzlei," sagte er, „und
Abends zu Ihnen in den Engel, Sie zum Fest
abzuholen."

Wir gingen zusammen den grünenden Treppen=
flur hinab. Ein Schwalbenpaar flog durch das
offne Fensterchen schwirrend hinaus. „Dort im
Winkel ist ihr Nest," sagte der Kreisrichter. „Das
sind meine sommerlichen Hausgenossen und die ein=
zige Familie hier am Ort, deren Kinder sich nicht
an den Onkel gewöhnen wollen. Es muß wohl
an ihnen liegen, denn ich habe die Gelbschnäbel
herzlich gern."

Damit traten wir auf den Wall hinaus, und
mein Gastfreund machte mich auf einen Weg auf=
merksam, der quer durch den schattigen Grund in
die jenseitigen Hügel hinüberlief. „Er führt Sie
auf einen Punkt, wo Sie die ganze Herrlichkeit
unseres Städtchens überschauen. Möge sie Gnade
vor Ihren Augen finden."

Ich folgte dem Fußweg, während er dem Thor
zuwandelte. Hinter einem der Bäume blieb ich

stehen und sah ihm nach, wie er mit seltsam schleifendem Gang, das Haupt auf die Seite geneigt, von den spielenden Sonnenlichtern überflogen unter den Bäumen hineilte, die Arme auf dem Rücken, bei aller Ungestalt und Verwahrlosung des Aeußern eine wohlthuende Erscheinung. Oder waren meine Augen schon von seiner Stimme bestochen?

Als ich in der Dämmerung von meinen Irrwegen in das Wirthshaus zurückkam, unterwegs mit wenig anderen Gedanken beschäftigt, als mit meiner neuen Bekanntschaft, traf ich den wundersamen Mann schon in vertrautem Gespräch mit meinem Wirth. Der kleine Heinrich stand neben ihm, und die Hand des Kreisrichters ruhte leicht, während er sprach, auf dem Lockenkopf des Knaben.

„Ich habe Ihre Seele schon dem rothen Engel abgewonnen," rief er mir entgegen, „und Sie sind nun gänzlich in der Gewalt des hinkenden Teufels. Hoffentlich finden Sie nicht Ursache, den Tausch zu bereuen. Mein sehr verehrter Herr Wirth geht freilich eines Gastes verlustig, der den Ruhm seiner guten Betten verbreiten würde. Aber der ist, denk' ich, auch ohne Sie fest genug in der Welt gegründet, und seinen guten Wein, sein eigen Gewächs, sollen Sie bei mir nicht minder verehren lernen. Laßt es vom besten vorjährigen sein, lieber Herr

Gevatter, und schickt mir nicht zu bescheiden. Mein alter Lerche, wie Ihr wißt, ist auch kein Feind des Vortrefflichen.“

„So ein Gegenstand von sechs Flaschen, Herr Kreisrichter?“ fragte der Wirth mit einer devoten Art von Vertraulichkeit, wie sie nur Wirthen zu ihren Stammgästen eigen ist.

„Bleib's dabei!“ sagte der Kreisrichter. Dann zaus'te er dem Knaben in den Locken, hinterließ einen Gruß an die Frau Gevatterin, und wir gingen. Ich hatte offenbar an Ansehn im rothen Engel erheblich gewonnen durch die freundschaftliche Art, mit welcher der Kreisrichter seinen rechten Arm mit meinem linken verschränkte; doch stützte er sich nicht auf, und wer seine Füße nicht sah, kam durch die Bewegungen des Oberkörpers kaum auf den Gedanken, daß er lahm sei.

Der Marktplatz war lebendig. Auf den Stufen des fließenden Brünnleins standen Buben und Mädchen und sahen in die erleuchteten Fenster des Hochzeithauses. Einzelne Töne einiger stimmenden Geigen, Flöten und Contrabässe verkündeten die großen Dinge, die bevorstanden, und lockten mehr und mehr Zuhörer in die Fenster und Hausthüren gegenüber. Wir gingen an dem Brunnen vorbei. Die ältesten der Kinder kamen heran und gaben meinem Begleiter die Hand. Es war kein Gesicht unter allen, das über seine mangelhafte Gestalt eine Miene verzogen hätte. Und doch sah er noch auffallender aus, als am Nachmittag: er ging im schwarzen langen Frack, die Handschuhe in der Linken schlenkernd, in der rechten Hand ein Zweiglein Reseda, das er beim Eintritt in das Haus des Bürgermeisters ins Knopfloch steckte.

Oben fanden wir eine zahlreiche Gesellschaft beisammen, und es wollte mir scheinen, als ob man mit dem Beginn des Tanzes auf meinen Gastfreund gewartet hätte. Die Gruppen der jungen Leute, die plaudernd im Saal beisammen standen, belebten sich auf einmal, als seine lange Figur an der Schwelle erschien. Die Mädchen ließen ihre Tänzer stehen und eilten mit hellen Augen zu ihm heran, ihm eine Hand zu geben. Die Musikanten stimmten eifriger, und eine Clarinette that sich mit einem einsamen Lauf hervor, der in einem glänzenden Triller schloß. Der Hausherr kam uns aufs Würdevollste entgegen und hieß auch den ungeladenen Gast herzlich willkommen. Seine ledige Schwester machte die Wirthin, denn die Hausfrau schien schon länger todt zu sein. Immer am Arm des Kreisrichters gelangte ich nun in die Zimmer der Väter und Mütter und mußte eine langwierige Präsentation über mich ergehen lassen. Ich hatte meinen Begleiter heimlich dabei im Auge. Ein stilles Behagen der Herrschaft, die er über diesen Kreis ausübte, lag auf seinem Gesicht, eine leise, gutmüthig

Schalkhaftigkeit in den Worten, die er an die Einzelnen richtete. Und obwohl Alle darüber einig zu
sein schienen, daß er nicht ganz von ihrem Stoffe
war, offenbarte sich doch in der Art, wie ihm
Männer und Frauen begegneten, das Bewußtsein,
daß sie keinen zuverlässigeren Freund besaßen.

Wir hatten kaum sämmtlichen Honoratioren unsern Respect bezeugt, als die Musik vollstimmig
eine Polonaise begann. Mein Freund eröffnete den
Ball mit der Wirthin. Wie er mit ihr den Saal
hinaufschritt, schien er trotz seiner Gebrechen von
Allen am meisten Herr seiner Bewegungen zu sein.
Seine Dame, die Ehre vollkommen würdigend,
blickte freundlich zu ihm hinauf und nahm ihm
jedes Wort, jeden Scherz lebhaft dankbar vom
Munde. Er führte sie dann wieder in das an-
stoßende Gemach, wo sich bald ein Kranz von
Müttern um ihn versammelte.

Ich hatte mich inzwischen mit dem Käufer des
Weinbergs, der mir von dem Kreisrichter in einem
ehrsamen Herrn Apotheker vorgestellt worden war,
in die Schreibstube des Hausherrn zurückgezogen,
durch ein kleines Kabinet von der lauten Tanzmusik getrennt. Hier stand für die gereifteren Gäste
ein Tisch mit Flaschen und Gläsern bereit und
mannigfacher Rauchapparat. Wir waren bald Han-
dels einig. Die Clausel des Contracts bezog sich auf
jene Grille meines Freundes, das kleine Grundstück

dereinst wieder in seinen Besitz zu bringen, und
da der Käufer das Stück Rebenland zunächst zu
allerhand Experimenten mit neuen Reben und che-
mischer Düngung zu benutzen dachte, ging er auf
annehmliche Bedingungen eines etwaigen späteren
Rückkaufes bereitwillig ein. Wir klangen mit den
Gläsern an auf den guten Handel, meinen Freund
und die Fortschritte der Wissenschaft, und der Bieder-
mann versprach, mir, als dem Unterhändler, eine
Probe seiner neuen Künste, wenn sie geriethen, ins
Haus zu schicken.

So standen wir auf, und ich trat durch das
Kabinet an den Eingang des Tanzsaales zurück.
Schon hatten die Gesichter zu glühen, die Augen
zu glänzen angefangen, und es war allerdings
viel Hübsches zu sehen. „Gesunde Jugend ist die
halbe Schönheit,“ hatte mein Kreisrichter gesagt;
daran dachte ich wieder. Der Zauber der Frische
lag über dem größten Theil der tanzenden Mädchen-
gestalten, hie und da noch ein wenig mehr. Auch
die jungen Männer waren meist ansehnlich und
von gewandter Haltung und mußten ein sonder-
liches Talent in der Unterhaltung besitzen. Denn
mehr als einmal hörte ich ein helles, unschuldiges
Mädchengelächter mitten durch die Walzermelodie,
wie ich mich nicht entsinne jemals in Tanzsälen
größerer Städte vernommen zu haben.

Nach und nach aber vertieft in meine Gedanken,

überhörte ich), daß Jemand zu mir trat. Eine Hand berührte mir die Schulter, und der Kreisrichter stand neben mir.

„Sie träumen mehr, als Sie sehen," sagte er lächelnd. „Sie bedürfen doch noch einiger Anleitung. Mein Kleinod ist leider gestern entführt worden. Nunmehr ist kein Wuchs, der sich mit dem ihrigen vergleichen ließe, zwischen diesen vier Wänden. Und welches Haar, welche feinen Augen, welche ruhige Stirne! Nur daß der Geist in dem Gesichtchen dennoch überwog, und der Mund mehr durch Sinn und Güte, als durch eine vollkommen schwellende Fülle reizend war. Wir leben im Norden, lieber Freund. Das Gemüth tritt da an die Stelle der Natur und legt die letzte Hand an die Form. — Sehen Sie, da ist die Schwester der Neuvermählten. Seit ich sie dazu vermocht habe, ihr Haar rund abzuschneiden, wie stimmen nun all ihre Züge munter zusammen! Ein kleiner Eigensinn, aber Idealität im Blut und meine sehr gute Freundin. — Und dort die Kleine, Halbwüchsige, die mit den Löckchen im Nacken. Wie sich das Ohr zierlich aus den Haaren abhebt — jetzt fällt leider eine Blume darüber; und das trutzige Näschen in dem allerliebsten Soubrettengesicht, es wird schwer halten, daß es sich in späteren Jahren in eine gewisse Würde hineinfindet. — Sehen Sie jene Schlanke mit der Rose im braunen Haar, die sich

eben lachend zu ihrer Freundin wendet? Sie
schwebt im Tanzen wie ein Blumenzweig. Diese
mandelförmigen Köpfchen, ich liebe sie. Sie mögen
altern, wie sie wollen, der Umriß bleibt unver-
wüstlich."

Während er sprach, leuchtete sein einziges Auge,
und es schien seltsamer Weise, als dehne sich die
weit vorstehende Stirn. Sein unscheinbarer Mund
war sehr milde im Ausdruck, keine Spur jenes
fatalen unsichern Etwas, das die Lippen älterer
Herren so oft umspielt, wenn sie die Kenner machen
bei Tafel, in Galerien, oder in Tanzsälen. Er
sprach während mehrer Tänze in seiner Weise fort.
„Die Wenigsten kennen die große Welt," sagte er.
„Aber in kleinen Städten ersetzen Schicksale oft auf
Einen Schlag, was die Bildung des offenen großen
Lebens in Jahren nach und nach am Menschen
thut. Ich vermisse es nicht, daß ich von der
großen Landstraße so entlegen wohne. Die Menschen haben auch hier ihre Lebensgeschichte. Seit
den zwölf Jahren, daß ich hier bin, — wie manchen
Schmerz hat mich der Vorzug gekostet, daß mich
die Natur zum Vertrauten gestempelt hat."

Das Gespräch wurde unterbrochen, und ich un-
terhielt mich eine Stunde lang mit Andern. Dann
kam er wieder zu mir — es war gegen zehn Uhr
— und sagte: „Ich bin so selbstsüchtig, daß ich
für mich und Sie Urlaub von unserm Wirth

erbeten habe. Ich freue mich schon den ganzen Nachmittag darauf, daß wir noch von Italien miteinander reden wollen. Lerche hat für ein nothdürftiges Essen gesorgt, und unser rother Engel, wie Sie gehört haben, steht für den Wein. Kommen Sie! Da Sie nicht tanzen, sind wir dem jungen Volk unnütz, und die Alten kennen schon meine Unart, weder zu spielen, noch zu kannegießern."

Ich folgte ihm gern, und wir kamen unbemerkt auf den Flur. Er hatte schon meinen Arm gefaßt, als ein junges Mädchen aus einer Seitenthür hervorhuschte, eben jener kleine Eigensinn, den er mir als die jüngere Tochter des Hausherrn gezeigt hatte. „Sie dürfen mir nicht so fort, Onkel!" rief sie: „Sie entgehen dieser Schleife doch nicht, die ich Ihnen im Cotillen zugedacht hatte."

„Haben Sie nicht eine Decoration für meinen jungen Freund, Clärchen?" sagte er lächelnd, indem er sich das Band von den spitzen Mädchenfingern ins Knopfloch schlingen ließ. „Sie würde ihm doch besser stehen, als mir. Nehmen Sie indessen meinen schon etwas welken Resedazweig als eine Erinnerung an Ihren invaliden Ritter."

„Ihr Freund verdient gescholten, und nicht belohnt zu werden," erwiederte das Mädchen rasch. „Gute Nacht, Onkel!" Und sie war wieder davon, ehe ich um Gnade bitten konnte.

„Da haben Sie Ihr Gericht!" lachte der Kreis=
richter im Hinuntergehen. „Sie gehören noch nicht
zu den Prytanen und müssen Gunst und Glück ver=
dienen, d. h. ertanzen."

Als wir in der Kühle durch die dunkle Stadt
gegangen waren und nun aus dem Thore traten
und die Mondsichel langsam über den Hügeln empor=
schweben sahen, stand mein Freund still und sagte:
„Wo mögen sie jetzt sein, die beiden glücklichen
Menschen, denen ich gestern um diese Stunde in
den Reisewagen half? Es ist doch köstlich, mit
seinem jungen Glück in die weite Welt hinaus zu
fahren, wenn der Mond eben aufgeht, alle Winde
still schweigen, die Nacht über der Erde schwimmt
und darauf hört, wie unser Herz klopft. Davon
wußten unsere Altewäter nichts, die aus der Kirche
in ihr eigen Haus und Bett zogen, wie übermüthig
schön das ist, Alles, was einem seine Heimath be=
deutet, mit sich herumzuführen und in die elendeste
Schenke, wo man übernachten muß, sein ganzes
Haus und Hab' und Gut in Gestalt einer lieben
Frau hineinzutragen. Es steht Ihnen noch bevor:
genießen Sie es mit voller Seele — aber nicht zu
lange. Es hat Alles seine Zeit, seine Höhe, seinen
Verfall."

Mein heimliches Staunen über den Mann wuchs
bei solchen Worten immer mehr. Welche lebhafte
Phantasie, mit der er die Geheimnisse eines ihm

fremden Glückes durchdrang! Denn „wir sind nicht verheirathet" hatte Lerche gesagt. Waren wir es vielleicht einmal? Und wenn nicht, warum in aller Welt nicht? Wie geschaffen schien dieses liebevolle, feste, helle Gemüth, eine Frau glücklich zu machen. Er war häßlich — ich hatte häßlichere Ehemänner gesehen, die von ihren Frauen aufrichtig angebetet wurden. Und wenn er um seines Aeußern willen traurige Erfahrungen gemacht hatte, hätte sich nicht so vielen seiner Worte eine leise Bitterkeit, oder doch ein Anflug von Resignation müssen anmerken lassen? Wie heiter klangen sie, wie ohne jeden Verdacht, daß er entbehre, was er pries!

Ich kam nicht damit ins Reine. Indessen waren wir in sein Arbeitszimmer zurückgekehrt, wo uns Lerche in haushofmeisterlichem Eifer empfing. Eine große Lampe brannte auf dem Tisch vor dem verhangenen Bilde, einige kalte Schüsseln standen darauf, die sechs Flaschen im Cirkel um die Lampe aufgepflanzt. Noch waren die Fenster offen, und das schwarze Laub wogte davor unter dem reinen Himmel. Wir saßen traulich nieder, mein Wirth offenbar in der besten Laune. Lerche ging geschäftig, obwohl nichts zu schaffen war, ab und zu, und man hörte, wie er in den Zwischenräumen draußen das Lob seines Herrn wahr machte, daß er kein Feind des Vortrefflichen sei. Als er die Schüsseln abgetragen und gemeldet hatte, daß meine Lagerstatt in bester Ordnung sei, empfahl er sich für heut. „Bei dem letzten Glas einer Flasche darf ich ihn nicht stören," sagte sein Herr gutmüthig. „Er wird dann gern sentimental, und ich habe ihn oft auf seiner einsamen Kammer laute Reden halten hören, von denen er selber kein Wort verstand. Wir alten Junggesellen haben alle unsere Eigenheiten."

Nun lag ich in dem weiten Lehnsessel, dem Bild gegenüber, und eine vortreffliche Cigarre that das Letzte, mich mit dem Gefühl des größten Wohlseins zu durchdringen. Der Kreisrichter ging rauchend das Zimmer auf und nieder, und eine Pause in der Unterhaltung trat ein.

Endlich machte sich eine lange Gedankenreihe bei mir Luft. „Sie sind doch ein glücklicher Mann!" sagte ich.

Er blieb stehen und sah mit der freundlichsten Ironie von der Welt auf mich nieder. „Meinen Sie?" erwiederte er. „Nun, ich meine es auch. Aber was will dies „doch," das Sie dem glücklichen Manne versetzten? Ueberrascht es Sie, einen Glücklichen zu finden, wo mancherlei Umstände Sie einen Unglücklichen suchen ließen? Ist nirgend Glück zu Hause bei dem Einsamen? Doch das ist der Onkel einer halben Stadt schwerlich. Oder bei Einem, der sich nicht zu viel thut, wenn er sich gesteht, daß er einer der häßlichsten Menschen seiner Bekanntschaft ist?

„Ich weiß, daß Sie sagen wollen, so hätten
Sie es nicht gemeint, daß Sie es bestreiten werden,
wenn ich sage, Sie hätten ganz Recht gehabt, es
so zu meinen. Es hat Leute gegeben, und meine
besten Freunde, die sich und mich über meine Ritter=
schaft von der traurigen Gestalt mit einem Satze
trösten wollten, den heutzutage die Kinder von ihren
Ammen lernen: Männer brauchten nicht schön zu
sein, das sei für die Weiber. Mir war es immer
ein Zeichen von der Künstlichkeit unserer Cultur,
daß wir auf natürliche Gaben so leicht verzichten.
Oder ist dieser leichtsinnig weise Verzicht nicht so
ganz ehrlich? — Bemühen wir uns nur, aus der
Noth eine Tugend zu machen? Ich wünschte von
Herzen, daß es so wäre.

„Woher kommt es denn sonst, daß wir, einige
Tugendstolze und Kopfhänger ausgenommen, mit
dem freundlichen und heiligen Worte Glück gerade
das Wünschenswerthe bezeichnen, was ohne unser
Zuthun uns geschenkt wird? Warum freuen sich die
Menschen selbst in einem Spiel, wo es um Nüsse
oder Rechenpfennige geht, die glücklichen Karten zu
haben, die Rosen, die sie im Garten ziehen, früher
als die im Nachbarsgarten ausschlagen, die Nach=
tigall, die sie zehn Schritte weiter eben so gut
hören würden, gerade auf ihrer Seite des Garten=
zauns im Busche nisten zu sehen? Es ist eben
für jeden wohlthuend, sich als deinen Liebling es

Himmels ansehen zu dürfen. Und wir sollten gleichgültig dagegen sein, ob wir an unserm eigenen Leibe eine Göttergunst erfahren haben, oder vernachlässigt worden sind? Nimmermehr! — Die alten Völker mit ihrem reinen und frommen Sinn wußten auch dieses Glück hoch zu halten. Es ist nichts Zufälliges und Kleines, daß sie unter all ihren schönen Göttern eine Göttin der Schönheit hatten.

„Sie werden mich nicht mißverstehen, als begriffe ich nicht auch das Stück Wahrheit in jenem Satze, den ich bestritten. Der beste Werth eines Mannes für die Seinen und die Welt besteht allerdings in Anderem, als in seinem Gesicht und seinen wohlgestalten Gliedern. Aber in diesem Sinne betrachtet — wo bleibt der Unterschied zwischen den Geschlechtern? Und darf dies ein sittlicher Mensch nicht einsehen, ohne darüber jene natürlichen Gaben zu verachten, die mir unter allen sogenannten Glücksgütern voranzustehen scheinen?

„Das Letztere müssen Sie einem Menschen zu Gute halten, der diesen Vorzug immer entbehrt hat und niemals die Aussicht hatte, sein böses Glück zu verbessern, was bei allen anderen Ungnaden des Schicksals zu hoffen freisteht. Man überschätzt jedes Versagte.“

Er sagte dies Alles lebhaft, aber völlig heiter. Kein Zug von Empfindlichkeit lag in seinem Gesicht. Dann that er einige Schritte durchs Zimmer und

stand wieder am Tische still, das Auge auf das ver=
hangene Bild gerichtet.

„Und es ist auch ein Unterschied," fuhr er fort,
„den die weisen Leute vergessen. Ein mangelndes
Glück ist nicht gleich ein Unglück. Unsere nördliche
Welt von heutzutage ist eine Welt gedankenvoller
Arbeit, sittlicher Energie. Was Wunder, daß ihren
Männern ein Glück im Preise gesunken ist, das
nicht auch in den Bereich ihres Strebens gelegt ist!
Aber das ist eine harte und stumpfsinnige Thorheit,
zu verlangen, daß man den Mangel jenes Glücks
auch dann noch nicht empfinden soll, wenn er ans
Unglück grenzt.

„Noch jetzt, wo ich, wie Sie selbst gestanden,
doch ein glücklicher Mensch bin, kann ich auf Angen=
blicke jenes Gefühl in mir zurückrufen, das ich als
junger Mensch, schon als Knabe empfand, wenn ich
über die Gasse ging und die Kinder ließen ihr
Spiel ruhen, um mich anzusehen, oder die Mädchen
stießen sich heimlich mit den Ellenbogen an, sich
auf den seltsamen Menschen aufmerksam zu machen.
Glauben Sie nicht, daß ich der Narr war, jedes
glatte Stutzergesicht zu beneiden. Ich fühlte mich,
und je mehr ich zum Menschen aufwachte, desto
herzhafter und tröstlicher sagte ich mir all jene weisen
Dinge, die über den wahren Werth des Menschen
zu sagen sind. Ich hatte auch die Genugthuung,
daß der Schrecken vor mir nicht unbezwinglich war.

Manches Kind, dem auf den ersten Blick nicht wohl bei mir wurde, hing später von Herzen an mir. Ich hatte mehr als einen Freund auf Leben und Tod; und sogar Freundinnen, leider mehr, als mir lieb war, und darunter die schönsten Mädchen in der Stadt."

„Bin ich doch selbst ein Zeuge gewesen, daß Ihr Glück Ihnen darin treu geblieben ist," versetzte ich.

Er lächelte vor sich hin. „Wenn ich Feinde hätte," sagte er, „ich würde Ihnen dieses Glück wünschen, das erst in gewissen Jahren einigermaßen vergütet, was es einem in der Jugend kostet. Es ist recht hübsch, wenn die Menschen ein gutes Zutrauen zu einem haben, die Eltern einem unbesorgt ihre Töchter, die Brüder ihre Schwestern, die Ehemänner ihre leichtsinnigsten Frauen anvertrauen. Nur ist dieser Beweis von Achtung ein wenig zweideutig, wenn man beschaffen ist, wie ich. Der Ruf eines gefährlichen Menschen ist kein Ruhm. Aber wenn der Ruf eines völlig ungefährlichen auch mehr ein Mißgeschick, als eine Schande ist: es kommen Stunden genug, wo man sich seiner schämt."

Er trank ruhig ein Glas und füllte es von Neuem. Sein blasses Gesicht röthete sich, mehr, als vom Wein, von Erinnerung. „Ich schäme mich dieser Scham nicht," setzte er hinzu. „Man hätte kein Herz im Busen, wenn man von so viel Auszeichnung nicht beschämt würde."

„Und doch bin ich versucht zu glauben, daß Sie sich und den Menschen damals Unrecht thaten.“

„Mir? Gewiß nicht. Häßlichkeit glänzt in jungen Jahren am meisten. Den Menschen? Ich glaubte es damals selbst zuweilen. Um dieses frommen Glaubens willen habe ich sogar die Thorheit begangen, in einem Zimmer, wo leider kein Spiegel hing und die Nacht schon hereinbrach, der schönsten meiner Freundinnen zu gestehen, daß ich öfter, als es mit rechten Dingen zugehen könne, von ihr geträumt hätte. Es war nur die Vorrede zu einer schönen langen Herzensgeschichte, die ich ihr nicht geschenkt haben würde, hätte sie an der Vorrede mehr Geschmack gefunden.“

„Es war der Thörin eigener Schade,“ erwiederte ich, „und ein größerer für ihr ganzes Geschlecht. Aufrichtig, bester Mann: war die eine leere Seele werth, daß Sie an all ihren Schwestern verzweifelten? Sollte es nicht auch in Ihrer Jugend mehr als Ein Clärchen gegeben haben, dessen kleiner Eigensinn kluger Weise darin bestanden hätte, Sie besitzen zu wollen?“

„Vielleicht,“ sagte er trocken. „Dann wäre nur leider der kleine Eigensinn von dem größeren übertrotzt worden, der mir im Blute saß. Mein Sinn war unrettbar an Schönheit verloren, und der Widerspruch, der mir mit auf die Welt gegeben worden, die ungenügsamsten Sinne in einem weniger

als nothdürftigen Bau, der Streit zwischen meinen
Bedürfnissen und dem Mangel alles Dessen, worauf man Ansprüche stützen darf, war so heftig und
unversöhnlich, daß es endlich selbst den Himmel er-
barmt zu haben scheint.“

Mit einer strahlenden Miene stand er in sich
versunken. „Ich habe mehr genossen, als ihr Alle!“
sagte er plötzlich halb für sich. Dann hob er sein
Glas, sah eine Weile in das leuchtende Roth
hinein und sagte dann: „Der Wein hat schon zu
viel ausgeplaudert, als daß ich Ihnen nicht Alles
sagen dürfte und müßte. Füllen Sie Ihr Glas!
Wem kann ein Alter besser vertrauen, als der
Jugend!“

Wir klangen leise mit den Gläsern an. Dann
trat er an das Bild und zog den Vorhang zurück.
In dem warmen Lampenlichte floß ein wunderbares
Leben über die Gestalt, als würde das Blut in den
Wangen röther, die Augen strahlender. Er schob
einen Sessel dem meinigen gegenüber, nachdem er
den Tisch in die Mitte des Zimmers gerückt hatte,
und verbarg einen Augenblick die Stirn in der
Hand. Darauf sprach er:

„Eine leere Seele war sie nicht. Vielleicht verstand sie mich besser, als die Anderen alle. Aber
ihr Erstaunen, ihre völlige Ahnungslosigkeit und
der Blick, mit dem sie mich ansah, ob ich es auch
wirklich war, dem solche Worte über die Lippen

gekommen — das Alles traf tiefer und entscheidender, als Hohn und Grausamkeit hätten treffen können. Sie hat Recht, sagte ich mir, als ich ging; man soll nichts gegen die Natur thun. Es wäre ein Verbrechen am Instinct, der Gleich zu Gleich gesellt, wenn sie mir zu gehören wünschte.

Seit jenem Abend wußte ich, daß ich allein bleiben würde.

Und seltsam, seitdem ich dieß wußte, und der erste Schmerz ausgeblutet hatte, gefiel ich mir besser als je zuvor, und wurde heiter ohne Zwang und lebte die allerbesten Tage.

Seit meinen Knabenjahren waren mir beide Eltern gestorben. Und da mich nichts an meinem Heimathorte hielt, wo ich einzig nur jener schönen Freundin willen meine Ferien zuzubringen pflegte, gab ich am Morgen nach meiner Demüthigung Bücher und Kleider einem Schiffer rheinab mit auf den Weg nach Bonn, band meine Geige auf den Tornister und wanderte getrost, freilich in sehr kleinen Tagreisen, das Ufer hinunter.

Ich stellte viele nützliche Betrachtungen unterwegs an, unter andern, daß ich drei und zwanzig Jahre alt war und mich schon ein ansehnlich Stück Leben lang vogelfrei durch die Welt getrieben, auch drei runde Jahre auf verschiedenen Universitäten herum studirt hatte. Ich kam zu dem Schlusse, mich ernstlicher, als bisher, der Göttin des Rechts

zu widmen, vor deren verbundenen Augen ich ganz
wohl zu bestehen erwarten durfte.

Mit der Musik hielt ich es zu intim, um je
daran zu denken, einen richtigen Meister aus mir zu
machen. Sie sehen, daß ich an der ganzen linken
Seite einigermaßen zu kurz gekommen bin. Ich betrachtete die Geige allezeit als die Wiederherstellerin
des fehlenden Gleichgewichts, als mein linkes Auge
und den eigentlichen linken Fuß, auf dem ich sicher
im Leben stand. Und weil ich von früh auf immer
nur für mich allein musicirt hatte, war ich über den
Dilettanten nicht hinaus gekommen und konnte es
schwerlich von der Zukunft hoffen.

In Bonn richtete ich mich arbeitsam und phili-
sterhaft ein. Die Verbindungen lockten mich wenig.
Freunde hatte ich ohnehin bald mehr, als ich brauchte,
denn die Ironie, meine einzige Waffe gegen alles
Unbequeme, stumpfte sich bald an verschiedenen dicken
Schädeln ab. Selbst daß ich bereitwillig im Geld-
leihen war — sonst ein so zuverlässiges Mittel, bei
guten Bekannten vergessen zu werden — half mir
wenig, wie es denn auf Universitäten überhaupt
nicht verfangen will. Im Uebrigen wußten die
Meisten nicht recht, was sie aus mir machen sollten,
und da ich meinestheils mir aus den Wenigsten
etwas machte, sah ich es gleichmüthig mit an.

So verging ein Winter und Frühling.

Eines Sommertags kommt einer meiner Freunde

auf mein Zimmer und stört mich von den Büchern
auf. Es seien Schauspieler in Königswinter, die
dort vierzehn Tage lang spielen würden. Eine
Wunderschöne sei darunter. Keiner in der ganzen
Burschenschaft, die gerade am Ufer gesessen, als sie
landeten, sei unverliebt nach Bonn zurückgekommen.
Sie heiße Wilhelmine; die Schauspieler selbst nenn-
ten sie die schöne Willy. Nun tummle dich, Bruder-
herz, daß wir noch zu rechter Zeit hinauskommen,
das Meerwunder zu sehen. Sie spielt die Louise in
Kabale und Liebe.

Eine gewisse Ahnung wollte mich an den Sitz
fest schrauben. Sie wissen aber, daß ein Student
am Nachmittag im schönen Wetter keinen eigenen
Willen hat. So ließ ich mich fortschleppen. Heimlich lechzte ich freilich nach einer Augenweide, denn
ich hatte mich viele Monden lang vor allem Schönen
standhaft verschlossen.

Als wir hinaus kamen, hatte das Schauspiel
schon begonnen. Damals lag ein Wirthshaus dicht
am Rhein, das vor Zeiten ein herrschaftlicher Besitz
gewesen war und unter manchen Resten seiner früheren Bestimmung auch ein kleines Theater aufzuweisen hatte, noch recht wohl im Stande. Die
eine Seite dieses Anbaues ging in den Hof, und
ein hinterer Zugang führte aus dem Obstgarten in
einige Zimmer, die für die Garderobe bestimmt
waren. Wir Studenten hatten das Alles längst

ausgekundschaftet, denn es kam zuweilen, daß einige
Theaterlustige unter uns sich der Gelegenheit be-
dienten und ein Stück zum Besten gaben.

Wir fanden den kleinen Zuschauerraum überfüllt, aber das Auftreten der Schönen hatten wir
noch nicht verpaßt. Es war eine Truppe dritten
Ranges und außer dem Director kein irgend er-
hebliches Talent darunter. Indessen — wir hatten
lange gefastet, und so waren wir nicht geizig mit
ehrlich gemeintem Beifall. Die ersten Scenen zwischen dem Alten und dem Bösewicht gingen glänzend vorüber.

Nun ward ein Murmeln durchs ganze Publikum
hörbar, und alle Augen hefteten sich schärfer auf die
Thür, durch welche Louise Millerin eintreten sollte.
Ich stand im Gedränge an einem Pfeiler, und, ehrlich gesagt, die erste Aufwallung der Gesinnung war
schon wieder gekühlt. Ich glaubte aus andern Erfahrungen unsern nicht sehr wählerischen Burschen-
geschmack genügend zu kennen, dessen Flamme nur
eines schwachen Windes bedurfte, um zum Dach
hinauszuschlagen.

Zerstreut sah ich vor mich nieder, als mich ein
unermeßliches Klatschen aufschreckte. Ich blickte auf,
sie stand schon auf der Bühne. Es war mir, wie
wenn sie vom Himmel herabgefallen wäre.

Ich beschreibe sie Ihnen nicht. Sehen Sie das
Bild Ihnen gegenüber an: das war sie. Als ich

später das erstemal in die Kirche trat, die das Original bewahrt, war mir die Aehnlichkeit fast gespenstisch erschreckend.

Nun aber hob sie die schwarzblauen Augen auf und ließ sie ohne Gegenstand über das Haus schweifen, auch über mein Auge weg. Ich fühlte den Pfeiler zittern, an den ich mich lehnte.

Aber die Gewalt, die von ihr ausging, ähnlich wie ich sie auch Bildern gegenüber schon empfunden hatte, zog sich wieder von mir zurück, als sie zu sprechen anfing. Nicht, daß sie ohne Verständniß gesprochen hätte, aber völlig ohne Wärme und Seele. Mit dem gleichgültigsten Ton entfielen ihr jene Bekenntnisse schwärmerischer, überfließender Sehnsucht, die so viel Andacht vor dem Dichter brauchen, um im Munde einer heutigen Schauspielerin uns mit der Einfachheit der Wahrheit zu berühren. Auch ihre Bewegungen waren gelassen, kühl, müde. Die herrliche, nicht gar große, aber volle und stolze Gestalt regte sich wie im Traum, wie schlafwandelnd. Die Augen sahen zuweilen bei Ferdinands glühendsten Schwüren theilnahmlos auf die dürftigen Coulissen, und obwohl meine Kameraden mit ihrem Applaus nicht nachließen, hörte ich doch in den Zwischenakten mancherlei verdächtige Reden, z. B. wer so schön sei, sei schon an und für sich Schauspiels genug, oder die Rolle passe nicht für ihre Figur, oder auch, ihr sei nicht wohl dabei, den Schwan

unter den Krähen vorzustellen. Denn daß ihr das
Publikum vielleicht nicht der Mühe werth schien,
konnte einer doch anscheinend gebildeten Künstlerin
auch nicht von fern zugetraut werden.

Auf den wenigen geschriebenen Theaterzetteln,
die am Eingang des Wirthshauses angeklebt waren,
stand sie als Frau aufgeführt. Ihre Jugend und
Frische schien diesem zu widersprechen. Je länger
ich sie aber beobachtete, desto weniger zweifelte ich
daran. Eine gewisse ahnungsvolle Dämmerung des
Wesens, die in der Rolle der Louise so nöthig ist,
fehlte ihr nun gerade ganz. Sie war zurückhaltend,
aber nicht scheu, unbefangen in jeder Geberde, aber
nicht unwissend, ungelös't an Geist und Leidenschaft,
aber nicht durchwebt von verhaltener jungfräulicher
Feuerkraft. Das Räthselhafte ihrer Person vollendete
den Triumph ihrer Schönheit. Als das Stück vorüber war, und die Hoffnung der Meisten, die Zauberin näher kennen zu lernen, durch den kurz an-
gebundenen Director vereitelt worden, zeigte sich die
Schwärmerei in den Herzen meiner Commilitonen
so einträchtig, daß die sechzig und mehr Neben-
buhler sich unter dem vom Wirth ausgekundschafteten
Fenster der Schönen aufstellten und ein damals
beliebtes Ständchen im vollen Chor absangen. Die
Gardinen blieben indeß herabhangen, obwohl das
Licht dahinter brannte und beide Fensterflügel weit
offen standen. Dann ließ sich ein Theil der Enthu-

siasten im Garten beim Wein nieder, während ein anderer in die Bonner Kneipen zurückwanderte, um dort den Freunden Wunder über Wunder zum Besten zu geben.

Ich hatte mich von den Andern getrennt und trug mein volles Herz entlang dem lautlosen Rhein auf einem einsamen Fußpfade nach Hause.

Ich wußte noch nicht, wie es um mich stand. Erst am andern Morgen sollt' ich es erfahren, da meine Gedanken durch keine Macht des Willens an die Arbeit zu fesseln waren. Meine alte Hauswirthin, die mich sonst immer in der Frühe geigen hörte, kam besorgt herauf, als Alles still blieb, und fragte ob ich krank sei. Schlecht geschlafen hatte ich allerdings, so viel mußt' ich mir selber eingestehn. Und wenn Arbeitsscheu eine Krankheit ist, so war ich herzlich krank. Nun sann ich über die beste Kur. Ueber Tag war ich mit mir darüber einig, daß Enthaltsamkeit das schnellste Mittel sei. Gegen die Theaterstunde lief die Krankheit mit dem Arzte durch, und ich saß einer der ersten vor den schicksalsvollen Brettern.

Die schöne Frau gewann nur noch in der Nähe. Ich sah erst, daß Kunst, Lampenlicht und Putz keinen Theil an ihrer Zauberei hatten. Auch fiel mir auf, daß sie sich einfacher kleidete, als die andern weiblichen Mitglieder der Truppe, die sie mit viel Theaterflittern gern überglänzt hätten. Dafür schien Alles,

was sie trug, ihr eigen zu gehören, die kleine gol=
dene Kette um den Hals, die wenigen Spangen und
Ringe, und sie trug Jegliches mit einer vornehmen
Nachlässigkeit, die sehr gegen das vordringliche Prah
len ihrer Colleginnen abstach. Leider stand sie ihnen
an Lebhaftigkeit des Spiels eben so nach wie an
Sucht zu gefallen. Es war dieselbe kalte Passivität
heute wie gestern.

Und so blieb es all die folgenden Tage. Das
Uebel war nur, daß sich mir die Empfindung dafür
völlig abstumpfte, daß man mich mitten in der Vor
stellung hätte anrufen und fragen können, welches
Stück gespielt werde — und ich wäre die Antwort
schuldig geblieben. Wenn sie gerade nicht auf der
Bühne war, stierte ich in die Schalllöcher des Contra=
basses in dem kleinen Orchesterraum und sah und
hörte nichts um mich her. Trat sie wieder auf, so
ließ mein Auge nicht von ihr, und lebte nichts an
mir, als mein Auge.

Es konnte nicht fehlen, daß so viel feurige junge
Leute mit der Autorität des Directors bald fertig
wurden. Schon am dritten Abend nahmen die
Schauspieler alle an einer Gondelfahrt Theil, und
der Senior der Burschenschaft, ein sehr schmucker
Jüngling von ritterlicher Haltung, erlangte die be=
neidete Gunst, neben der schönen Willy im Kahn
zu sitzen und ihr seine Huldigungen zu sagen, die
sie in ihrer müden, zerstreuten Weise gleichgültig

anzuhören schien. Ich beobachtete die Beiden aus
einem andern Nachen mit einem Herzklopfen, das
ich mir, so gut es ging, als das Muthfieber der
Resignation auszulegen bemüht war. Ich war
noch vernünftig genug, einzusehen, daß man kein
stattlicheres Paar wünschen könne. Aber die ge=
ringen Fortschritte, die der Glückliche machte, thaten
mir doch überaus sanft. Sie mußte Verstand haben,
wenn ihr dieser Anbeter, der ein guter unbedeu=
tender Mensch war, nicht sonderlich zusagen wollte.

Bald verbreitete sich das Gerücht von ihrer un=
bezwinglichen Tugend zugleich mit mancherlei Histo=
rien, die man auf Kosten der drei oder vier andern
Damen erzählte. Sie hatte eine gewisse Art, allen
Freiheiten zuvorzukommen, ohne Unfreundlichkeit
eine Schranke um sich zu ziehen, und die Thor=
heiten, die um sie herum mit den leichtern Ge=
schöpfen getrieben wurden, völlig zu überhören, so
daß einige Zuversichtliche, die sich vermessen hatten,
wenigstens einen Kuß zu gewinnen, nach geringen
Anstalten zur Eroberung ihre Wette freiwillig ver=
loren gaben. Ich hörte dem unablässigen Hin= und
Herreden über das Räthsel mit großer Genugthuung
zu. So hatte diesmal wenigstens Keiner etwas vor
mir voraus. Denn auch die Schauspieler, mit
denen man sich beim Wein befreundete, konnten sich
nicht besserer Erfolge rühmen. Von ihrer Vergangen=
heit wußten sie nichts. Sie war eines Tages in

Mainz zum Director gekommen mit der Bitte, sie zu engagiren. Sie habe früher nie gespielt. Mit Ihrem Gesicht spielt sich's von selbst, hatte der Director gesagt. Seitdem sei sie ein Jahr bei ihnen, und habe nichts zugelernt.

Es fügte sich ein paarmal, daß ich auf Spazier-gängen in ihrer Nähe war und hörte, was sie mit Andern sprach. Es klang Alles gut aus diesem Munde. Einigemal sah ich ihre Augen auf mir ruhn, ohne jenes nicht sehr gütige Verwundern, mit dem mich die Andern ins Auge faßten. Es that mir wohl bis ins Herz hinein, obwohl ich in der Verwirrung, wie mir immer geschah, lahmer wurde als sonst. Die ruhige Theilnahme stand ihr gar zu gut, ihr Gesicht belebte sich, wenigstens bildete sich's der arme Wicht ein, dem doch durch diese Theilnahme nur wieder seine Narrheit vor-gehalten wurde.

Gelegentlich richtete ich auch wohl ein Wort an sie, wenn sie einmal vor so vielen Hofmachern im Augenblick keinen hatte. Sie war sehr freundlich, und mir schien, redseliger, als zu den Andern. Aber die Freude hatte immer bald ein Ende. Ent-weder kam ein Dritter dazwischen, oder ich ertappte mich, wenn sie eine Frage an mich richtete, dar-auf, daß ich ohne zu hören und zu denken in ihr Gesicht gestarrt hatte. Dann schoß mir das Blut in die Schläfen, und, meine Verwirrung wohl bemerkend, war sie freundlich genug, unter einem Vorwand abzubrechen.

Ihre Güte und Menschlichkeit raubte mir vollends, was an mir noch mein gewesen war.

Ich will Sie nicht ermüden und Tag für Tag jenes verworrene Leben zurückzurufen suchen. Der gefürchtete vierzehnte war endlich da. Der Director, den eine Verpflichtung nach Cöln rief, war nicht zu bewegen, noch eine Woche zu bleiben, obwohl er glänzende Geschäfte machte. Für den letzten Abend war ein Lustspiel angekündigt. Ein Ball, den die Studenten im Saale des Wirthshauses veranstaltet hatten, und eine solenne Kneiperei sollten den schönen Traum dieser beiden Wochen abschließen.

Was aus mir werden würde, wenn ich aus diesem Traumleben aufwachte und den traurigen Tag nicht mehr erträglich finden konnte, weil er einen Abend hatte, das hatte den ganzen Morgen wie ein schwerer stumpfer Nebel über mir gelegen. Schon Mittags ließ ich mich in der Fähre übersetzen, um auf dem Marsch nach Königswinter meine beklommenen Sinne zu lüften. Es war nicht allzu heiß; aber ich kam nur keuchend von der Stelle und mußte oft ausruhen. Mir war, als ging ich, ein Armersünder, meinem letzten Stündlein entgegen.

So kam ich freilich zuerst von Allen an und hatte sogar das melancholische Glück, die schöne

Frau, die am Fenster stand, ehrerbietig zu grüßen. Dann schlich ich mich ins Theater, das dunkel war, saß auf meinem angestammten Platz dicht vor dem Orchester nieder und genoß ungestört die Wollust der wüthendsten Liebesschmerzen.

Endlich kam ein Schwarm Anderer in das noch unerleuchtete Haus und fand mich, den Kopf auf die Arme gelegt. Ich sagte, daß ich hier eine Stunde geschlafen hätte, vom Gang ermüdet. Da es dunkel war, konnte mich mein Gesicht nicht verrathen. Das Haus überfüllte sich bald: alle Thüren mußten offen bleiben, denn man stand bis auf den Gang hinaus. Das schlechte kleine Orchester fing an eine lahme Ouverture zu kratzen, das alberne Lustspiel begann, ich lachte ein paarmal hell auf, wo nichts zu lachen war, denn die Posse dieses Lebens kam mir immer toller vor. Mitten in dieser Armseligkeit trafen mich einmal die ernsthaften Augen der schönen Frau, die heute noch zerstreuter spielte, als gewöhnlich, aber in Schönheit strahlte, wie nie. Eine ungesunde Lustigkeit erhitzte mich. Ich wollte mir überdieß vor meinen Freunden ein glänzendes Zeugniß geben, daß ihre Neckereien, mit denen mich die Scharfsichtigsten nicht verschont hatten, sehr unbegründet gewesen seien.

So ging der erste Akt vorüber. Die Musikanten, die mit der Truppe zogen und hie und da in einer Operette eine größere Rolle spielten, waren heute besonders schlecht bei Takt und Gehör. Sie hatten, da es der Abschiedstag war, sich zu guter Letzt in dem Wein von Königswinter noch eine besondere Güte thun wollen, und der Vorgeiger zumal war stark bezecht. Als sie nun eines ihrer gewöhnlichen Zwischenaktsstücke einsetzten, das aus dem Don Juan nicht ungeschickt zusammengestohlen war, konnte der Mann seinen wankenden Bogen nur zu einem mißtönigen Stammeln bewegen. In der Aufregung, in der ich war, hörte ich das nicht lange mit an. Mit einem Sprung war ich über der Schranke, hatte die mißhandelte Geige ergriffen und spielte aus aller Macht, so daß meine Mitspieler in einen ungewohnten Zug kamen und selbst das überlaute Gespräch im Publikum unterbrochen wurde. Als sie mich sahen, brachen sie in ein ungestümes Klatschen aus und riefen mir Scherze und Neckereien zu, worauf es wieder still wurde bis aus Ende des Stücks. Einige Köpfe der Schauspieler sahen hinter dem Vorhange vor, der Director kam aus der Coulisse, sogar das Kleid der schönen Willy sah ich im Proscenium wehen. Das befeuerte mich immer mehr. Mit den wildesten Passagen stattete ich meinen Part aus und ließ meine Geige über die anderen Stimmen herrschen, so viel das nicht sehr vorzügliche Instrument hergeben wollte. Am Schluß neues Bravo und der

Ruf, daß ich auf meinem Platze bleiben und allein
weiterspielen solle. Ich willfahrte gern. Ich wußte
ja, daß sie hinter dem Vorhang stand, und daß
ich keine andere Sprache reden durfte, ihr meine
Abschiedsgedanken zu offenbaren. Während ich
spielte, regte sich kein Laut im Hause. Viele mochten in ihr Herz greifen und fühlen, daß ich einen
Theil ihrer eigenen Empfindungen aussprach. Denn
als ich schloß, blieb es noch eine Weile still. Dann
erst machten sich die gepreßten Geister in anhalten-
dem Bravo Luft.

Ich blieb auch im Verlauf der Komödie im
Orchester sitzen, während der Vorgeiger neben mir
seinen Rausch ausschlief. Aber ich nahm keinen
Theil an dem Spiel, nicht einmal so viel wie bisher. Denn ich scheute mich, die Augen zu ihr auf-
zuschlagen, als hätte ich mich verrathen und auch
den Antheil verscherzt, den ich früher in diesen
Zügen zu lesen glaubte. Der zweite Akt ging so
vorüber. In der folgenden Pause konnte ich nicht
anders als wieder den Bogen führen, diesmal nur
wie ein rüstiger Kapellmeister. Auf eine Impro-
visation ließ ich mich trotz aller Bitten nicht mehr
ein und stahl mich, kurz ehe der Vorhang auf-
rollte, aus dem Theater in den Garten hinaus.

Die Sommernacht wehte über die Blumenbeete
und durch die Zweige der Apfelbäume, und der Ge-
sang der Grillen schwirrte im Grase. Ein Leuchtkäfer

flog an mich heran; ich haschte ihn und trug ihn eine Weile in der Hand. Bei Tage bist du häßlich, sagte ich, und ließ ihn wieder fliegen. Die Aufregung, die ich über den ganzen Tag in mir getragen hatte, ließ endlich von mir. Weder jene böse Lustigkeit, noch ein eigentlicher Schmerz war in meinem Innern, dafür eine süße Dumpfheit und jene Steigerung der Sinne, die sie allen begegnenden Stimmen der Natur empfänglicher macht. Mitten im Garten stand ein breitarmiger, niedriger, alter Baum, um den eine Bank gezimmert war. Man konnte ohne Mühe hinaufsteigen, und ich ersah mir oben einen bequemen Sitz. Durch die Lücken der Zweige konnte ich den Garten vor mir übersehen, dahinter den Hof und die Fenster des Tanzsaales, wo schon die Lampen angezündet wurden. Zur Rechten Dächer des Städtchens, links der dunkle Rhein, über den Schiffchen glitten. Ein größeres kam mit vollen Segeln vorüber. Die Schiffslaterne spiegelte sich ruhig im Wasser, und rothbeschienene Kindergesichter tauchten aus der Tiefe des Bootes auf. Ich sah in die Nähe und Weite wie in eine fremde Welt, die man mir zu beschauen gönnte. Rings hauchte um mich der Duft der Nachtblumen und der Thau rieselte erfrischend über mich herab.

Ich schloß jetzt aus dem Lärmen, der vom Theater her erscholl, daß das Stück zu Ende sein müsse.

Wirklich sah ich bald den Tanzsaal sich beleben, Andere über den Hof herausströmen, um sich erst durch einen Trunk im Freien von der überstandenen Hitze zu erholen. Einige Bürgerfamilien aus Bonn und Königswinter, die es den Studenten zu Gefallen mit der Gesellschaft von Schauspielerinnen nicht allzu ängstlich nahmen, hatten zugesagt, an dem Balle Theil zu nehmen, und die Gegenwart einiger Professoren bewog auch viele von den Bedenklicheren zu bleiben. Bald war der Garten laut und regsam von lustwandelnden Paaren; Gelächter und Geflüster wehte an dem Baum vorüber, auf dem ich saß, und erst als aus dem Saal die Geigenstriche lockten, blieb ich wieder in meiner verborgenen Finsterniß allein.

Umsonst strengte ich mich an, unter den wirbelnden Schatten, die jetzt an den hellen Fenstern vorüberflogen, die Eine, die ich meinte, herauszufinden. Ich konnte es nicht über mich gewinnen, hinabzusteigen und sie im Saale aufzusuchen. Daß ich sehen sollte, wie sie von Hand zu Hand, von Arm zu Arm ging, und mehr als Einer ihre Schulter an seiner Brust fühlen durfte, — das konnte ich von meiner noch nicht sehr reifen Resignation nicht verlangen. Ich war heimlich damit zufrieden, daß ich sie aus der Ferne nicht ausfindig machte. Ich ging sogar mit mir zu Rath, ob ich es möglich machen könnte, sie überhaupt nicht mehr

zu sehen. Die Beschämung, diesen Entschluß zu
fassen und selbst wieder umzustoßen, sollte mir erspart werden. Denn plötzlich kam sie am Arm
jenes schönen Studenten, der schon bei der Gondelfahrt ihren Ritter gemacht hatte, über den Hof
daher: hinter ihnen die zweite Liebhaberin mit ihrem
Galan und ein Kellner, der ein Tischchen und
einige Gläser und Flaschen trug.

Sie betraten den Garten, und zu meinem
Schrecken gingen sie gerade auf meinen Baum los.
Es war zu spät, um unbemerkt hinab zu klettern,
und so ergab ich mich in mein Schicksal, da sie
kein Licht hatten und mein Versteck sicher genug
schien. Sie ließen sich wirklich unter mir nieder,
das Tischchen wurde aufgestellt und der Kellner
empfahl sich.

Meine Schöne trug einen vollen Rosenkranz im
Haar und schien sehr blaß und gedankenvoll. Sie
hörte ihren Begleiter geduldig ein langes Geschwätz
über das Stück und die Vortrefflichkeit ihres Spiels
auskramen und sagte dann ruhig: „Sie irren sich,
oder reden gegen Ihre Meinung. Ich fühle es am
besten, daß ich für die Rolle nicht passe. Andere,
zu denen ich vielleicht mehr Geschick hätte, stehen
leider nicht auf unserm Repertoir.“ — Worauf ihr
Ritter nicht unterließ, eine Lanze gegen Jeden ein-
zulegen, der an der Vollkommenheit ihrer heutigen
Darstellung zu zweifeln wage, sollte es auch die

Dame selber sein. Das andere Paar war in seine
eigenen Angelegenheiten zu sehr vertieft, um hier-
über eine Meinung zu haben.

Die Gläser wurden vollgeschenkt, und der Burschen-
senior erhob das seine und brachte einen Trinkspruch
auf die Schönheit aus. Man stieß an, und Willy
nippte aus ihrem Glase, während die Andere ihrem
Erkorenen tapfer zutrank. Da, als eben der Sprecher
sich wieder setzte und sich anschickte, seinen Toast zu
glossiren, krachte der Ast, auf dem ich saß, so vernehmlich, daß alle Vier in die Höhe sprangen.

Ich hätte nichts sehnlicher gewünscht, als daß
mir in diesem Augenblick Eulen- oder Rabenflügel
gewachsen wären und mich unverzüglich aus dem
Garten über den Rhein in die weite Welt getragen hätten.

Dergleichen ereignete sich freilich nicht. Aber
wie ein armes in die Enge getriebenes Jagdthier
in der Verzweiflung zuweilen einen Muth faßt, der
sonst seine Sache nicht ist, so gab mir meine böse
Lage allen Humor und alle Fassung, die mir sonst
der schönen Frau gegenüber gefehlt hatten. Ich
ließ meine Kameraden lachen, die beiden Schauspielerinnen staunen, und stieg sehr gelassen von
meinem Baum herab. Erst als ich festen Boden
unter mir hatte, ließ ich mich zu Erklärungen herbei. Ich hätte bekanntlich Anfälle von Schlafsucht,
sagte ich. Thatsache sei, daß man mich vor Beginn

des Schauspiels im Theater schlafend gefunden habe.
Auch sei ich nach dem zweiten Akt hinausgegangen,
um mir draußen ein Plätzchen zu suchen, meiner
müden Natur ihren Willen zu lassen. Da die Bänke
im Garten nicht sicher genug vor Störung geschienen
hätten, wo hätte ich mich besser betten können, als
in die sicheren Aeste dieses dunkeln Baumes?

„Sie hätten herabstürzen können," sagte Willy
mit all jener Herzlichkeit, die mich sonst schon er=
quickt hatte.

Ich war gottlos genug zu erwiedern, daß, wer
auf Einem Beine lahm ist, nicht sehr fürchtet, es
auf beiden zu werden.

„Aber Sie haben vorhin nicht eben schläfrig
gespielt," sagte die zweite Liebhaberin.

„Es kam Ihnen nur so vor, Fräulein," ver=
setzte ich. „In Wahrheit schlief ich auch damals,
und Sie hörten nichts als meine Träume, die aller=
dings lebhaft und ängstlich waren. Ich bitte noch=
mals um Entschuldigung, daß ich dies trauliche
Beisammensein gestört habe. Leben Sie wohl!"

So wollte ich von ihnen gehen. Willy schwieg
und sah mich ohne ein Zeichen des Gefallens oder
Mißfallens an. Aber die Andern hielten mich mit
freundschaftlicher Gewalt und wollten mich nicht
eher loslassen, als bis ich für meine unhöfliche
Schlafsucht Buße gethan und mich mit einem Trink=
spruch wieder zu Ehren gebracht hätte. Ich ergriff

ein Glas und brachte ein Hoch aus auf die Nacht, die eine Mutter der Glücklichen und Traurigen, der Liebenden und Einsamen sei, die Blumen duften und den Johanniswurm leuchten lasse und insonderheit immer die Gönnerin eines armen Schlafsüchtigen gewesen sei. Es war in meinem Spruch für Jeden etwas: die beiden Studiosen deuteten sich ihn als einen Glückwunsch zu ihren Rechten auf die Gesellschaft der Schönen und stimmten laut in das Vivat mit ein.

Während ich so noch bei ihnen stand und die kleine Soubrette mich mit allerhand Fragen und Neckereien anhielt, kam eine Schaar von Tänzern mit ihren Mädchen in den Garten, und unsere Zurückgezogenheit hatte ein Ende. Man habe die Damen im Saale vermißt, hieß es, und das Fest drohe um seinen vollen Glanz zu kommen. Als ein neuer Tanz Alle wieder ins Haus rief, wurde auch die Bank um den Baum leer. Nur ich stand vor dem verwaisten Tischchen.

„Sei's denn!" sagte ich. „So soll die Thorheit ihr Ende finden." Ich nahm das Glas, aus dem sie getrunken hatte. Es war noch halb voll. „Der Schönheit," sagte ich laut, „und der Nacht!" und trank es aus. Dann wandte ich mich und ging standhaft dem Ende des Gartens zu, meinen Heimweg anzutreten.

Da plötzlich, wie ich gleichgültig den Blick über

den Hof voranschicke, seh' ich was, das mir den
Fuß an den Boden heftet. Sie selber kam mit
raschen Schritten auf den Garten zu, über das
helle Kleid ein dunkles Mäntelchen geworfen, ganz
allein. Vor überlautem Herzklopfen drohte mir die
Brust zu springen, und es umfing mich wie Schwin=
del. Sie wird etwas verloren haben, sagte ich vor
mich hin. Der Schmerz will noch ein Nachspiel
mit mir halten. — Ich stand an einem Monats=
rosenbusch mitten im Weg. So gern ich wahr=
haftig wollte, ich konnte mich nicht regen, um ihr
auszuweichen.

So kam sie nahe zu mir heran und schien un=
verlegen, mir hier allein zu begegnen. Ich war
das freilich gewohnt, daß man mich im Geringsten
nicht fürchtete. Hier aber that es mir dennoch weh
und gab mir im Augenblick meine Haltung wieder.
Sie hatte es sonst beharrlich vermieden, mit Einem
von uns irgendwo ohne andere Gesellschaft zu sein.
Jetzt ging sie mit gleichmüthigen Schritten auf
mich zu.

„Es ist heiß drinnen!“ sagte sie. „Ich wäre
Ihnen dankbar, wenn Sie mich auf einem Gang
durch den Garten begleiteten. Wenn ich gespielt
habe, mag ich nicht tanzen. Es bringt mich um
die ganze Nachtruhe.“

Ich stellte mich ihr zur Verfügung, und wir
gingen tiefer in den Garten hinein. Meinen Arm

bot ich) ihr nicht. Eine Weile schritten wir schwei
gend neben einander durch die dämmrigen Gänge.

„Sie haben nicht in dem heutigen Stück aus-
gedauert,“ fing sie plötzlich an. „Seien Sie offen,
es hat Ihnen nicht genügt, ich habe Ihnen nicht
genügt. Sie sollen mir nichts einwenden, ich weiß
es, ich weiß es nicht erst seit heute, daß meine
Kunst mir noch eine fremde ist. Es ist zum Theil
meine Schuld, ich spiele selten mit ganzem Herzen,
nur weil ich zufällig auf dem Theater stehe und die
Leute erwarten, ich werde nun den Mund öffnen
und sprechen, was mir der Souffleur vorsagt. Die
Andern bei der Truppe, obwohl sie weniger Mittel
haben, bringen es doch weiter, weil sie sich's an-
gelegen sein lassen, wär' es auch nur aus Eitelkeit.
Ich bin nicht einmal eitel.“

Ich hörte diese rührend offenen Bekenntnisse,
die sie mit ungewöhnlicher Wärme aussprach, nicht
ganz so dankbar an, wie ich gesollt hätte. Du
machst wieder einmal den Vertrauten, sagte ich zu
mir selbst. Fast um weiteres Vertrauen abzuschneiden, erwiederte ich: „Sie haben keine Veranlassung,
eitel zu sein. Sie sind Ihrer Wirkung sicher, wenn
Sie sich nur zeigen.“

Sie blieb stehen und sah mich in dem Stern-
zwielicht so ernsthaft und traurig an, daß ich mich
meiner Worte schämte. „Von Ihnen will ich diese
Sprache nicht hören,“ sagte sie; „denn sie klingt

ungütig in Ihrem Munde, wenn sie in anderen
nur fade klingt. Wer so viel Musik hat, wie Sie,
versteht, daß mich diese Worte kränken müssen. Sie
wissen es besser, ich bin nur darum nicht eitel, weil
ich unglücklich bin. Wenn mir die Menschen und
die Welt gefielen, es würde mir wohl daran ge=
legen sein, auch ihnen zu gefallen.

„Ein Unglücklicher, und wäre er das größte
Talent, wird es in unserer Kunst nicht weit brin=
gen. Mich wenigstens haben meine Schicksale wie
zugeschlossen, wie mit hundert Schleiern verhängt.
Ich bin stumpf an allen Organen und habe keine
Interessen. Wer nicht froh sein kann, dem ist nichts
wichtig, als sein Inneres, und das Leben liegt ihm
weit ab.

„Wie soll ich aber froh sein? Ich bin freilich
mitten unter dem Leichtsinn aufgewachsen, aber oft
genug schauderte mir um so mehr vor ihm, weil er
neben dem Elend in den Tag hinein lachte. Ich
bin ein Schauspielerkind. Als ich siebzehn Jahre
alt war, wurde ich von der Mutter an einen reichen
Polen verkauft. Drei Jahre lang zog ich mit ihm
herum; er hatte mich zwar in aller Form gehei=
rathet, aber er hielt mich wie eine leibeigene Magd,
deren Schönheit ihm gefiel. Wir besuchten Som=
mers die Bäder, wo gespielt wurde. Dann ver=
schloß er mich in seiner Wohnung und ließ mich
oft viele Tage und Nächte nicht an die Luft. In

einer Nacht kam er nach Hause um die gewöhnliche Zeit, nach dem Schlusse der Bank. Ich hatte im Nebenzimmer geschlafen, als ich plötzlich durch einen Schuß aufgeweckt wurde. Er hatte den Rest seines Vermögens verspielt.

„Ich mußte Schmuck und Kleider verkaufen, um ihn begraben zu lassen. Kaum blieb so viel, daß ich nach der nächsten Stadt reisen konnte, wo ein Schauspiel war. Ich konnte mir die Gesellschaft nicht aussuchen, ich mußte froh sein, daß ich aufgenommen wurde, denn ich hatte nie gespielt, außer in Kinderrollen, und es war Niemand, der mich in die Schule nehmen konnte. Der Director erbot sich wohl dazu, aber ich sah, daß ich ihm nicht im Geringsten entgegenkommen durfte.

„So ist denn nichts aus mir geworden. Und doch verleugnet sich mein Blut nicht ganz. Mir ist immer, als müsse noch eine Zeit kommen, wenn die Erinnerung an die erlittene Sklaverei mehr verwischt ist, wo ich fühlen werde, wie der Stein von meinem Herzen fällt und es sich wieder frei und freudig ausdehnt. Ich will dann größere Aufgaben suchen und eine Umgebung, die mich hebt. Jetzt, wenn ich auch könnte und nicht, um zu leben, hier aushalten müßte, es hülfe noch nichts.

„Und doch," sagte sie mit einem plötzlich verwandelten helleren Tone, „und doch ist es Schade, daß Sie gerade heute nicht im Schauspiel aus=

gehalten haben. Ihr Spiel hat mich ganz eigen belebt. Ich weiß es, daß ich meine Sache hernach besser gemacht habe, obwohl ich immerhin im Lustspiel nicht an meinem Platze sein werde. Es war in den Tönen so viel wahre Leidenschaft, und die ist es gerade, der ich bisher nirgend begegnet bin, so viel Hitze, Wildheit und Zügellosigkeit mir auch das Leben umlagert haben.“

Sie sprach noch viel über die Art, wie meine Musik sie ergriffen habe, und ich ging wie im Traume neben ihr. „Es ist mir leid, daß wir morgen fortgehen,“ sagte sie endlich. „Ich hätte viel von Ihnen gelernt. Denken Sie zuweilen an mich, wenn Sie musiciren. Vielleicht wirkt es in die Ferne. Wollen Sie mir das versprechen?“

Ich wußte nichts zu antworten. Wir waren wieder am Ausgang des Gartens angelangt und standen vor dem Hof. Die hellen Fenster erleuchteten ihr Gesicht, das himmlisch blühte und glühte. Ich ergriff ihre Hand und küßte sie ohne ein Wort. Als ich wieder aufsah, begegnete ich ihren Augen. „Ich habe Ihnen vertraut,“ sagte sie sanft. „Sie sollten sich auch vertrauen, mehr als Sie thun. Sie sind kein Sohn der Nacht, sondern dennoch ein Sonnenkind, was Sie sich auch einreden mögen. Leben Sie wohl!“

Sie faßte meine beiden Hände, dann küßte sie mich auf den Mund und ging ins Haus zurück. —

In welcher Verfassung ich zurückblieb, will ich nicht zu schildern versuchen. Auch ist ein solcher Sturm und Wirbelwind, Jauchzen und Stöhnen der Leidenschaft, wie es nach jenem Kuß in mir hauste, von Niemand nachzuempfinden, der nicht die vielen Jahre schon in meiner Haut gesteckt und sich am Ende schier an sich selbst gewöhnt hatte. Ich weiß nur, daß ich lange, lange auf einem Grasplatz lag, das Gesicht in den Thau gedrückt, ohne eine klare Empfindung von mir selbst. Nur dunkel drang in mein Bewußtsein die Nähe der Menschen, verlorne Töne der Musik, Blumenduft und Kühle der Nacht. Ich wußte nur Eines mit voller Empfindung: ich war dennoch ein Sonnenkind.

Als ich mich endlich erheb, mußte Mitternacht vorüber sein. Ich wankte durch den Garten und trat in den Hof. Durch die Fenster konnt' ich sehen, daß das Fest längst zu Ende war. An einem Tisch in der Mitte des Saals saßen noch Einige trinkend beisammen, während die Meisten auf einer Streu längs den Wänden schon im tiefen Schlafe lagen. Es war ein ziemlich wüster Anblick. Oben in den Zimmern, die die Schauspieler in Beschlag hatten, brannte kaum noch hie und da ein Licht.

Indem ich noch überlege, ob es nicht am gerathensten sei, hier zu übernachten, da ich mir auf meinem kühlen Lager ein Unbehagen in den Gliedern zugezogen hatte, sehe ich den Kellner beschäftigt, das Hofthor zu schließen. Ich mache mich an ihn heran und bitte ihn, mir irgend eine Kammer anzuweisen, wo ich schlafen könne. Der Saal sei überfüllt. Er mustert mich mit schlaftrunkenen Augen und sagt auf einmal: „Da sind Sie ja doch noch. Ich habe zwar auf die Hausthüre Acht gegeben und der Hausknecht auf das Hofthor, aber in dem Leben und Treiben, dacht' ich, wären Sie uns doch entgangen. Ich habe was für Sie von dem schönen Frauenzimmer, der Schauspielerin oben in Nummer Zehn: ich habe den ganzen Garten nach Ihnen durchsucht: sie wollte nicht glauben, daß Sie schon fort wären."

Mit diesen Worten händigte er mir einen versiegelten Brief ein und blieb stehen, meine weiteren Wünsche in Empfang zu nehmen. „Es ist gut!" sagte ich und schickte ihn fort.

Ich lehnte mich an die Mauer des Hauses, meine Füße wollten mich nach so viel Schrecken und Stürmen nicht mehr tragen. Das Fenster neben mir gab Licht genug, daß ich lesen konnte. Sie schrieb: „Ich habe mit dem Director gesprochen: da er längst mit unserm Capellmeister brechen wollte, ging er gern darauf ein, Sie an dessen Stelle zu engagiren. Er will in Cöln einige Sänger und Sängerinnen für die Truppe gewinnen und öfter kleinere Opern geben. Wenn Sie sich losmachen können, wäre es auch nur auf ein Jahr, so reisen Sie mit uns, oder folgen uns in einigen Tagen. Willy." — — —

Eine halbe Stunde, nachdem ich den Brief gelesen, stieg ich die Treppe des Wirthshauses hinauf. Eine schwache Lampe dämmerte auf dem Corridor zwischen den Zimmern. Ich las die Nummern über den Thüren, acht — neun — zehn —: da kämpfte ich den letzten Kampf. Ein Lichtstrahl fiel durch das Schlüsselloch, ich hörte Schritte drinnen auf- und abgehen, endlich klopfte ich an.

Der Riegel wurde zurückgeschoben und eine hastige Hand öffnete. „Ich habe Sie erwartet," sagte sie: ihre Stimme klang unsicher, ihre Augen hingen forschend an meinem Gesicht. Sie war noch völlig angekleidet, sogar der Kranz von Rosen saß noch in dem dunkeln Haar. Auf dem Tische stand ein Licht: wir setzten uns ihm gegenüber, die Flamme wankte von ihrem Athem.

„Sie haben mir wohlthun wollen," fing ich an. „Ich komme, Ihnen zu danken. Der flüchtige Antheil, den Sie mir Fremden geschenkt haben, wird mich mein Lebenlang begleiten, und auch Sie sollen ihn nicht vergessen. Aber was jetzt so schön ist, daß es einen armen Verstand fast aus den Fugen bringen könnte, kann so verderblich werden, daß es uns Beide unglücklich macht, mich, indem es mich vernichtet, Sie, indem Sie sich Vorwürfe machen

würden, mich mit dem besten Herzen so weit ge=
bracht zu haben."

Ich sah, daß sie etwas erwiedern wollte und
kam ihr zuvor. Ihre Stimme hätte meine Beson=
nenheit zu Schanden gemacht.

„Daß Sie mir theuer sind," sagte ich, „wissen
Sie, denn Sie wollten sich mir freundlich erzeigen,
indem Sie mir einen Platz in Ihrer Nähe frei
machten. Daß ich Sie aber bis zur Verzweiflung
liebe, können Sie nicht wissen. Denn Sie stehen
über dem unbarmherzigen Wunsch, ein Opfer täg=
lich vor Augen zu haben. Nachdem ich Ihnen dies
gesagt habe, werden Sie fühlen, daß ich es mir
selber schuldig bin, Sie nach dieser Nacht nicht
wieder zu sehen."

Ich war im Begriff aufzustehen, als mich ihre
Augen trafen, groß und glänzend. „Und wenn
Sie mir dennoch nichts Neues gesagt hätten?"
sprach sie mit ihren innigsten Lauten, „wenn es
mir seit diesem Abend klar wäre, daß auch ich Sie
nicht mehr entbehren kann? Wollen Sie mich
Ihrem Stolz opfern? Können Sie es?"

„Sie täuschen sich," sagte ich: „Ihr menschliches
Herz täuscht Sie. Ich muß freilich nach allen
Zeichen Ihrer Freundschaft glauben, daß etwas in
mir sei, was mich Ihnen werth macht, was Sie
vieles vergessen läßt, woran die meisten Ihrer
Schwestern Anstoß nehmen würden. Aber wie es

auch sei, unsere Gefühle für einander sind nicht gleich. Ich bin Ihnen vielleicht Viel, Sie mir Alles. Sie würden Unrecht thun, Alles für Viel hinzugeben.

„Ich bin ein herzlich unvollkommenes Geschöpf: Sie das vollkommenste, das meine Augen je gesehen haben. Nur ein Rausch der Güte kann Sie darüber verblenden, daß wir nicht dazu angethan sind, neben einander herzugehen. Auch wenn ich nicht das Unglück hätte, mit diesen besinnungslosen Schmerzen Sie anzusehen, — selbst ein Verkehr der Freundschaft würde uns nicht auf die Länge glücklich machen. Einzeln, wie ich in der Welt stehe, kann mich das Bedauern der Menschen oder ihr verletzender Blick wenig anfechten. Neben Ihnen erschiene ich mir selber als ein Zerrbild und würde mir sagen, daß ein Schein des Lächerlichen auch auf Sie fallen müßte, während Sie jetzt, wohin Sie treten, die Freude und das Entzücken bringen.“

Während ich sprach, starrte sie unverwandt in das Licht und schüttelte nur dann und wann langsam das Haupt. Ihre Augen wurden feucht.

„Sorgen Sie nicht um mich,“ fuhr ich fort und stand auf. „Ich werde weiter leben und hoffentlich noch ein nützlicher und auch wohl zufriedener Mensch werden. Es giebt alte Krieger, denen man die Kugel aus der Wunde nicht hat herausziehen können. Sie leben doch, und nur in stürmischer Witterung oder im Frühling rührt sich das Blei in dem geheilten Gliede. Machen Sie davon die Nutzanwendung auf mich. Behüte Sie Gott! Denken Sie freundlich an mich.“

Sie saß unbeweglich, ich fühlte, daß ich gehen mußte, wenn ich nicht vor ihre Füße stürzen und meine armseligen Worte alle widerrufen sollte. So ging ich, und sie ließ mich gehen. Auf der Treppe, die ich rasch hinabstieg, war mir, als hörte ich sie rufen. Blind rannte ich weiter, durchs Haus, durch die Thür und die Gasse hinab, die zum Rhein führte. Ich sah nicht mehr zurück. Wenn sie am Fenster gestanden und gewinkt hätte, ich wäre umgekehrt, und hätte es mein Leben gekostet.

Am Ufer stand eine Schifferhütte, ich pochte den Mann heraus und bewog ihn, mich zur Stunde nach Bonn zurückzufahren. Wie die Wellen sich schluchzend am Kahne brachen, rings um uns her die letzte tiefe Finsterniß der nun bald schwindenden Nacht, schüttelten mich meine Schmerzen gewaltsam. Ich lag vorn im Nachen und horchte auf die Fluth. Das dünne Brett zwischen mir und der Tiefe, wenn das plötzlich wiche, so wäre mir sehr wohl, dachte ich. Ich glaubte, glücklicher und unglücklicher im Leben nicht mehr werden zu können.

Aber je weiter ich mich von ihr entfernte, desto klarer wurde ich darüber, daß ich gethan, wie ich mußte. Es ist eine großherzige Laune von ihr gewesen,

sagte ich mir, oder wenn es mehr war, hätte es
den Lannen des Lebens doch nicht Stand gehalten.

Als ich nach Hause kam, war ich so weit mit
meinem Innern gediehen, daß ich mich niederlegen
und an Schlaf denken konnte. Ich schlief auch wirklich einige Stunden und wachte erst am späten
Morgen auf. — —

————

Meine Freunde kamen über Tag und erzählten,
daß sie die Schauspieler noch eine große Strecke weit
in Kähnen begleitet hätten. Die schöne Willy sei
sehr blaß gewesen, aber freundlicher als gewöhnlich,
wenn sie auch wenig gesprochen habe. Einer hatte
einen Handschuh aufzuweisen, den sie auf ihrem
Zimmer vergessen, und wußte sich nicht wenig damit.
Ich hörte das Alles mit an, als spräche man von
einer Fremden. Die Nacht lag so weit hinter mir,
wie wenn Jahre dazwischen verflossen wären.

Am Nachmittag, schon gegen die Dämmerung,
saß ich über den Büchern allein, freilich, ohne zu
wissen, was ich las. Da kommt meine alte Wirthin
herein und sagt, eine Dame sei unten, eine Ver-
wandte von mir, die mich zu sprechen wünsche. Sie
müsse von der Reise kommen, denn ein Koffer sei
ihr nachgetragen worden. Sie scheine jung zu sein,
mehr könne sie nicht sagen, denn das Gesicht trage
sie dicht verschleiert.

Die gute Frau hatte noch nicht ausgeredet, so
war ich vom Sitz auf und in großen Sätzen die
Treppe hinunter. Durch die Glasthüre sah ich in
das Hinterstübchen meiner Wirthin. Eine Gestalt
stand am Fenster und sah in den Blumengarten
hinaus. Einen Augenblick später — und ich lag
keines Worts, keiner Besinnung mächtig in ihren
Armen.

Ich ermannte mich zuerst, als ich im Hause
nach mir rufen hörte. Es war ein Bekannter, der
mich abholen wollte. „Der Herr ist ausgegangen,"
beschied ihn die vorsichtige Alte.

„Wir müssen fort von hier," sagte sie. „Ich
will dich haben, ehe ich wieder wie verloren in der
Welt herumgehe. Gestern Abend, als du mir das
Alles sagtest, hattest du mich fast überredet, daß es
so besser und nothwendig sei; du kannst mich überreden, wozu du willst. Ich habe es eine Nacht und
einen Tag bedacht und nicht die Kraft gefunden, so
vernünftig zu sein. Die Vernunft ist auch eure
Sache. Wir haben nur ein Herz, und meins will
Alles für Alles geben. Wenn deine Vernunft dann
meint, daß wir uns doch wieder trennen müssen,
so bin ich dann doch einmal glücklich gewesen. Ich
bin unserer Truppe entflohen, Niemand weiß, nach
welcher Gegend hin, und hier am Orte hat mich
Keiner erkannt. Ich hörte auf der Straße, daß sie
von mir sprachen, als ich vorüberging. Ich lachte

unter meinen Schleiern, ich wußte, du könntest mich
heute nicht verstoßen. Denke nun von mir, was du
willst, daß ich leichtsinnig sei, ein thörichtes, zu-
dringliches, verliebtes Weib, es ist Alles wahr,
aber du wirst es nicht ändern, mit all deiner stolzen
Vernunft nicht. Ich bin Einmal in meinem Leben
verkauft worden. Wie wollen die Menschen mich
nun schelten, wenn ich mich verschenke, um jene
Schmach zu verschmerzen!

So sprach sie, und mehr, und ihr ganzes Wesen
schien mir vertauscht. Uebermüthig, neckisch, trotzig,
dabei ein Lachen in den Augen, das den letzten Rest
meiner vielgescholtenen Vernunft über den Haufen
warf.

Ich schickte die Wirthin nach einem Wagen.
Indessen gingen wir in mein Zimmer hinauf, und
sie half mir einpacken in stürmischer Freude, daß sie
meine kleine Häuslichkeit durchmustern durfte. Ein
paar Bände Dramen, die gerade auf dem Tische
lagen, warf sie mir in den Koffer. „Für die Regen-
tage,“ sagte sie. „Und vor Allem die Geige nicht
vergessen!“ — So waren wir reisefertig, als der
Wagen eben vor die Hausthüre rollte.

Ich trug der Wirthin auf, meinen Freunden
zu bestellen, daß ich auf unbestimmte Zeit hätte
verreisen müssen. Dann fuhren wir fort, im ver-
schlossenen Wagen, in der Dämmerung von Keinem
der Vorübergehenden erkannt.

In einem abgelegenen Winkel des Siebengebir=
ges, wohin sich selten ein Student verstieg, hatte
ich eine Bekanntschaft. Ein Bergwanderer bin ich
freilich nie gewesen. Meine Bekanntschaft schrieb sich
aus einem der vielen Dörfer längs dem Rhein, wo
ich im letzten Frühjahr einmal in der Schenke einen
seltsamen Kauz getroffen hatte, der mich durch einen
melancholischen Zug in dem verbrannten Soldaten=
gesicht anzog. Ich gewann ihm durch eine gute
Flasche und meine oft bewährte Qualification zum
Vertrauten das Herz ab. Er erzählte mir eine un=
glückliche Liebesgeschichte, die ihn dazu gebracht, in
einer versteckten Wildniß des Gebirgs, das vor
zwanzig Jahren noch nicht so wegsam war wie
heute, eine Försterstelle anzunehmen. Kein Anderer
wolle hin, weil man dort sterben und verderben
könne, ohne daß eine Christenseele davon erführe.
Ihm sei es schon recht so. Alle Monate mache er
einen Gang an den Rhein hinunter in sein Heimath=
dorf und versorge sich mit Wein. Wildpret habe er
mehr, als er bezwingen könne, und ein alter Sol=
dat, wie er, verstehe sich auf die Küche. Er lud
mich ein, ihn einmal zu besuchen. Es sei ohnehin
eine Verwöhnung, daß er in dem Bett seines Vor=
gängers schlafe. Anno 13 und 14 sei es oft den
Generalen nicht so gut geworden.

Unter dem Dach dieser ehrlichen Seele barg ich
meinen Schatz. Mein guter Lerche machte große

Augen, als ich ihm sagte, wir würden seine Gast=
freundschaft auf einige Zeit in Anspruch nehmen.
Dann nickte er verstehend mit dem Kopf und seufzte.
Es dauerte keine Stunde, so wäre er schon für
seinen schönen Gast durchs Feuer gegangen. Es
hätte freilich dazu nicht einmal ein so weiches Herz
bedurft, wie das seine; denn war sie jemals liebens=
würdig gewesen, so war sie es in dieser grünen
Einöde hundertfach.

Ich weiß nicht, wie uns die Tage hingegangen
sind. Die Sonne schien so golden sie nur konnte,
der Wald umstand unser Haus, die beiden Hunde
unseres Wirths spielten um uns herum, nicht weit
von uns schwatzte der Bach ins Gelag hinein —
wir saßen, wandelten, sprachen und schwiegen, wie
es uns ums Herz war, und die Nacht war uner=
wartet da. Einmal erstiegen wir auch eine Höhe,
ruhten auf den Klippen und sahen in die tiefe Welt
hinunter und über den Rhein, der von Leben wim=
melte. Ich sah meine Geliebte an: kein Zug ihres
Gesichts sprach von einem Verlangen, an diesem
ferngerückten Leben wieder Theil zu haben.

Zuweilen las sie in den Büchern, die wir mit=
genommen hatten. Sie bat mich dann, meine Geige
zur Hand zu nehmen und nach meiner Art zu
phantasiren. So stand ich denn draußen an einen
Stamm gelehnt und sah durchs Fenster, wie sie
drinnen auf= und abging, das Buch in der Linken,

mit dem rechten Arm lebhaft gestikulirend. Hörte ich dann auf, so brannten ihr die Wangen bis an die Augen hinauf.

„Ich mache Fortschritte," sagte sie. „Du bist ein guter Meister, und ich lerne leicht."

So kam es eines Abends, daß ich ihr vorschlug, ein Stück zusammen zu lesen. Ich nahm einen Band aufs Gerathewohl und schlug den Othello auf. „Ich habe früher wohl die Desdemona gespielt," sagte sie. „Aber mein Othello verstand es nicht, mich in die Illusion zu bringen. Ich fürchte, ich habe von der Rolle noch nichts verstanden."

Wir lasen, oder vielmehr, ich las das Ganze und überließ ihr nur die eine Rolle. Sie war Anfangs unsicher im Ton, aber bald fand sie sich in das innerste Wesen dieses so aus der Fülle des Gemüths geschaffenen Charakters. Sie blieb nicht lang auf ihrem Sitz. Sie stand auf und stellte dar, was sie sprach. Wenn sie nichts zu thun hatte, stand sie am Fenster, die Arme gekreuzt, den Blick zu Boden gesenkt. Dann belebte sie ihr Stichwort von Neuem. Die Scene, wo Desdemona sich beim Auskleiden von Emilia helfen läßt, spielte sie sitzend und sprach beide Rollen. Die ahnungsvolle Schwüle, aus der das Lied von der Weide vorbricht, wie ängst= licher Vogelgesang aus Gewitterlüften, erschütterte mich in allen Tiefen. Sie sang die klagenden Strophen nach einer Melodie, die mir neulich auf der Geige

gekommen war, und die ich ihr noch einmal hatte
spielen müssen. Wie sie dann zum zweitenmal fragte:

„Thätst du dergleichen um die ganze Welt?

und dann:

„Ich will des Todes sein, thät' ich solch Unrecht
„Auch um die ganze Welt —"

fiel mir das Buch aus den Händen, die Thränen
bezwang ich nicht mehr, und jauchzend und weinend
hielten wir uns in den Armen.

Den Rest des Abends war ich zerstreut und
schweigsam. Sie hatte kein Arg dabei und hielt es
allein für Nachwirkung unseres Lesens. Auch sie
war still, aber mehr als einmal sprach sie: „Ich
war nie glücklicher. Man kann gar nie glücklicher
werden, als ich bin." — Diese Worte reiften meinen Entschluß.

Um Mitternacht, als sie schlief, stand ich auf.
Die helle Nacht fiel auf das herrliche Gesicht, die
Lippen schlummerten roth, und sie athmete ruhig
wie ein Kind. Ich drückte einen Kuß auf ihr weiches
Haar und ging sacht aus dem Zimmer.

Unser Hausherr lag auf seinem harten Lager,
das er nun schon vierzehn Tage neben dem Herd
der kleinen Küche eingenommen. „Steh' auf, alter
Freund!" sagte ich, als er verwundert aus seinem
leisen Schlaf emporsah. — Wir gingen in den Wald

hinaus, die Hunde gaben keinen Laut. Ich sagte ihm, daß ich fort müsse, und gab ihm einen Brief an meine Geliebte, den ich schon vor dem Schlafengehen verstohlen geschrieben hatte. Ich nahm darin Abschied von ihr für immer. Daß sie an meinem Herzen nicht zweifeln solle, weil ich es vermochte, jetzt schon von ihr zu gehen, brauchte ich sie nicht zu bitten. Wir kannten uns, sie kannte den unerschütterlichen Entschluß in mir, in der Welt nicht neben ihr zu stehen. Sie wußte auch, daß mich keine armselige Besorgniß von ihr trieb, ein Glück, wie wir es hatten, könne verblassen, wenn der Herbst uns noch im Walde fände. Aber wenn man das Nothwendige thun muß, soll man sich doch nicht erst nöthigen lassen. Und das sagt' ich ihr noch, daß ich jetzt erst gehen dürfe, da ich sie nicht mehr allein ließe, daß ihr der Genius zum Gefährten bleibe, und eine Aufgabe, und eine Zukunft. Ich bat sie, mir zu schreiben, mich nicht zu vergessen: doch wenn sie in der Welt noch ein anderes Glück fände, es nicht um meinetwillen von sich zu stoßen. — Ich frug Lerche, ob er sich entschließen könne, seine Wildniß zu verlassen und bei ihr zu bleiben, so lange sie ihn nicht fortschickte. In die Hölle würde er ihr nachgehen, verschwor er sich: ich hatte es wohl gewußt. So gab ich ihm alles Geld, was ich bei mir hatte, eine Summe, die für die erste Zeit ausreichte, und ließ mir von ihm versprechen, mir zu schreiben, sobald seine Herrin in Verlegenheit sei. Dann nahmen wir Abschied. „Ich möchte Ihnen einen von den Hunden mitgeben," sagte er noch zuletzt: „aber das Thier würde wieder zurücklaufen, sie sind ganz an diesen Engel gewöhnt. Der Himmel weiß, wie Sie's fertig bringen, davonzugehen."

Also verließ ich sie, wiederum in der Nacht, aber nach allem Kampf den reinen Himmel im Herzen. Ich wanderte die ganze Nacht, nur zuweilen ruhte ich und horchte um mich her. Ihre Stimme sollte ich nicht wieder hören. Die Geige trug ich, alles Andere war zurückgeblieben. Als ich endlich die Sonne aufgehen sah, spielte ich Desdemona's Lied und weinte mich noch einmal satt. Dann vollbrachte ich meine Reise.

Erst am nächstfolgenden Tag kam ein Brief von ihr; sie hatte ihn im ersten Sturm des einsamen Morgens geschrieben. Nach allen Schmerzen schrieb sie jedoch, daß sie sich füge und es auch zu fassen hoffe, ehe sie wieder unter Menschen käme. Sie wolle nach Frankfurt, dort ein Engagement zu suchen. Sie fühle jetzt, daß eine Künstlerin in ihr stecke. Sie wisse auch, wann der erste Funken dieser Flamme in ihr Herz gefallen sei.

Bald nachher schrieb sie mir aus Frankfurt, daß sie dort bleiben werde. Der treue Lerche wolle sie nicht verlassen. Ich antwortete ihr so warm und voll, wie es in mir war, so ruhig, wie ich konnte. Das Wort „Sehnsucht" ist in unsern Briefen hinfort nicht genannt worden.

Es währte nicht lange, so waren die Zeitungen mit Berichten ihrer Erfolge angefüllt. Unter meinen Kameraden war viel Redens darüber. Die Wenigsten hatten es ihr zugetraut, daß sie jemals andere Triumphe, als die einer schönen Frau, erringen würde. Sie schrieb mir von Allem, was ihre Kunst betraf: ich sah alle Schätze der unvergleichlichsten Natur vor mir sich entfalten. Nur zuweilen wollte eine Besorgniß in mir aufsteigen, wenn ich sah, mit wie verzehrender Inbrunst sie jede neue Aufgabe ergriff, und ich beschwor sie mehr als einmal, sich nicht aufzureiben. Sie beruhigte mich mit den heitersten Versicherungen, daß sie jetzt erst wisse, was Wohlsein heiße.

Und so lebt' ich hin, ein glückliches Leben, freilich im Schatten, aber ohne Wunsch, in der Erinnerung an den reich genossenen Sonnenschein jener beiden Wochen in den Bergen.

Einige Jahre mochten vergangen sein, und während unerquicklicher Arbeiten zum letzten Examen freute mich nichts, als meinen Schatz von Briefen anwachsen zu sehen. Dieser und Jener meiner Bekannten, der sie inzwischen in Frankfurt spielen gesehen und sein begeistertes Herz gegen mich ausschüttete, brachte mich wohl noch um den Schlaf

einer Nacht. Aber mein Entschluß, sie nicht wieder
zu sehen, hielt allen Versuchungen Stand.

Da kam eines Tages ein Brief aus Frankfurt
von Lerche's Hand. Er enthielt eine Einlage von
ihr, mit Bleistift im Bett geschrieben, leidenschaftlicher, als wir uns bisher zu schreiben erlaubt hatten.
Wie ich noch in der ungewohnten Wonne schwelge,
diese Sprache wieder zu vernehmen, fällt mein Blick
auf den Umschlag, den Lerche vollgeschrieben. „Sie
ist nicht mehr," hieß es darin. „Gestern Abend
spielte sie noch die Desdemona, zum erstenmal, mit
einem ganz unerhörten Erfolg. Ich begleitete sie
aus dem Theater, sie war sehr aufgeregt und ging
zu Bett, ohne einen Bissen zu nehmen. Am andern Tag gegen 10 Uhr, als sich nichts regte auf
all mein Klopfen, ließ ich die Thür aufbrechen.
Da lag sie im Bett mit geschlossenen Augen und
war nicht zu erwecken. Der Arzt meint, es sei ein
Schlagfluß gewesen. Ich nahm das Papier, das
auf ihrer Decke lag, in Verwahrung und schicke es
hier mit. Von ihren Haaren hab' ich auch für Sie
abgeschnitten. Ich bringe sie Ihnen selbst."

Der Erzähler schwieg und stand vom Sessel auf,
in dem er zurückgesunken geruht hatte. Er trat an
das Fenster und stand dort eine lange Zeit, indeß
seine Worte in mir nachklangen und meine Augen

von dem Bilde gegenüber nicht weichen wollten.
Ich hörte endlich, wie er das Fenster schloß. Dann
trat er wieder an den Tisch und schenkte die Gläser
voll. „Wir müssen noch ein Glas zusammen trin=
ken: es leben die Lebendigen und die Unsterblichen!"
sagte er. „Stoß' mit mir an! Wer d a s von mir
erfahren hat, zu dem muß ich hinfort D u sagen."

Er umarmte mich. Dann ergriff er die Lampe
und begleitete mich in das Gemach, wo das Bett
für mich aufgeschlagen war. „Ich selber schlafe bei
meinen Schätzen," sagte er lächelnd und deutete auf
das Polster vor dem Bilde zurück. Ich warf noch
einen letzten Blick darauf; am andern Morgen, als
ich Abschied nahm, war der Vorhang darübergezogen.

———

Erkenne dich selbst.

1856.

Seit einer Woche war ich in Florenz und befand mich dort von Herzen wohl. Denn die Stadt vereinigt farbiges nationales Leben in aller schönen Ungebundenheit des Südens mit einem hinlänglichen Maß jener modernen Bildung und geistigen Regsamkeit, ohne die dem Nordländer sein Dasein selbst in der lachendsten Scenerie, unter den liebenswürdigsten Naturmenschen auf die Länge wie ein Traum vorkommt. Auch die toscanische Reinlichkeit erquickt hier ein wohlerzogenes deutsches Gemüth nach so manchen römischen und neapolitanischen Trangsalen, ohne daß es doch an malerischen Lumpen und antiker Halbnacktheit gänzlich mangelte, zumal in der gesegneten Jahresmitte, wo ein Platen-fester Reisender weiß, daß man in Florenz „zur Kohle verglühn" kann, wenn man die landübliche Unbefangenheit sich nicht zu Nutze macht.

Daß ich in all diese Vorzüge des Florentiner Lebens sogleich eingeweiht werden sollte, dafür hatte mein Schutzgeist mit besonderem Wohlwollen gesorgt.

Er führte mich bei meiner ersten Umschau nach einer Privatwohnung in ein sauberes, kühles Haus, dessen zweiter Stock von einer würdigen Wittwe einzeln vermiethet wurde. Die Magd wies mich in ein Hinterzimmer, aus dem mir ein rauh=haariger kleiner Hund mit gesittetem, halblautem Bellen entgegenlief. Die Signora Eugenia selbst lag auf dem Sopha, in einer jedem kühleren Luft=hauch, der sich durch die Jalousieen stehlen wollte, äußerst zugänglichen Haustracht. Selbst für einen Kenner des neapolitanischen Sommercostüms war es verzeihlich, wenn er Anstand nahm, einzutreten, so sehr war diese Toilette bei den ersten Anfängen stehn geblieben und wesentlicher Ergänzung bedürftig. Die Dame indeß schien nichts zu vermissen. Sie nahm ruhig eine Nadel, steckte das saubere Hemd über der Brust zusammen, zog die Füße in den weißen Strümpfen bescheiden und anmuthig unter den Rock und bat mich mit freundlicher Hand=bewegung, den dadurch freigewordenen Sophaplatz einzunehmen, während sie selbst wie ein Murmel=thier zusammengerollt in ihrer Ecke liegen blieb.

Ein gut Theil meiner Blödigkeit wich, als ich in dem Helldunkel des kühlen Gemachs mich von den gesetzten Jahren der Inhaberin überzeugte. Auf der wunderlich verschwemmenen Figur saß ein starker Kopf, an das berühmte Birnenhaupt erinnernd, auf dem die französische Krone nicht haften wollte.

keine Art von Haube verunzierte den stattlichen
Contour, und ein paar schwarze Locken hingen lose
zu beiden Seiten auf die Schultern herab. Es hatte
gar nichts Komisches, wenn sie bei jedem Schütteln
des Hauptes, ohne welches die Signora kein Nein
zu sagen vermochte, langsam hin und her pendelten.
Auch die kleinen schwarzen Augen, die männliche
Nase und der breite Mund — schätzbare Requisite
eines Buffonengesichts — waren eines sehr maje-
stätischen Ausdrucks fähig, besonders der Magd
gegenüber, die, eine starkgliedrige Person, nicht
viel besser als eine Leibeigene von ihrer Herrin ge
halten wurde und vor einem ungnädigen Blicke der
selben zitternd zusammenzuschrumpfen schien.

Die Signora hatte ein Buch weggelegt, als ich
eintrat: ich konnte in dem grünen Jalousiendämmer
nur sehen, daß es Verse waren. Eine kleine Aus-
gabe des Alfieri lag auf dem Tisch neben ihr, darüber und darunter ein bunter Haufe Journale und
Zeitungen. Auch im Uebrigen war in dem Zimmer
von weiblichem Apparat wenig zu erblicken, nicht
einmal ein Spiegel an der Wand: wogegen die
Lage nach dem Hofe, die Stille und Kühle zur
Meditation sehr einluden.

Ich fragte, ob noch ein ähnliches Zimmer frei
stehe, worauf sie ruhig das Haupt schüttelte und
mich im besten Toscanisch, fließend, aber nicht über
flüssig, nach den Himmelsgegenden über die Vorzüge

dieses einzigen Gemachs aufklärte. Doch stehe auf
den übrigen Zimmern nur die Morgensonne, über
Tag seien sie bis auf die Unruhe der Straße nicht
minder behaglich als dieses. Sie werden begreifen,
fuhr die Signora fort, ich gehe nie aus, außer
ins Theater. Mein Zimmer ist mein Florenz; so
muß ich es mir schon nach meinen Bedürfnissen
aussuchen.

Die Magd wurde dann gerufen und geheißen,
mich zu den leeren Zimmern zu führen. Sie selbst
blieb bis auf eine entlassende Handbewegung un-
erschütterlich liegen. Ich bin noch nicht angezogen,
Sie müssen verzeihen, sagte sie. Ich verbeugte
mich und ging, die Magd pantoffelte voran; ein
Gang durch den Corridor, den fünf oder sechs
Thüren vorbei, die alle offen standen, zeigte mir,
daß ich noch die Wahl völlig frei hatte, und so
wählte ich das mittelste Zimmer, wo mich ein
kleiner runder Marmortisch mit vergoldetem Fuß
aus der Ferne anlachte. Bei näherer Untersuchung
theilte das Sopha dahinter freilich den Ruhm des
Wagens, der mich von Siena hergebracht hatte:
beide waren, wie sich der Vetturin schmunzelnd
auszudrücken pflegte, „hart, aber reinlich.“ Ich
lehrte es seufzend um und sagte: Reinlich, aber —
hart! Zum Glück ließ sich dem Bett dasselbe nachsagen, und das weiße, dichtschließende Netz gegen
die Zanzaren, jene nächtlichen, geflügelten Blut-

sanger, beruhigte mich vollends darüber, daß ich
eine Gelehrte zur Wirthin hatte.

Denn das war sie, wie mir die Magd, sobald
wir allein waren, fast mit gefalteten Händen ver-
traute. „Alle Professoren in Florenz kennen und
besuchen sie, und wenn ich über die Straße gehe,
Signor, rufen sie mich an: Was macht Eure Herrin,
Stella? oder: Grüßt die Signora Eugenia! daß
ich ganz roth werde von der Ehre, eine dumme
Person, wie ich bin. Ich bin auch eine Wittwe,
und mein seliger Mann, der ein Koch war, hat
mir noch auf dem Sterbebette gesagt, der Kutscher
seines Herrn, des Grafen Luigi, habe ein Auge
auf mich, ich solle mein Glück nicht von mir stoßen.
Aber nein, Herr, ich halte was auf die Ehre, und
wenn auch Manche sich nichts Besseres wünschen
kann, als ihren Mann auf dem hohen Bock zu
sehen, mit den Sammethosen und veilchenblauer
Livree, — ich hatte schon als Jungfer bei der
Signora gedient, und es ist besser, dacht' ich, du
gehst wieder zu ihr, die so viel Genie hat, und
bleibst da bis an dein seliges Ende, wenn sie dich
behalten will, eine dumme Person, wie du bist,
als du lässest dich von dem Tölpel, dem Kutscher,
schlagen, der nicht einmal Heu und Hafer zusammen-
rechnen kann. O Signor, wenn ich von nebenan
höre, wie sie lauter so Sachen reden, die ich nicht
capire, werde ich so stolz und zufrieden, wie ich

nicht sein könnte, wenn mich auch der Kutscher des
Großherzogs geheirathet hätte!"

So brauchte ich denn, wie ich nach dem An=
fang schließen konnte, um Unterhaltung in diesem
Hause nicht besorgt zu sein. Doch benutzte ich die
Gelegenheit nur mäßig, besonders was die brave
Stella betrifft, und selbst das „Genie" der Signora
Eugenia unterbrach nur selten die langen, feier=
lichen oder heiteren Gespräche, die ich mit dem
Genius der alten Stadt im Stillen pflog. Es
gingen zu viel Ehrenmänner bei ihr aus und ein,
und Dieser und Jener schien sich näher an mich
anschließen zu wollen, was mich aus meiner em=
pfangenden Stille herauszureißen drohte. Das
Glück, sich ungestört mit den herrlichen Werken der
großen alten Zeit zu erfüllen, gleichsam auf wind=
stillem Kahn stromaufwärts in die Vergangenheit
zurückzufahren und die fernen Ufer zu bestaunen,
wollte ich mir durch keinen heutigen Menschenwitz
und Menschenverstand verkümmern lassen.

Ich war darum wenig froh überrascht, eines
Tages einem alten Bekannten aus Deutschland zu
begegnen. Schon auf der Universität, wo ich ihn
kennen gelernt, war ich ihm gern ausgewichen. Auch
jetzt, als er mich, über Eis und Theaterzeitung
vertieft, in einem Kaffeehause anredete, machte ich
einen schwachen Versuch, durch ein fremdes Auf=
blicken ihn von mir fern zu halten. Er hatte leider

ren je her die Art, mit einer schadenfrohen Schärfe
des Blicks dergleichen zu wittern und zu vereiteln,
indem er es einem ins Gesicht sagte.

Sie freuen sich nicht sehr, mich zu sehen, wie
ich merke, sagte er ruhig. Wie lange ist es doch
her, seit wir das letzte Wort mit einander tauschten?
Vier Jahre oder fünf? Jedenfalls Zeit genug, sich
zu verändern. Sie haben gewiß diese Zeit benutzt:
ich leider nur, um immer eigensinniger der zu
bleiben, der ich damals war. Wenn mir recht ist,
konnten Sie mich früher nicht leiden. Dieselbe
Freiheit haben Sie natürlich auch jetzt noch. Es
wäre aber freundlich von Ihnen, sich derselben
nicht gleich von vorn herein zu bedienen: denn wie
Sie mich da sehen, bin ich zwar vielleicht noch un-
leidlicher, als sonst, aber mit dem Unterschiede, daß
ich mir selber dabei leid thue.

Seine Stimme, deren schneidende Schärfe mir
noch sehr gut in der Erinnerung war, klang bei
diesen Worten weicher und herzlicher als je. Ich
stand auf und gab ihm die Hand.

Lassen Sie mich die Thorheiten meiner Mond-
scheinjahre nicht entgelten, Franz, sagte ich lachend.
Wie wir uns damals trafen, litt ich gerade am
lyrischen Fieber, und Sie fühlten mir zuweilen un-
sanft den Puls und dachten mich durch Sturzbäder
zu heilen. Mein Fall wird Sie darüber aufge-
klärt haben, daß man besser thut, die Krankheit

austoben zu lassen. Ich entsinne mich noch jenes wilden Schwindelanfalls, in welchem ich auf mein Recht trotzte, so krank und verrückt und hitzig zu sein, wie mir beliebte, und Ihre kühle Gesundheit gründlich zu verachten. Welcher meiner syrischen Heiligen war es doch, den Sie mir gelästert und seiner Glorie beraubt hatten?

Ich weiß nicht mehr, sagte er nachdenklich — das aber weiß ich, daß ich Sie schon damals um alles das beneidete, was ich einen sentimentalen Wahn schalt. Die schnödeste Mißgunst reizte mich, Ihre Begeisterung zu verspotten. Begeistert sein — um den Preis hätte ich selbst ein dummer Mensch werden mögen. Freilich waren diese Wünsche damals seltene Gäste in mir, während jetzt — aber kommen Sie ins Freie.

Wir gingen. Der Abend war schattig, allein so schwül, als glühe statt einer goldenen eine schwarze Sonne auf die Stadt herab. Doch wogte in der schönen Straße, die den Domplatz mit dem Platz des Großherzogs verbindet, ein müßiger Menschenstrom auf und ab, alle Kaffeehäuser standen offen, Geschrei der Verkäufer, die an den niedrigen Tischen ihre Waaren ausgelegt hatten, gellte in das Summen aller europäischen Zungen hinein, und schon begannen die ersten schüchternen Mondstrahlen über den beweglichen Menschenköpfen ihr Netz zu weben.

Nein, sagte Franz, als ich in eine stillere Seitenstraße ablenken wollte, bleiben wir unter der Menge. Ich weiß, daß Sie sich auf Geständnisse gefaßt machen, und mit Recht: denn was ich Ihnen über acht Tage doch vertrauen würde, kann ich Ihnen eben so gut in der ersten Stunde sagen. Aber zu meiner Handvoll Schicksal braucht es keiner geheimnißvollen Scenerie, plätschernder Brunnen, einsamer Paläste, mauzender Kater und verliebter Pärchen, die sich in die Schatten drücken, wenn wir vorbeikommen. Es reizt mich gerade, mitten unter dem Geplapper und Gewälsch dieser friedlichen Spaziergänger Ihnen meine aufrichtige Meinung über mich zu sagen. Doch gestehen Sie selbst, ob es Ihnen nicht wie eine Sünde vorkommt, daß ich Ihnen auch hier den Abend verderben will, wie so manchen am Rhein! Was gehe ich Sie an? Was können Sie mir helfen? Es kam nur vorhin, als ich Sie so zufrieden sitzen und sich der Kritik über Signora Ristori erfreuen sah, in den Sinn, daß ich meine alten Spottsünden nicht besser wieder gut machen könnte, als indem ich nun Ihnen Gelegenheit gäbe, meiner zu spotten. Wenn Sie Lust zur Schadenfreude haben, nun gut, so mögen Sie erfahren, daß der, den ihr guten Jungen den Mephisto zu nennen pflegtet, weil er eure Schwärmereien verneinte, im Grunde nur ein sehr dummer

Teufel war. Denn ein klügerer hätte sich wohl gehütet, sich selbst zu verneinen.

Er sagte das alles hastig, leise, mit dem Tone völliger Resignation: ich erkannte ihn kaum wieder.

Thun Sie, wie Sie wollen, erwiederte ich: reden Sie, schweigen Sie — meine Abende sind nicht mehr so leicht zu verderben, wie sonst. Ich möchte wissen, was mich jetzt um den Genuß bringen sollte, in diesem Strome von Lebenslust mitzuschwimmen, der uns zuletzt vor der Loggia dei Lanzi absetzen wird.

Ich erkenne daran unseren Unterschied, sagte Franz. Sie merken nur die Eine Richtung des Stromes, in der Sie sich fortbewegen: ich bin mir in demselben Augenblicke auch des Gegen= stromes bewußt, und wenn Sie mich nicht am Arm hätten und fortzögen, würde ich von den Menschen, die uns entgegenkommen und sich an unsere Ellenbogen stoßen, so stutzig gemacht, daß ich vor lauter Bewegung vor= und rückwärts am Ende verblüfft stehen bliebe. Da haben Sie mein Schicksal.

Ich blieb nun meinerseits wirklich stehen und sah ihn an. Nein, sagte er, das müssen Sie nicht: verwärts, oder wir wurzeln hier beide ein.

Wir gingen der Piazza del Granduca zu, schwei= gend, um so mehr, als der Lärm der Trödler, An= tiquare, Eßwaarenverkäufer und Seifenkrämer, die

ihre roba di fallimento um einen Spottpreis aus=
boten, jedes Gespräch unmöglich machte. Auf dem
Platze war das Mondlicht mächtiger, da keine La=
ternen es beunruhigten. In breiter Masse stieg der
Palazzo vecchio vor uns auf, zur Rechten die Loggia,
deren Bildwerke, Cellini's Perseus an der Spitze,
etwas grauenhaft Starres in diesem Zwielicht hatten,
etwa wie die Templeisen um den Gral herum, die
auf das „Wort" harren, um erlöst zu werden.
Das Unheimliche dieser schweigenden Gesellschaft,
dieses Perseus, der mit der Miene des tiefsten
Kummers das Medusenhaupt, das er in die Höhe
hebt, nicht anzuschauen wagt und den kalten, zu=
sammengeschlungenen Leib, auf dem er steht, mit
schaudernden Sohlen tritt, dort jene Judith mit
Holofern, die Sabinerin, die sich im Arm ihres
römischen Räubers gen Himmel windet, im Grunde
längs der Wand die edle Thusnelda mit den andern
Gefangenen, dazu die Treppe zu der Halle von
den beiden Löwen bewacht — jeden Abend über=
fiel mich der Schrecken von Neuem, und kaum weiß
ich, ob die Halle in der rothen Mittagssonne die
Phantasie mit gelinderer Gespensterkraft erfaßt, als
in Nacht und Mondlicht oder Morgendämmerung.

Franz schien von alle dem nichts an sich zu
spüren: gleichmüthig ging er vorüber, und wir
lenkten unsere Schritte durch die Arcaden der Uffizien
dem Arno zu. Was ihn umgab, würdigte er keines

Blickes. Er hatte meinen Arm losgelassen, sah auf die breiten Platten der Straße nieder und schien an nichts zu denken.

Wie lange sind Sie in Florenz? fragte ich.

Seit heute.

Und doch scheinen Sie mit all diesen Straßen und Plätzen seit Jahren vertraut.

Weil ich mich nicht darin umsehe? — Er lachte kurz und traurig auf. Da kommen wir wieder auf den einen Punkt. Sehen Sie, ich habe die Erfahrung gemacht, je mehr ich mich in etwas umsehe, desto weniger will mir's vertraut und trau= lich werden. Mir selber bin ich ganz fremd ge= worden, weil ich — aber sagen Sie mir erst, wofür Sie mich halten, daß ich überall mein leidiges Ich ins Spiel bringe! Denken Sie nicht, ich sei mir über die Maßen interessant? Lieber Himmel! über die Maßen langweilig bin ich mir: aber daß ich's nicht lassen kann, daran zu denken, das ist mein Unglück. Ein Kranker spricht auch immer von sich, weil er sein Dasein in jedem Augenblick an seinen Schmerzen empfindet. Und krank bin ich, gemüthskrank — geisteskrank — wie Sie wollen.

Erschrecken Sie nicht, fuhr Franz fort. Ich bin keinem Tollhause entsprungen, ich werde mich allezeit aufs Manierlichste betragen und keine Ver= suche machen, meinen Kopf zu essen oder über mich selber wegzuspringen. Es ist nur eine kleine

Schlaflosigkeit des Geistes, an der ich leide, und um welche einzulullen mein Arzt mich nach Italien geschickt hat. Wenn ich's nur lassen könnte, aufzupassen, ob der Schlaf nicht kommen will, so käme er wohl am Ende. So aber bin ich gewiß, daß ich ungeheilt und unheilbar heimkehre.

Damit hatte er sich auf das Geländer der Arnobrücke gesetzt, und ich folgte stillschweigend seinem Beispiele. Wir sahen beide in den Strom hinab, der mit stillem Rauschen sich um die Brückenpfeiler drängte und ins Land hinausfloß. Die Lichter in den Häusern des Lungarno spiegelten sich als kleine Funken in der Tiefe, wie ein elektrisches Aufblitzen des Elementes selbst. Zu beiden Seiten lag die schöne Stadt, fern rollten die Wagen, und nur selten kam ein trällernder Fußgänger an uns vorbei.

Hier erzählte er, wenn es Erzählen heißen kann, in Einem Athem hundertmal sich widerlegen, seine eigenen Worte verspotten und, um genau zu sein, das kaum Gesagte sogleich wieder in Frage stellen. Wenn ich versuchen wollte, seine Reden wiederzugeben, wie er sie fieberhaft abgerissen, vor lauter Schärfe verworren vor mich hin schüttete, so würde ich Bogen damit anfüllen. Die Hauptsache, auf die es hinauslief, ist mit wenigen Worten gesagt.

Sein Vater, der ein reicher Kaufmann in F. gewesen war, hatte seine nicht geringe Bildung sich ganz allein verdankt. Er war in den Alten belesen, in der Geschichte bewandert, und da er in ungebildeten Kreisen aufgewachsen war und sich genöthigt sah, alles, was er an geistiger Nahrung bedurfte, sich auf eigene Hand zu erwerben, gegen den Geist der Familie zu behaupten und im Stillen weiterzupflegen, so hatte sich in seine Natur ein gewisser Trotz der Selbständigkeit eingenistet, den er auf seinen Sohn zu vererben wünschte. Nichts war ihm von außen gekommen, darum verachtete er alles, was die meisten Menschen schätzen, weil es ihnen von der Autorität der Sitte überliefert wird. Er erzog seinen Sohn mit einem einzigen Wort: Erkenne dich selbst! Er forderte nichts von ihm, als unausgesetzte, rücksichtslose Selbstprüfung, ohne sich jemals um das Resultat zu bekümmern. Nur gegen Gleichgültigkeit, Träumerei und Hindämmern in Gewohnheiten und Zufälligkeiten war er unerbittlich. Sobald er zu bemerken glaubte, daß der Knabe gedankenlos Gehörtes oder Gelesenes nachsprach, zeigte er ihm mit der dialektischen Schärfe, die ihm eigen war, den Gegensatz als das Wahre, um auch diesen wieder fallen zu lassen, wenn er Eindruck zu machen schien. War der junge Kopf dann von Rathlosigkeit geängstigt und verstummte im Gedränge der Zweifel, so pflegte der alte Herr abzubrechen und zu sagen: auf die Dinge kommt es nicht an, sie sind wahr und falsch, für

den Einen so, für den Andern so. Auf dich
kommt es an: also erkenne dich selbst!

Aber wie die physische Natur des Menschen in
der Jugend mehr Schlaf bedarf, als in ihrer Reife,
so will auch die geistige in der Zeit ihres Auf-
blühens Ruhe und Stille, um zu erstarken. Die
Seele muß geschont werden, wenn der Geist wahr-
haft zu sich selber kommen soll. Jene schöne Dumpfheit der Jugend, jene träumerische unbewußte Fülle,
die reine Genußkraft der noch unerschöpften Sinne
gingen dem jungen Franz über seinem vorzeitigen
Ringen nach Selbstgewißheit verloren.

Das Schlimmste aber war, daß er, während
er so das innige, gläubig sich hingebende Verhältniß zu den Erscheinungen der Welt verlor, wie es
nicht anders sein konnte, auch jede volle Empfindung
seiner selbst mehr und mehr einbüßte. Das gerade,
was der Vater in ihm befestigen wollte, der eigene
Instinct, erlahmte, weil er in jedem Augenblick
zur Rechenschaft gezogen wurde. Er hatte hundert
Bilder bei der Hand, um mir diesen Zustand, den
er jetzt als Krankheit in sich fühlte, zu schildern.
Mein Vater, sagte er, zeigte mir alle Erscheinungen
des Lebens gleich von beiden Seiten, und bekanntlich hat ja auch jedes Endliche seine zwei Seiten.
Nur ist es traurig, wenn man sie zusammen sieht,
nicht die zweite erst, nachdem man sich an der
ersten satt gesehen hat. Dadurch verliert Alles seine

körperliche Wirklichkeit, seine Wichtigkeit für uns, Alles wird wie ein gläserner Würfel, den wir durchschauen, und was gläsern ist, dünkt uns gebrechlich. Und am Ende durchschauen wir uns selbst wie Glas und verlieren jenen heimlichen dunkeln Kern, der denn doch wohl der Keimpunkt unserer Persönlichkeit ist und immer neue Kräfte hervortreibt, wenn die alten aufgezehrt sind. Ach, Bester, ich habe einmal eine Sage gelesen von einem tiefen Brunnen, der unerschöpflich war, bis seinen Besitzer die Neugier trieb, mit einer Fackel seinen Grund ausspähen zu wollen. Von Stund an versiegte die Flut; denn die Nymphe zürnte, daß man sie in ihrer Heimlichkeit belauscht hatte. — Sehen Sie, es war mir oft, wenn ich mich abmühte, hinter mich selbst zu kommen, als thäte ich etwas eben so Zweckwidriges, wie ein Mensch, der Wasser, das man ihm in die Hand gießt, krampfhaft mit den Fingern festhalten will. Warum schließt er nicht ruhig seine Hand zu einer einfachen Höhlung zusammen?

Wenn Sie aber dieses Gefühl von dem Mißlichen Ihres Geschäftes selber hatten, warf ich ein, warum erlaubten Sie sich nicht, auch das als einen Theil Ihres Selbst zu erkennen und zu respectiren?

Weil es ein Gefühl war, dunkel und verstohlen, und der Geist sich gleich daran machte, es zu

entlarven, um es als Feigheit, Schwäche, Unwür
digkeit zu verbannen. Ja wäre der Hochmuth nicht
hinzugekommen, der es einestheils für sehr heroisch
ausgab, sich bei lebendigem Leibe unverdrossen selbst
zu zergliedern, und anderentheils mir zuraunte,
daß ich auf diesem Wege gescheiter würde, als
alle meine Altersgenossen! Sie haben mich noch
in jenem Stadium gekannt, wo ich mich an diesem
Uebermuth, an der Ueberlegenheit, die mir meine
trostlose Durchsichtigkeit über euch gute Gesellen
gab, immer wieder erquickte, wenn ich euch um
die Fähigkeit beneidete, euer Leben zu genießen,
in einer Kellnerin eine Göttin, in einem dürren
Professor einen Plato und in eurem schmutzigen
Flußwasser einen der Ströme des Paradieses zu
sehen. Ganz heimlich zuweilen mühte ich mich ab,
mich mit euch zu betäuben. Ich konnte zu keinem
rechtschaffenen Rausch kommen; ja es schien, als
steigere der Rausch meine scharfe Spürkraft für
alles Nichtige, für alle Kehrseiten irdischer Dinge.
Wie oft stimmte ich ein gutes altes Lied mit an,
das mit so herzlich wenig Sinn und Verstand, und
gerade deßhalb, euch allen zu Kopfe stieg! Kaum
aber brachte ich's über die erste Strophe, so raunte
mir mein Dämon ins Ohr: gestehe nur, daß du
nicht glaubst, was du singst! und weg war alle
fromme Andacht. Ich sah mich unter euch mit den
Augen eines Dritten, der nüchtern seine Glossen

macht und der ganzen Burschenherrlichkeit, die auf
hohen Wegen dahin ging, weissagen mußte, daß
sie über ein Kleines auf irgend einem philiströsen
Sande auflaufen werde. Auch Manchem von euch
mag dann und wann ein solches Bild aufgetaucht
sein: aber ihr waret klug genug, es vor euch selbst
zu verläugnen, oder nur gerade darum desto hin-
gebender das Glück der Stunde zu genießen, wäh
rend ich es für meine Pflicht hielt, es mir ehrlich
einzugestehn, sollte auch alles Glück darüber zum
Teufel gehen.

Da machte er eine Pause und sah lange in den
Fluß. Alles fließt, wie jener dunkle Heraklit sagt,
fing er endlich wieder an. Aber wer in jedem
Augenblicke den ewigen Fluß der Dinge rauschen
hört, dem zerfließt die Welt. Nur ein Gott hält
es aus. Ein Menschengehirn will feste Form, ein
seitige Beschränkung; denn man genießt das Endliche nur, wenn man es für ein Unendliches hält.
Das ist ohne Bornirtheit nicht möglich, und dieses
Wort, das die meisten Menschen für ein Schimpf
wort halten, ist mir darum das heiligste. Glauben
Sie nicht, daß ich die Reflexion verachte, obwohl
sie mich krank gemacht hat. Ich weiß, was sie
werth ist, im rechten Verhältniß zur Genußfähig
keit. Gerade so angenehm, wie es m i r ist, mitten
in der Nacht aufzuwachen, mich zu besinnen und
zu wissen, ich kann noch weiterschlafen, gerade so

herrlich denke ich es mir, aus den traumhaften
Glückszuständen, die Andere mit Hingebung ge
nießen, sich zu wecken, zu sammeln, zu reflectiren,
und dann sich gleichsam auf die andere Seite zu
legen und weiter zu genießen.

In dieser Weise sprach er noch viel, was ich
vergessen habe und auch wenn ich es noch wüßte,
hier unterdrücken würde, um dem Leser das Gefühl
zu ersparen, das mich mehr und mehr in der Nähe
des seltsamen Menschen überkam, ein Gefühl der
peinlichsten Unruhe, das selbst stärker wurde, als
das Mitleiden mit seinem offenbar kranken Zustande.
Es war zuerst rührend, die Bekenntnisse dieses Heim
wehs nach sich selbst zu hören: dann aber wurde
es immer unheimlicher. Was uns Anderen das
Leichteste scheint, sich gehen zu lassen, war ihm
eine unerreichbare Aufgabe geworden. Je ehrlicher
er danach rang, sich seiner Existenz zu versichern,
desto mehr ward er vor sich selbst zu einer Täu
schung. Ja es gab Momente, wo er selbst diesen
seinen Zustand in Frage stellte und darüber erst recht
im eigentlichsten Sinne aus der Haut fahren wollte.

Ich erfuhr dann weiter von ihm, daß er nach
dem Tode des Vaters in F. seinen festen Wohn-
sitz genommen hatte. Ich kannte diese Stadt und
wußte, daß dort eine geistig überreizte Natur mehr
als irgendwo Gefahr läuft, in Vereinsamung sich
vollends zu zerrütten. Denn alle vorübergehenden

Verstimmungen und Verstörungen wuchern dort mächtig auf, weil die Gesellschaft nichts dazu thut, sie durch gesundere Zuflüsse vom Geiste abzuspülen. Mit Ausnahme sehr weniger Kreise ist dort die Bildung inselhaft vom deutschen Festlande abgetrennt und von einem Meere kaufmännischer Speculation umwogt. Auch Franz wurde hier noch mehr als je zuvor auf sein Inneres zurückgewiesen, das Aergste, was seiner Natur widerfahren konnte. Zuletzt hatte er sich entschlossen, das Geschäft seines Vaters selbst zu übernehmen und seine juristischen und historischen Studien ganz bei Seite zu lassen. Ich wußte von der Universität her, daß er umfassende Kenntnisse hatte. Aber von allen Arbeiten, die er anfing, brachte er keine zu Stande. Auch die festen Gestalten der Geschichte zerrannen ihm, um mit seinem Bilde zu reden, unter den Händen, gerade weil er sich bemühte, sie von allen Seiten festzuhalten. Es fehlte ihm auch hier die Einseitigkeit, die zu aller Productivität erforderlich ist. Dagegen schilderte er mir, wie er eine Art von Genügen am Rechnen finde. Die abstrakten Zahlen hätten etwas Beruhigendes für ihn; er wisse, eine Vier sei eben eine Vier, und weiter könne keine Dialektik der Welt ihr etwas ablocken. Seinen Zahlen gegenüber schlafe er wirklich; sie verlangten keine Selbsterkenntniß, sie hätten gar kein Verhältniß zu ihm, das er sich zerstören könne, indem er es zu ergründen suche.

Ueber diesem Gespräche war, ehe wir es dachten, die Mitternacht herangekommen. Lautlos lag die Stadt und die Kühle stieg kräftiger vom Flusse zu uns auf.

Und was hatten Sie von Italien gehofft? fragte ich.

Auf morgen das! sagte er, indem er aufstand. Mein Geschwätz, das Ihnen schon Ihren halben Schlaf gekostet, möchte Sie sonst um den ganzen bringen, und schlafen — das ist Labsal, mein einziges.

Darauf fragte er mich, wo ich wohne, und als ich das Haus nannte, besann er sich, daß ihm ein römischer Freund an die edle Padrona adressirt habe, und freute sich, mein Nachbar werden zu können. Ich schwieg, denn die Nähe des Kranken war mir wenig erwünscht, und ihn zu heilen durfte ich nicht hoffen. Sogleich bemerkte er mein Verstummen und sagte: Reden wir nicht mehr davon! Es wäre heillos von mir, Sie hier zu belästigen, wo Sie so vergnügt zu sein scheinen, wie ein Fisch im Wasser. Sagen Sie auch ehrlich, ob Sie mich überhaupt lieber nicht wiedersähen, ich denke darum nicht schlechter von Ihnen und mir.

Auf diese treuherzigen Worte konnte ich nicht anders, als ihm versichern, daß mir seine Nachbarschaft lieb sein würde. Wir könnten ja auch im Uebrigen unsere Wege gehen.

Ja, sagte er, Sie haben Recht. Ueberdies, daß

ich mich allzu sehr an Sie anschließe, ist schwerlich zu befürchten. Ich empfinde jetzt einen gewissen Zug zu Ihnen, und es hat mir wohlgethan, Ihnen sagen zu können, was, wenn ich es mir immer allein vorerzähle, mir zuweilen das Hirn aus dem Schädel und das Herz aus dem Leibe heraus ängstigen will. Morgen werde ich es vielleicht für eine Narrheit halten, einem Fremden zur Last gefallen zu sein, und ich werde Sie zu vermeiden wünschen. Auf alle Fälle, auch wenn ich in Ihr Haus ziehe, haben Sie Vollmacht, sich Ihrer Haut zu wehren. Es werden ja Schlüssel in den Thüren stecken.

Vor der Thür seines Hotels gingen wir auseinander. — Ich lag schon lange in meinem Bett, und die Falten des Umhangs ließen keine Zanzare durchschlüpfen, die mir mit ihrem Gesumm zu Häupten den Schlaf abgewehrt hätte. Aber Franz' Worte umsummten mich schlimmer als ein Zanzarenschwarm, und der Morgenstern, der mich weckte, war nicht die Venus, sondern Stella, die Magd, die Wittwe des Grafenkochs, die von dem Gedanken geängstigt wurde, ich sei am Ende gar in den Himmel hinübergeschlummert und erzähle eben ihrem Seligen, daß sie die Hand Luigi's, des Kutschers, ausgeschlagen, aus Rücksichten für ihre Bildung.

Es kam, wie Franz gesagt hatte. Obwohl er ein Zimmer neben dem meinigen bezog, sahen wir wenig von einander, und die Zurückhaltung schien ihm nicht im Geringsten schwer zu fallen. Auch wenn wir uns begegneten, wo er dann harmlos mich begrüßte, als hätten wir nie tiefere Dinge mit einander zu theilen gehabt, lenkte er das Gespräch auf jenes erste Thema nicht wieder zurück. Nur aus zufälligen Reden entnahm ich, daß irgend ein Ereigniß seinen Zustand zu einer schweren Nervenkrankheit gesteigert habe, worauf ihn der Arzt nach Italien schickte. Als er mir das sagte, setzte er hinzu: Haben Sie einmal gesehen, wie man ein Flußbett corrigirt? Wenn man Erde und Steine Körbe voll nach und nach hineinschüttete, so würde der Strom nicht gehemmt, und Welle auf Welle bräche wieder durch. Man baut daher am Ufer einen festen Damm aus Pfählen, Weidicht und Tannenzweigen, mit Sand und Steinen ausgefüllt, den man auf Walzen in das Flußbett hineinstürzt. Daran stutzt der Fluß, staut zurück und bequemt sich zu einem Umwege. So dachte mein guter Doctor an Italien mir einen geschlossenen Damm in die wühlende Natur zu werfen. Die Wellen der Reflexion, die mir jede Hand voll festen Grund zernagten, sollten daran zurückprallen. Es komme Alles darauf an, sei es auch nur auf drei Wochen, die rastlose Dialektik zu unterbrechen, die den Instinct

unterwühle und seiner Wurzel das Erdreich weg
spüle. Geschähe das, so würde ich Vertrauen zu
mir selbst wieder gewinnen, einsehen, daß es nicht
an der Kraft zum Genießen fehle, sondern am Willen,
nicht an den Organen, das Leben einzusaugen wie
andere Menschen, ruhig athmend, wie man den
Aether in sich einströmen läßt, sondern an der Dank=
barkeit, die Natur machen zu lassen und hinzuneh=
men, was sie bietet. „O, eure Reden, die so blin=
kend sind!" Kraft und Willen! Eine Kraft muß
wollen, oder sie ist keine Kraft. Wären sie bessere
Psychologen, die Herren Aerzte! Der meinige zuckte
die Achseln, als ich ihm bedeutete, daß Eindrücke,
die ich nicht zernagen und zersetzen kann, gar nicht
auf mich wirken. Was massenweise mich überfällt,
fließt an mir ab, wie Wasser am schuppigen Fisch,
höchstens daß es mich beklemmt und verstimmt. So
ist mir denn auch richtig in dieser Fülle der Kunst
ein peinliches Gefühl treu geblieben, bis ich dagegen
völlig abgestumpft war. Und was ihr Kunstsinn
nennt, die Fähigkeit, alle Sinnen= und Seelenkräfte
in einen Brennpunkt zu sammeln, bis der Kern
eures Naturells in helle Flammen aufschlägt, das
geht mir begreiflicher Weise völlig ab. Meine Sinne
und mein Verstand führen einen getrennten Haus=
halt, Eins macht sich über das Andere lustig, und
das Band zwischen ihnen ist zerrissen.

Es überraschte mich, wie klar er sich in einen

Zustand hineindenken, wie richtig er ihn definiren
konnte, der ihm doch fremd war. Das gab mir
den Gedanken, daß es nicht ganz so schlimm um
ihn stehen könne, wie er sagte, daß seine Natur
nur gestört und geängstigt, nicht völlig untergraben
sei. Er sprach nach dieser letzten Herzensergießung
nicht wieder von sich. Doch hatte ich Gelegenheit,
ihn zu beobachten, wenn ich ihn in Galerien oder
Kirchen traf. Er pflegte die Räume langsam zu
durchwandeln, den Blick zerstreut über die Wände
gleiten zu lassen, am Schönsten vorüber. Dann
blieb er wie zufällig vor irgend einem Bilde stehen,
heftete die Augen unverwandt und lange darauf,
wandte sich kopfschüttelnd, um zu gehen, trat noch
einmal davor, und wenn er dann wirklich ging,
sah man seinen Zügen die Ermüdung an, mit dem
ehrlichsten Willen nichts erreicht zu haben, hungrig
vom vollen Tische aufgestanden zu sein.

Beten kann ich nicht,
Ist gleich die Neigung dringend wie der Wille.
Die Worte fliegen auf, der Sinn hat keine Schwingen

Das klang mir im Ohr, wenn ich ihn beobachtete,
und das herzlichste Mitleiden schloß mich ihm an,
so, daß ich seine Gesellschaft jetzt eher suchte, als
vermied.

So war es mir eines Abends aufrichtig lieb,
daß er in mein Zimmer trat und mich fragte, ob

wir die bevorstehende Illumination zusammen ansehen wollten. Es war die Vigilie des Sanct-
Johannistages, und da San Giovanni der Patron
der Stadt ist, so standen große Dinge zu seinen
Ehren bevor. Selbst Signora Eugenia, die sonst
in ihrer literarischen Stille, vielleicht auch ihrer
etwas schwerfälligen Körperlichkeit wegen, von öffent-
lichen Festen mit Geringschätzung sprach, legte Man-
zoni's Adelchi bei Seite, um uns zu sagen, daß
die Fuochi zu sehen, besonders das Feuerwerk auf
der Arnobrücke, für gebildete Menschen der Mühe
werth sei. Stella's Achtung hätten wir nun vollends
verscherzt, wenn wir daheim geblieben wären, wozu die Hitze meinen Freund Franz einen Augenblick bereden wollte. Es ist eine Magie! sagte sie
einmal über das andere, und wären nicht gerade
an demselben Tage in die beiden anderen Zimmer
neben dem meinigen Fremde eingezogen, für die
Verschiedenes besorgt werden mußte, so hätte Stella
selbst es über das Herz gebracht, für diesen Abend
die gelehrten Gespräche daranzugeben und sich am
Feuerwerk zu erfreuen, „eine dumme Person, wie
sie war.“

Wir kamen in die schwüle Dämmerung der
Straße hinab, und sogleich ergriff uns das Gewoge,
diesmal von keinem Gegenstrome gebrochen, und
trug uns mit sich fort, dem Flusse zu. Es war
gegen acht Uhr, und die Lämpchen, mit denen der

Dom übersä't war, glommen hurtig an allen Ecken und Enden auf. Das Baptisterium mit den herrlichen Thüren Ghiberti's lag dunkel gegenüber. Dann aber die Straße hinab Lämpchen und Lichter an allen Fenstern, die Läden schimmernd, die Menschen, die hinunter wallten, hell wie am Tage, lachende, gaffende, plaudernde und schweigsame Köpfe. Starr sahen die Bewohner der Loggia auf die helle Menge herab, mit dem Blick der Nachtvögel, die von Fackeln aufgeschreckt werden. Niemals war mir der Perseus melancholischer, die Judith grausamer, die Sabinerin hülfloser erschienen. Zu Füßen der letzteren war ein Tombola-Gerüst aufgeschlagen, von den Landleuten umdrängt. Dazwischen spielten die österreichischen Regimentsbanden, schwirrte das tausendfache halblaute Gespräch und jauchzten Kinderstimmen, wenn etwa ein Flammen-Tableau in besonderer Pracht sich hervorthat.

Ich bemerkte, daß mein Freund weicher und heiterer gestimmt war, als sonst. Als wir auf den Lungarno hinaus kamen, stand er einige Minuten an ein Haus gelehnt still und überblickte das Schauspiel mit ruhigen Augen. In ununterbrochenen Reihen brannten die Lichter dichtgedrängt in den Häusern zu beiden Seiten der Quais und unten am Fluß, wenige Fuß über seinem Spiegel. Die drei Brücken, die sogenannte „alte" mit den Buden der Goldschmiede, die mittlere, die „zur Dreieinigkeit"

heißt, und die fernste, auf der das Feuerwerk ab-
gebrannt werden sollte, spannten sich dunkel über
die Strombreite, nur an den Pfeilern von wehen-
den Flammenkränzen eingefaßt. An das Geländer
des Quai's vorgedrungen, sahen wir das Gewimmel
an den Wassertreppen zu den Kähnen hinab und
hörten die Warnrufe der Schiffer, das Schelten der
Soldateska, dann und wann eine Opernmelodie von
einem kräftigen Tenor in die Nachtluft hinausge-
sungen, von hundert Stimmen halblaut nachge-
summt. Das Allerschönste aber war, in den Strom
selber hinunter zu sehen, wo eine Unzahl von Gon-
deln, Nachen und Fahrzeugen aller Art, einige mit
Lichtern, andere mit Fackeln, hie und da ein Boot
mit einer einsamen Laterne erleuchtet auf und nieder
glitten, mit Menschen aller Stände angefüllt, die
von unten aus die Fuochi mit ansehen wollten.
Zuweilen stieg ein voreiliger Schwärmer aus einem
Kahne voll junger Burschen in die Höhe, oder ein
Feuerrad schnurrte funkend auf, daß die vorüber-
fahrenden Gestalten, plötzlich roth überglüht, in
mannigfachen Geberden des Staunens und Schreckens
sichtbar wurden, während dem Aufschreien der Mädchen, wenn die Funken über sie nieder regneten,
das Gelächter der Uebermüthigen antwortete.

Ohne zu wissen, wie und wohin wir fortgerissen
waren, fanden wir uns endlich auf der mittleren
Brücke, dicht ans Geländer gedrückt, so daß wir

kein Glied zu regen vermochten. Doch hätten wir uns mit freier Wahl nicht glücklicher postiren können, als hier in den Mittelpunkt des ganzen Spectakels, wo uns die Aussicht auf die eigentliche Scene, die dritte Brücke, nur dann und wann durch einen breiten Frauenstrohhut versperrt wurde. Eine lustige Gesellschaft stand um uns her, Florentiner Bürger mit Weibern und Töchtern, die letzteren ein muthwilliges Völkchen, das seine Glossen über Alles machte, die langen Engländer, die unbequem mit ihren hohen Hüten vor ihnen aufragten, nicht schonte und mit allerlei Obst und Naschwerk die Ungeduld versüßte. Die enge Nähe machte die Fremdesten vertraut, und selbst ein stattlicher Prälat verschmähte nicht, sich dann und wann in die Scherze zu mischen, die hin und her flogen, den Funken des Feuerwerks vergleichbar.

Franz nahm keinen Theil daran. Ich verfolgte die Richtung seiner Augen, die sich nach der anderen Seite durch das Volk auf der Brücke durchbohrten. Sie hafteten dort auf zwei feinen Profilen von geschwisterlicher Aehnlichkeit und großer Jugend. Zwei runde Malerhüte verschatteten sie nicht sonderlich, da die Lichter von allen Seiten heranspielten. Es schienen Brüder zu sein, wohl gar Zwillinge, der eine dem andern nur ein wenig an Größe überlegen, beide Gesichter bartlos. Aber während der Größere sehr nachdenklich und zerstreut gegen den Nacht-

himmel schaute, wo der Mond ruhig durchs Blau
zog, waren die Züge des Andern ganz leidenschaftliche
Hingabe an das Fest und die bunten Ufer, die
Volksmenge und jede neu auftauchende Erscheinung,
und auch zu Franz flog einmal ein rascher Blick
des braunen Auges herüber, worauf es schien, als
färbe sich die Wange mit einer unwilligen Röthe
über das unverwandte Spähen des Fremden. Beide
Brüder waren nicht im Stande, über die Köpfe der
Leute vor ihnen wegzusehen. Aber während der Eine
sich oft auf den Zehen erhob und seine Ungeduld zu
erkennen gab, stand der andere ruhig auf seinem
Fleck und begnügte sich, das von dem Feuerwerk zu
betrachten, was über seinen Volkshorizont aufstieg.

Mit dem Glockenschlag Neun schoß denn auch
endlich die langerwartete erste Rakete in die Höhe,
die das Signal zum Anfang gab. Sie wurde leb=
haft applaudirt, und bald waren Aller Augen einzig
von den Feuerkünsten gefesselt, die in reichem Wechsel
am Hintergrunde des reinen Firmaments sich ent=
falteten. Zugleich war man auf dem Flusse nicht
müßig, und in den Pausen zwischen den Haupter=
eignissen tummelten sich Schwärmer, Frösche, Feuer=
räder und der Himmel weiß welch andere Teufeleien
mit Prasseln, Knattern und Zischen zwischen den
Gestirnen und dem Wasserspiegel herum. Unsere
Stella hatte ein wahres Wort gesprochen, es war
ein magischer Taumel, der sich über die Sinne warf.

Die Florentiner Jugend um uns her wurde zuletzt
still und fast beklommen, und nur ein unbewußtes
Si! Si! begrüßte von Zeit zu Zeit eine prachtvolle
Feuergarbe, die unerwartet gen Himmel sprühte,
oder einen Trupp Leuchtkugeln, der Miene machte,
geraden Wegs in den Mond zu wandern. Franz
hatte ich eine Weile über all dem leuchtenden Tumult
vergessen und fuhr zusammen, als ich plötzlich meinen
Arm heftig gepreßt fühlte. Was ist? fragte ich. —
Ihm wird unwohl, sagte er haftig. — Wem? — Nun,
dem Knaben dort. Kommen Sie, kommen Sie!

Er drängte die neben ihm Stehenden gewaltsam
bei Seite und hielt mich am Arm, daß ich willenlos
durch die enge Gasse, die er sich bahnte, folgen
mußte. Im Nu erreichten wir die Brüder. Der
Größere hielt mit allen Zeichen zärtlichster Bestürzung den Andern unter den Armen fest und stützte
dessen ohnmächtigem Haupt seine Schulter unter.
Der Hut war von dem krausen Haar herabgefallen,
die Lippen blaß, die Augen fest geschlossen. Erst
jetzt überraschte mich die fast weibliche Schönheit des
jungen Menschen, durch die kalte Blässe noch auffallender. Es schien, daß der Bruder sich umsonst
bemüht hatte, durch das dichtgepflanzte Volk sich
Raum zu machen: wenigstens sah er ängstlich nach
Hülfe umher, und die Nächststehenden zuckten die Achseln, während eine mitleidige alte Frau vergebens
in ihren Taschen nach einer stärkenden Essenz herum-

suchte. Platz! donnerte Franz unter die dichten Hau=
fen. Ohne zu zaudern, ergriff er den einen Arm
des Bewußtlosen, der Bruder den andern, und sie
begannen die zähe Masse zu theilen. Ich arbeitete
ihnen vor, so gut zwei Arme konnten. Der kurze
Weg bis auf den Quai wollte kein Ende nehmen,
denn der Knäuel war zu dicht geballt. Endlich je=
doch hielten wir am Ausgang der Brücke, und zum
Glück lief dicht daneben eine von einem Posten be=
wachte leere Wassertreppe hinunter an den Fluß.
Nur hinab! herrschte Franz. Der Posten trat bei
Seite, der Jüngling, sobald der feuchte Hauch sein
Gesicht berührte und die schlaffen Glieder sich im
freieren Raume fühlten, schlug die Augen auf, sah
zärtlich den Bruder an und schloß sie aufs Neue.
Man mochte die Gruppe von unten bemerkt haben;
ein Kahn, nur mit drei jungen Leuten bemannt,
steuerte an den Fuß der Treppe, einer, die Fackel
tragend, sprang auf die unterste Stufe und bot
seine Dienste an. Sie werden uns sehr verpflichten,
Signor, sagte der Bruder, in einem weichen, lispeln
den Dialekt, der venetianisch klang, wenn Sie uns
erlauben, den Erkrankten in Ihr Fahrzeug zu heben.
Meinem Bruder ist von der Schwüle und dem Ge=
dränge unwohl geworden: ich hoffe, er erholt sich
rasch. Der Florentiner trat bei Seite und ließ die
Beiden vorüber, die ihre schlanke Last auf dem
mittleren Sitz des Nachens niederließen und zu beiden

Seiten Platz nahmen. Der Fackelträger sprang nach, ich sah noch, wie der Kranke sich aufzurichten versuchte, dann glitt das Fahrzeug durch den Brückenbogen und verschwand thalabwärts.

Eine Stunde nach diesem kleinen Abenteuer kam ich erst nach Hause. Es war an der ganzen Sache nichts Besonderes gewesen, und doch lag sie mir noch im Kopfe, als ich jetzt die Treppe hinaufstieg. Die Thür von Signora Eugenia stand, wie gewöhnlich, der Kühle wegen offen, ihre Lampe mit dem grünen Schirm brannte, ich sah einen Mann neben dem Sopha sitzen. Als meine Schritte laut wurden, wandte sich derselbe, und das Licht bezeichnete den scharfen Umriß von Franzens Gesicht, die stark ausgearbeitete Stirn, die männliche Nase, den eigenwillig geschlossenen Mund. Mich wunderte, ihn hier zu sehen: denn es war die Schlafenszeit der guten Frau und er ihr sonst nicht übermäßig zugethan. Obwohl er mich, den er erkennen mußte, nicht hereinrief, konnte ich der Neugier nicht widerstehen, einzutreten und nach dem Befinden unserer Wirthin zu fragen. Die Dame lag wieder zusammengerollt in ihrem Sophawinkel in ein Tuch gehüllt, das ihr Halbcostüm bemäntelte. Die beiden Seitenlocken waren aufgerollt und in zwei mächtigen Papilloten über der Stirn befestigt, daß das Männliche des Kopfes noch freier hervortrat. Im anderen Winkel des Sophas lag das Hündchen und schnarchte laut.

Ich ward mit der gewöhnlichen gnädigen Hand=
bewegung empfangen und fragte, nach den ersten
Höflichkeiten, ob der junge Mensch von der Brücke
glücklich heimgekommen sei. Franz hatte nicht Zeit,
zu antworten. Mit einer Lebhaftigkeit, die gegen
ihr sonstiges Portament entschieden abstach, ergriff
die Wirthin das Wort. „Denken Sie sich, vor einer
Viertelstunde etwa — ich wollte mich eben nieder=
legen — kommen sie alle drei nach Hause, der eine
der Brüder mehr getragen, als gehend, und blaß,
sagte Stella, blaß wie eine Braut des Himmels.
Sie waren den ganzen Tag gereis't und hatten kaum
einen Bissen gegessen, ehe sie zu den Fuochi gingen.
Nun hat er sich drüben niedergelegt, der Schöne,
und sein Bruder will noch kommen, wenn er schläft,
und sagen, wie es steht. Welche zarte Jugend, eine
Blüthe von einem Menschen! Der Bruder sagt, es
habe nichts auf sich, und doch war er so ängstlich
mit ihm, wie mit einer Geliebten. Warum gingen
sie auch unter das rohe Volk, anstatt, wie ich ihnen
anbot, den Abend bei mir zu bleiben!“

Franz saß bei diesen Worten mit seinem weh=
müthig ironischen Lächeln unbeweglich still und ver=
tiefte seine Hände in die Taschen. „Ihr seid in den
Burschen verliebt, Signora Eugenia,“ sagte er end=
lich trocken. „Ich weiß nicht, was Ihr an dem
verzogenen, verzärtelten Muttersöhnchen Besonderes
findet. Ich denke mir, er ist auf sein Bischen

Larve nicht wenig eitel, und eine Dame von Eurer
Bildung sollte mehr von jungen Leuten verlangen,
als diese Stutzereigenschaften. Geht mir! Thatet
Ihr nicht, als ich ihn nach Hause brachte, wie
Venus, als man ihr den Adonis mit der Wunde
im Schenkel heimtrug?"

„Himmlische Götter!" rief die gute Dame, mit
ihrer tiefen Stimme vor sich hin lachend, „welch
ein Aufwand von Mythologie, um einer armen
Wittwe zu spotten!"

„Wißt Ihr, daß er Eurem Hündchen Aristodemo
auf den Fuß trat, als es um ihn herum schnüffelte,
und die arme Bestie winselte, ohne daß Ihr ein
Ohr dafür hattet?"

„Chè! Chè!" sagte die Wittwe und schob den
grünen Lampenschirm sich mehr nach dem Gesicht,
„Ihr seid der erste boshafte Deutsche, der mir vor
gekommen: wenn ich Kaiser von Oesterreich wäre,
ich machte Euch zum Polizeiminister."

In diesem Augenblicke ging auf dem Corridor
eine Thür. „Es ist der Bruder," sagte die Wirthin.

„Sie sind es beide, wie mir scheint," entgegnete
Franz und streichelte nachlässig den schnarchenden
Hund, daß er aufsah und zu murren begann.

Indem traten die Brüder bescheiden anklopfend
in die Thür, beide in schwarzen Sammetkitteln,
wie sie die Maler tragen, mit weiten Aermeln, roth-
seidene Halstücher umgeknüpft, zwei sehr saubere

Gestalten. Der von ihnen, den die Ohnmacht an=
gewandelt hatte, ging auf die Wirthin zu, dankte
in schicklichen Worten für ihre sorgliche Güte und
ergriff ihre Hand, die er respectvoll küßte, was sie
fast in Verwirrung zu bringen schien. Der Andere
hielt sich in Reden und Geberden etwas mehr zurück,
schüttelte Franz die Hand, erkannte auch mich wieder
und bedauerte, uns in dem Anschauen der Feuer=
künste unterbrochen zu haben. Wir luden sie ein,
sich zu uns zu setzen, und die Wirthin rief nach
Wein und Früchten, woran sich der Lebhaftere, Carlo,
ohne Umstände labte, während der nachdenkliche
Leonardo sein Glas unberührt vor sich stehen ließ.
Wir erfuhren bald, daß die jungen Leute nach Florenz gekommen waren, um auf der Malerakademie
ihre Studien zu machen. Im Verlauf des Gespräches
ergab sich's, daß sie die Söhne eines deutschen Malers waren, der vor Kurzem in Venedig gestorben.
Die Mutter hatten sie beide nicht mehr gekannt.
Nun ging das Gespräch in buntem Wechsel von
Deutsch und Italienisch seine munteren Wege, und
obwohl es ziemlich allgemein war, fiel es mir doch
auf, daß Franz seine Spöttereien fast immer an
Carlo richtete, der ihm keine Antwort schuldig blieb.
Die klaren Züge des knabenhaften Gesichts hatten
im Reden etwas überaus Reizendes, Sinniges, zu=
weilen Schalkhaftes, und seine Worte zeigten eine
so frische Frühreife, so viel bescheidene Sicherheit,

daß ich über das Alter des Jünglings nicht ins Reine kommen konnte. Leonardo, der Jüngere, wie wir später erfuhren, sprach wenig, das Wenige verstän- dig und gebildet. Er bemerkte es mit einer sicht- lichen Freude, wie die glänzendere Erscheinung seines Bruders ihn etwas in Schatten stellte. Auch zeigte sich in dieser Nähe die Aehnlichkeit minder groß, obwohl sie immer noch auf den ersten Blick als Brüder zu erkennen waren. Während Leonardo im Wesen den Deutschen niemals verläugnete, schien eine südlichere Beweglichkeit dem Andern ins Blut gedrungen zu sein, besonders wenn er den Dialekt seiner Vaterstadt sprach, der übrigens den Ohren der Signora Eugenia ein Gräuel war. Es war lustig, wie sie ihn corrigirte und sich bei einzelnen provinciellen Wendungen auf die Autorität der Crusca berief. Dann lachte der Zurechtgewiesene herzlich und kniete zuletzt vor dem Sopha nieder, für alle begangenen und noch zu begehenden Sprachsünden feierlich um Absolution bittend. Die Dame zauste ihn in den krausen, kurzen Haaren, zupfte ihn am Ohr, das durch seine besondere Kleinheit auffiel, und sagte: Wenn Ihr uns in Florenz nur die Sprache verdreht und nicht auch den Weibern die Köpfe, so will ich Euch allezeit ein gnädiger Beich- tiger sein.

Lachend sprang der junge Mensch auf, küßte wiederum der edlen Wittwe die Hand, und uns

Allen kurz eine gute Nacht wünschend, verließ er mit seinem Bruder das Zimmer.

Auch wir empfahlen uns, und Franz folgte mir in mein Gemach. Er saß vor dem Marmortisch und trommelte mit den Fingern auf der kühlen Platte. Was Schlangenhaftes ist in dem Menschen, finden Sie nicht? sagte er nach einer Weile. Die Art, wie er mit der alten Närrin umgeht, mißfällt mir gründlich. Sie ist im Stande und verliert um diesen hübschen Windbeutel das letzte Bischen Verstand, das ihr die Zeitungen übrig gelassen haben. Der Stille, der Leonard, das ist ein ganz anderer Kopf und verdient wahrlich nicht, daß man ihn um seinen Bruder Leichtfuß übersieht.

Worin Sie es doch am weitesten von uns allen getrieben haben, schaltete ich ein.

Hören Sie nur, wie er im Nebenzimmer wieder schwatzt und schwadronirt! Da fängt er gar an zu singen! Gottlob, der Bruder scheint es ihm zu verbieten. Mich reut, daß ich in dieses Haus gezogen bin; es ist doch nicht zu vermeiden, daß der Bursch einem hier über den Weg läuft. Nun, es steht mir ja frei, auszuziehen oder abzureisen.

Ich wette, Sie waren nicht böse, als Sie erfuhren, daß der hübsche Windbeutel Ihr Hausgenosse sei.

Nein. Aber der Abend hat ihn mir völlig verleidet. Ich gestehe, er zog mich an, draußen auf der Brücke. Aber es geht mir immer so, ich werde von solchen Regungen immer zum Besten gehalten. Was ist er mehr, als ein hinlänglich eitler Junge mit einer behenden Art zu reden und sich zu benehmen! Er wird sein Lebtag kein rechter Mann, denken Sie an mich. Haben Sie bemerkt, wie er beim Lachen die Zähne zusammenbeißt? Das schien mir zuerst ganz allerliebst. Jetzt, wenn ich daran denke, könnte ich ihn darum hassen.

Warum?

Ich weiß nicht.

Und Sie suchen es auch nicht zu ergründen? Ich erkenne Sie nicht wieder, Franz, daß Sie sich erlauben, zu hassen, ohne sich Rechenschaft davon zu geben.

Er ward stutzig, stand auf, putzte das Licht, blätterte in Büchern und sagte endlich: Wir wollen schlafen, ich bin dieses Tages müde. Nebenan ist auch schon Alles still. Sehen Sie den schönen Mond! Von allem Gefunkel und Geflunker des Feuerwerks ist nichts übrig, Alles in Rauch und Asche verweht: das Gestirn da oben ist unvergänglich. — Gute Nacht! —

War das Franz, der mit diesem lyrischen Stoßseufzer von mir ging?

———————

Und war das Franz, den ich am andern Vor=
mittag in eifrigem Gespräch mit den Venetianern
durch die Uffizien wandeln sah? Derselbe Franz,
der sonst wie ein Abwesender an allen Meisterwerken
vorbeidämmerte, jetzt stand er geduldig in der Tri=
bune vor dem rafaelischen Julius II., in dem er
früher nur einen bösen, schlauen, fatalen alten Herrn
gesehen, und horchte auf Carlo's enthusiastische Re=
den über Colorit, Zeichnung, Haltung und Costüm?
Ich traute meinen Augen nicht. Endlich hörte ich,
wie sie in einen Zank geriethen, der Jüngling im
höchsten Unwillen ihn einen Blinden schalt, der
nicht werth sei, daß ihn Rafaels Sonne bescheine,
und sah Franz sich mit einem kurzen Hm! abwen=
den — ja wohl, das war Franz ohne Frage.

Ich schloß mich ihnen an und stiftete bald
Frieden.

So ein gottverlassener Mensch, wie Sie sind,
ist mir noch nicht vorgekommen! rief der Jüngling,
zu Franz gewandt, mit komischem Zorn. Warten
Sie, ich muß Sie in die Schule nehmen, von unten
auf müssen Sie mir anfangen, beim Allermagersten
und Ehrwürdigsten, was hier ist, beim byzantini=
schen ABC. Ist es denn wahr, daß Sie nicht aus
dem Monde mitten in Florenz hineingefallen sind,
daß Sie vorher in Rom waren? Lassen Sie sich
sagen, daß Sie mich dauern. Ich will thun, was
ich kann, aber Sie müssen mich machen lassen,

hören Sie? Ihre abscheulichen Ketzereien mir nicht dazwischen werfen und sein anhören, was ich Ihnen sage, so verspreche ich Ihnen . . .

Daß Sie mich mit der Zeit dahin bringen werden, vor diesen alten Farbenkrusten die Hände über dem Kopf zusammen zu schlagen gleich Ihnen. Nicht wahr?

Der Jüngling blitzte ihn heftig an. Sie wissen, daß Sie mich ärgern, darum reden Sie solches Zeug. Sie glauben selber nicht an Ihre Lästerungen, Sie haben nur die böse Freude, sich und Anderen den Spaß zu verderben. Das ist schlecht von Ihnen, und obwohl ich Sie erst seit gestern kenne, nehme ich mir doch die Freiheit, Ihnen das zu sagen.

Damit drehte er sich auf dem Absatz herum und ging weiter von Bild zu Bild, bald zum Bruder, bald zu mir sein Entzücken aussprechend. Franz folgte uns: ich bemerkte, daß er trotz seines spöttischen Zuges andächtig zuhörte, wobei er freilich mehr den Redenden, als die Dinge, von denen er sprach, im Auge hatte. Zuweilen konnte er es nicht lassen, ein paar Tropfen Wasser in die Glut zu spritzen. Carlo aber that, als gehöre er nicht zu uns und mische sich sehr unberufen ein. Als er vor einer Venus Titians nun seinerseits parodirend in Begeisterung gerieth, sah ihn Carlo ruhig eine Zeitlang an. Sie sind unglücklich, sagte er dann, ich habe das herzlichste Gefühl davon. — Franz brach augenblicklich ab; über eine Weile, als wir uns nach ihm umsahen, war er verschwunden.

Ich gab den Brüdern die nöthigsten Erklärungen über diesen befremdlichen Geist, denn es war mir drückend, daß sie ihn völlig verkennen und sich von ihm abwenden möchten. Beide zeigten lebendigen Antheil, Carlo wurde stiller; Leonardo sagte, daß jenseits der Alpen eine andere Menschenwelt beginnen müsse: wenigstens sei ihm auch sein Vater anders vorgekommen, als Alle um ihn her. Ich freute mich, daß beide Jünglinge sich begierig zeigten, Franz zu zerstreuen und ihn aus sich heraus zu locken. Für den Abend mußten wir leider darauf verzichten, ihn unter uns zu haben. Signora Eugenia hatte in besonderer Liebenswürdigkeit die Brüder aufgefordert, sie ins Theater zu begleiten, wo Silvio Pellico's Francesca von Rimini mit der Ristori als Francesca bevorstand. Als sie Franz davon gesagt, habe er heftig gescholten, daß die alte Närrin ihnen in solcher Hitze die frische Luft mißgönne, um sie in ein dumpfes Wachsfigurenkabinet zu sperren. Sie hatten ihn ausgelacht und weiter nicht davon gesprochen.

So fanden wir uns denn Abends im Parquet des Teatro Cocomero wieder zusammen, unsere Signora sichtlich geschmeichelt von dem Aufsehen, das sie in der Mitte der beiden Jünglinge auf ihre älteren Bekannten machte. Sogar ihr Hündchen

Aristodeme, daß sie sonst in einem großen Pompa-
dour mitzunehmen pflegte, aus dem es mit verstän-
diger Ruhe und gelegentlichem Naserümpfen her-
vorsehend das Spiel verfolgte, ohne gleich anderen
unvernünftigen Creaturen an der Casse zurückgewiesen zu werden, selbst diese Perle aller gebildeten
Quadrupeden war heute zu Hause geblieben. Die
Dame hatte große Toilette gemacht und war sehr
echauffirt. Sie saß auf ihrem gewöhnlichen Platze
mitten unter dem Herrenpublikum und stellte einem
und dem andern alten Freunde die Venetianer als
ihre Hausgenossen vor. Carlo zog auch hier die
Aufmerksamkeit auf sich, und ich mußte ihn im
Stillen einer kleinen Koketterie schuldig finden, mit
der er seiner würdigen Nachbarin in aller Weise
den Hof machte. Zum ersten Male schien mir auch,
als ob Leonardo von der übermüthigen Laune des
Bruders beunruhigt werde. Ich saß neben dem
Schweigsamen, und ein Zug geheimnißvoller Schwer-
muth auf seiner Stirn beschäftigte immer mehr meine
Neugier. Als der Vorhang aufging, wurden freilich alle Gedanken einzig auf das Stück und die
Darsteller gelenkt.

Ich hatte das in Italien sehr überschätzte Trauer-
spiel gelesen und die opernmäßige Allgemeinheit der
Charaktere, die Abdämpfung des tief leidenschaftlichen
Conflicts, die Zahmheit der Sprache mit Unmuth
empfunden. Nun aber ergänzten die Spieler, was

die Natur dem Dichter versagt hatte; es war, wie
wenn sich in Adern von Marmorbildern volles,
klopfendes, heißes Blut ergösse und die Steine be=
wegte. Wer ist nicht schon in den Fall gekommen,
eine flache italienische Opernarie durch eine leiden=
schaftliche Stimme zu ungeahnter Macht vertieft zu
hören. Aehnlich war es hier. Eine Gewitteratmo=
sphäre schien über dem Proscenium zu schweben,
jedes Wort, jede Geberde mit verhaltenem Feuer
zu tränken, und als die herrliche Ristori die lange
bekämpften Gefühle gegen Paolo in das Eine Wort:
Ich sterb' um dich! ausgoß und den geliebten Ver=
jagten umfaßte, hätte es mich nicht gewundert,
zwischen den beiden Gestalten, wie zwischen elektri=
schen Wolken, die sich umarmen, den Blitz auf=
lodern und die Soffiten in Brand stecken zu sehen.

Auch unter der Menge hatte es eingeschlagen,
und ein Donner des Beifalls folgte, der die Vor=
stellung lange Minuten unterbrach. Zufällig sah
ich während des Aufruhrs zur Seite; da stand
Einer an die Parterrewand gelehnt, eine kräftige
hohe Gestalt, die Arme gekreuzt, den Hut auf dem
Kopf, die Augen fest auf die Bank, wo wir saßen,
nein, auf Carlo allein gerichtet. War das derselbe
Franz, der sich in kein dumpfes Theater sperren
lassen wollte? Und wenn er es denn war, erkannte
er sich genugsam selbst, um zu wissen, was ihn
hergezogen?

Die Anderen schienen seine Gegenwart nicht zu bemerken, mich aber versenkte sie in ein wunderliches Grübeln, in welchem ich den letzten, so viel schwächeren Akten des Stückes wenig Aufmerksamkeit schenkte. Es war offenbar, daß etwas in meinem Freunde gährte, eine seltsame Krisis seiner Krankheit sich vorbereitete. Was war es, das ihn an diesen jungen Menschen knüpfte, ihn zwang seinen Spuren nachzugehen, in seiner Nähe duldsamer, stiller und wie verwandelt zu werden? Er hatte es kein Hehl, daß ihn jeder Mensch, wie jedes Ding, nur so lange interessirte, bis er ihn „von zwei Seiten angesehen," ihn durchschaut hatte, wie einen gläsernen Würfel. Dann pflegte er ihn wegzuwerfen, oder ihn mit höflicher Gleichgültigkeit fernerhin neben sich zu leiden. Daß er sich tiefer einließ und zu einer Freundschaft fortgerissen wurde, hatte ich nie erlebt. Und doch schien hier dergleichen im Werk zu sein, obwohl ich an dem kecken Jungen nicht mehr entdecken konnte, als ihm früher auf der Universität so und so viel begabte strebsame Kameraden hätten bieten können.

Am Ausgang aus dem Theater erwartete er unsere kleine Gesellschaft und ließ sich gutmüthig von Carlo necken, daß er dennoch gekommen sei. Was wollen Sie, mein Junge! sagte er; Thorheiten stecken an. Aber eine Thorheit bleibt es bei alledem, sich in die Liebe zu verlieben, die ein

Dritter liebt, und zumal es in solcher Hitze zu thun. Habt ihr nicht alle mit euren eigenen Leidenschaften genug zu thun? Müßt ihr noch euer Geld dafür ausgeben, euch von fremder Sehnsucht plagen zu lassen? Ich zwar, der ich nie verliebt war, kann an diesen Abgründen ruhig vorbeitraben, wie ein armer Esel, ohne schwindlig zu werden. Aber Sie, junge Strudelköpfe, und Ihr, edle Signora, — denn meinen Freund da nehme ich aus, weil er psychologische Studien damit verbindet — ihr solltet klüger sein und euch an den Trauerspielen genügen lassen, die ihr auf eigene Rechnung in Scene setzt.

Alle schalten eifrig oder lachend auf ihn ein, daß er ihnen den Nachgenuß verderben wolle, und unsere Freundin sprach viel und gut von dem Wesen und den Wirkungen der Kunst; ja auch der nachdenkliche Leonardo schüttete ein volles, warmes Jugendgemüth über diesen Gegenstand aus. Franz ließ sie reden und lächelte in sich hinein. Auf einmal traf ihn eine hingeworfene Frage Carlo's: Und Sie sagen, Sie hätten nie geliebt?

Nie länger als zwei Stunden hinter einander, mein junger Freund, und das im besten, will sagen im schlimmsten Fall. Das Beste bei der Liebe thut in der Jugend der gute Wille, verliebt zu sein, es mitzumachen, wie Andere. Dazu war ich einem armen Ding von Mädchen gegenüber immer zu ehrlich. Aber auch wenn es scheint, als

würden wir gar nicht gefragt, als müßten wir
eben diesem oder jenem Gesicht anhangen, wir
möchten wollen oder nicht, gehört doch eine gewisse
Ausdauer dazu, bis man endlich bis über die Ohren
festsitzt. Keiner ist gleich in der ersten Stunde un=
rettbar verloren, denn die Liebe ist nicht blind.
Aber die Menschen verbinden sich selbst die Augen,
um die Wege nicht zu sehen, auf denen sie sich
retten könnten. Und warum das? Damit sie recht
bequem mit der Menschenliebe sich ein= für allemal
abfinden möchten, verlieben sie sich in ein einzelnes
Geschöpf: die andere Menschheit kann dann der
Teufel holen. Wer vor der Liebe flüchtet, der hat
gewöhnlich nichts Eiligeres zu thun, als sich die
Verliebtheit in eine einzelne Person anzugewöhnen.

Anzugewöhnen — welch ein garstiges Wort!

Das richtigste, Signor Carlo, wenn auch die
Schwärmer mich dafür steinigen werden. Jeder,
der anfängt, sich zu verlieben, hat helle Intervalle,
Rückfälle in seine frühere Gleichgültigkeit. Denn
seine Geliebte mag ein so himmlisches Geschöpf sein,
als sie irgend will, sie hat darum nicht minder
ihre zwei Seiten, und auch die Kehrseite wird ihm
zuweilen klar: dann aber redet sich der gute Junge
eifrig aus, was er mit Augen gesehen hat, um
nur erst recht in Zug mit der Passion zu kommen.
Ach, es ist ein gar so trefflicher Vorwand, nichts
zu denken, was doch den meisten Menschen das

süßeste Vergnügen ist. Ich theile diesen Geschmack leider nicht. Ich sah immer, wie das Gefühl, wenn es in mir aufging, Ebbe und Fluth hatte, wuchs und fiel, und mußte mir ehrlich sagen: das ist eine endliche Wallung wie hundert andere, und du wirst eine Lüge sagen, wenn du ewige Treue schwörst. Auch Treue ist ja eine Gewohnheitssache. Wem das Leben, die Welt, sein eigenes Herz alle Tage neu erscheinen, wie kann er sich mit gutem Gewissen Dauer von seinen Gefühlen versprechen?

Er hatte das lebhaft, fast nur für sich gesprochen, deutsch, so daß die Signora, als er schwieg, Carlo um eine Verdollmetschung bat. Verlangt nicht, theuerste Freundin, rief der Jüngling, daß ich Euch diese schlimme deutsche Philosophie in die zärtliche Sprache Italiens übersetze, deren Worte mir auf der Zunge sich sträuben würden gegen diese Gotteslästerung. Ja, fuhr er gegen Franz gewendet fort, nichts Geringeres sind Eure Reden. Ich für mein Theil habe noch keine Erfahrungen, mit denen ich Euch widerlegen könnte. Aber schon das Wort Liebe überschauert mich, wie nichts Endliches kann, wie nur ewige Mächte vermögen. Fühltet Ihr Euch heute nicht wie in der Kirche, als Francesca alle Schranken durchbrach und sagte: Ich sterb' um dich? Aber ich weiß wohl, Ihr habt überhaupt keine Andacht, Signor, Ihr kritisirtet wohl gar den Sonnenuntergang oder den gestirnten Himmel.

Wenn das Andacht heißt, daß einem Sinne und
Gedanken schwinden, so weiß ich allerdings nicht,
was ich entbehre, wenn sie mir mangelt.

Sinne und Gedanken! das ist alles Stückwerk.
Euren ganzen Menschen auf einmal würdet Ihr
empfinden, wenn Ihr andächtig sein könntet. Aber
ich bin ein Thor, daß ich auf Eure Reden ant=
worte. Ihr seid doch wohl besser, als Ihr Euch
macht, und wollt uns nur verwirren und auf
bringen.

Ich wollte, Ihr hättet Recht, erwiederte Franz
nach einer Weile. — So gingen wir, ohne des
Weges zu achten, selbst die Signora trotz ihrer
Schwerfälligkeit tapfer mit, bis wir uns an einem
der Thore befanden. Mit bunten Lampen winkte
von draußen ein Garten herüber, und der Ent=
schluß war schnell gefaßt, dort den Rest des Abends
im Freien zu verbringen.

Bald saßen wir alle in einer Laube um den
steinernen Tisch: die Kühle that uns wohl, der
Geruch der Nachtblumen zog durch die Zweige,
über uns breitete sich die Pracht der Sterne aus,
und eine glimmende Wolke von Leuchtkäfern setzte
das Gefunkel auf der Erde fort, daß Himmel und
Gesträuch fast ohne Grenze in einander zu verfließen
schienen. Franz stürzte ein Glas über das andere
hinab, und es gelang ihm wirklich, sich in eine
Art Taumel hineinzutrinken, in dem ihm alle guten

Stunden seines Lebens wieder aufgingen. Wenigstens erzählte er die heitersten Dinge aus seiner Vergangenheit. Es fiel mir auf, daß Carlo immer einsylbiger wurde. Als ich ihn endlich fragte, was ihm sei, sagte er ernsthaft: Morgen gehen wir zuerst auf die Akademie. Mir ist bange, wenn ich daran denke. Ich bin zum ersten Male unsicher in mir, ob mein Talent ausreichen wird. — Der Bruder drückte ihm die Hand unter dem Tische, so saßen sie eine Weile. Eugenia sah den Jüngling zärtlich an, das schien ihm seinen alten Uebermuth wiederzugeben. Er hob sein Glas und trank ihr zu: dann flocht er von den Ranken der Laube einen stattlichen Kranz und ruhte nicht, bis er ihn ihr aufgesetzt hatte. Gesteht es nur, daß Ihr ihn verdient, und wär's auch echter Lorbeer, rief er mit lustigem Pathos. Ich will meine rechte Hand ins Feuer legen, wenn Ihr nicht auf Eurer einsamen Klause zuweilen die höchsten Herrschaften, Ihre Majestäten die Musen empfangt. Ich habe ein Buch bei Euch liegen sehen, dem schon auf drei Schritte anzumerken war, daß geschriebene Verse darin standen.

Virbone! schalt die gute Dame, Ihr habt diebische Augen, man muß sich und das Seinige dreifach vor Euch verschließen.

Seht Ihr, wie Ihr roth werdet, theuerste Freundin? rief Carlo. Die Maske ist gefallen, Euer

wahres Gesicht strahlt uns an. Nun aber lass' ich
Euch keine Ruhe, bis Ihr uns einige von Euren
Versen recitirt habt. Sträubt Euch nicht, wir lassen
Euch nicht eher heim, wenn auch Aristodemo kein
Auge zuthun sollte, bis Ihr ihm eine gute Nacht
gewünscht habt. Und horch, wie bestellt fängt da
unten auf der Straße eine Guitarre an zu klingen.

Eugenia sah vor sich nieder, faltete die Hände
um ihr Glas und sprach nach einer Weile stiller
Meditation folgenden Monolog Julia's vor dem ver-
hängnißvollen Schlaftrunk:

Hinab, hinab! schon harrt der finstre Kahn,
Mich von des Lebens Ufern zu entführen.
O Mutter, deine Scheideblicke schnüren
Mein Herz zusammen — dennoch sei's gethan!

Was siehst du, Charon, mich so schaurig an?
Nicht will ich deinen Grimm mit Seufzern schüren.
Fahr zu! Doch eh' wir jenen Strand berühren,
Wird mein geliebter Freund dem Flusse nahn.

Er kommt, als lockt' es ihn zu kühlem Bad,
Du siehst ihn, und der Reiz der schönen Glieder
Zieht dich zurück den kaum durchmess'nen Pfad.

Du winkst ihm freundlich in den Nachen nieder —
Er scheint bereit — da spring' ich ans Gestad,
Und Romeo und die Sonne küßt mich wieder!

Wir hörten dem Fluß der Worte zu, während
dem die Guitarre, sich mehr und mehr entfernend,

in sanften Accorden forttönte, bis endlich, wie verabredet, mit den letzten Versen der Saitenklang im Weiten verhallte.

Das war schön! das war wundervoll! sagte Carlo halblaut, als sie geendet hatte.

Ich hab' es in meiner Jugend gedichtet, sprach die gute Dame erröthend. — Dann, nachdem wir ein wenig geschwiegen und gesonnen hatten, stand sie auf, zog sich ihr Tuch fester um die Schultern und begehrte heim. Seit zehn Jahren ist es das erste Mal, daß ich so in die Nacht hinein im Freien saß. Stella wird meinen, mir sei ein Unglück begegnet.

Kommt, sagte Carlo, gehen wir langsam nach Hause, Madonna Giulia! Gebt mir Euren Arm, und im Gehen, nicht wahr, erzählt Ihr mir noch mehr von der Zeit, die Ihr Eure Jugend nennt, obwohl Ihr wissen müßt, daß die Poeten ewig jung sind.

Beschützt mich vor diesem argen Menschen, ihr Herren! Er hat eine Art, zu fragen, daß man seiner Geheimnisse bei ihm nicht sicher ist. Euren Arm will ich, Signor Paolo!

So führte ich sie voran und ergötzte mich über die halb mütterliche, halb verschämte Art, wie sie auf dem ganzen Wege von nichts als von dem Jünglinge sprach. Wenn ich noch jung wäre, sagte sie ernsthaft, ich reis'te morgen in aller Frühe weg, um vor diesen Augen geschützt zu sein.

Was hülf' es aber, wenn er Euch nachgereis't käme?

Der? Glaubt Ihr wirklich, daß er ein Herz hat?

Er hatte vielleicht noch vor Kurzem eines, sagte ich, bis Ihr es ihm mit Euren Versen entwendet habt.

Ihr spottet, sprach sie halb lachend, Ihr seid auch nicht besser als die Andern. Wir wollen warten, bis die Drei herankommen; der Leonardo wenigstens ist ein gescheidter und höflicher Mensch, sonst taugt die ganze Gesellschaft Einer so wenig wie der Andere.

Ich wunderte mich, daß wir bei unserm Schlendern dennoch so lange zu warten hatten, bis Franz mit den Jünglingen nachkam. Ich hörte ihn von fern lebhaft reden, fast scheltend, und sah, als sie endlich nahe kamen, daß Carlo den Kopf hängen ließ und erhitzte Wangen hatte. Als man sich darauf im Hause trennte und Franz noch auf einen Augenblick bei mir eintrat, befragte ich ihn, was er dem jungen Manne so Heftiges gesagt habe.

Seinen Leichtsinn hab' ich ihm vorgeworfen, fuhr Franz auf, seine Spitzbübereien, mit denen er die arme, halbverrückte Person vollends zur Närrin macht. Gefällt es Ihnen denn, dieses Gethue, dieses Handküssen, und von ihrer Seite dieses Anschmachten und Erröthen?

Verstehen Sie denn nicht Spaß, Franz?

Spaß! Es ist mir gar nicht spaßhaft dabei zu Muthe. Der gute Kern, der in dem Jungen steckt, wird in den Grund verdorben durch diese faden Possen. Das hab' ich ihm gesagt.

Und was erwiederte er Ihnen?

Sie kennen ihn, seine ungezogene Art, sich mit einem Scherz aus der Affaire zu ziehen. Wenn ich wüßte, wie lustig ihm das sei, wenn sich die gute Dame wirklich in ihn verliebte, würde ich ihn nicht so ernsthaft zur Rede setzen. Das war denn auch dem Bruder zu toll, und er sagte ihm, er solle bedenken, was er spräche. Daß er noch nicht wirklich schlecht ist, sah ich dann wieder, als er betrübt neben mir her ging. Er dauerte mich, ich sagte ihm, daß ich ihn lieb hätte, und was ich an ihm hofmeisterte, könnte ich fast beneiden, die ganze leichtblütige Kunst, in den Tag hinein zu leben. Noch nie sei ich von meinem Gegentheile so lange angezogen worden, wie von ihm, und wenn es ihm recht sei, wollten wir hier gute Freundschaft halten; ich fühlte, es müsse mir heilsam sein, mit so jungem Blute zusammen zu leben, und mehr dergleichen. Das hörte er an, ohne ein Wort zu erwiedern: aber wie er mir vorhin gute Nacht sagte, empfand ich, daß auch er trotz all meiner Schroffheiten und Unarten mir zugethan ist. Ihnen kann ich es gestehen, Vester, ich erkenne mich selbst nicht wieder seit gestern. Wie ein Bruder ist mir dieser

Junge, oder wie ein eigenes Kind, über dessen
Geschwätz man alle seine Sorgen vergessen mag.
Ja, es ist lächerlich, wie ich mich vor mir selber
fürchte, den Augenblick mit Schrecken erwarte, wo
ich ihn näher kennen und auch mit ihm fertig sein
werde. Darum fahre ich gleich so auf, wenn ich
einen Fehler an ihm entdecke, und möchte den mit
Stumpf und Stiel ausrotten, damit er mir nicht
die Freude verderbe. — Welch ein schöner Tag war
das heute, mein erster genossener in Italien! Wir
müssen das öfter so machen, den Abend vor die
Stadt zu gehen. Und dann lassen wir die Dich=
terin zu Hause.

Ich glaube gar, Sie sind eifersüchtig, Franz.

Meiner Treu', ich glaube es beinahe auch, sagte
er in vollem Ernste. Dann lachte er, sah sich im
Zimmer um und nahm einen Jasminzweig, den
mir Carlo aus einem Garten, wo wir vorüber=
gingen, abgebrochen, wie aus Zerstreuung in die
Hand und dann mit in sein Zimmer. Ich that,
als bemerke ich es nicht, und sah ihn noch am
anderen Tage in Wasser gestellt an seinem Fenster.

--- —

Ein Theil meiner Zeit war in Florenz einigen
würdigen Pergamenen gewidmet, die in der Lorenz=
bibliothek auf hohen Pulten in langen Reihen an
der Kette liegen, und auch wenn sie von ihrem

beſtimmten Platze losgelöſ't werden, das Kettchen überall mitſchleppen. Dort in dem ſchönen, von Michel Angelo gebauten Bibliothekſaale verbrachte ich meine Vormittage, kühl, ruhig und in der beſten Geſellſchaft. Hatte ich dann meinen Gefangenen wieder ausgeliefert, ſo war ich gewiß, in einer der Galerieen Franz und die jungen Leute zu treffen. Leonardo, der, obwohl der Jüngere von Beiden, der Vorgeſchrittnere war, hatte aus Venedig einige Beſtellungen auf Copieen mitgebracht und ſchlug ſeine Staffelei zunächſt vor einer Tafel Fieſole's in den Uffizien auf. Mich wunderte, als ich ſeine raſche, geübte Hand ſah, daß er dennoch die Aka= demie mit dem Bruder in den Frühſtunden beſuchte, und zwar, wie ich aus einigen dort ausgeführten Blättern ſah, die Gypsklaſſe. Nach dem lebenden Modell ſchienen ſie noch nicht zu zeichnen. Man kann ſich nicht genug üben, erwiederte er auf meine Frage, ob er dieſe Dinge nicht längſt hinter ſich habe. Es ſchien ihm unlieb, daß ich mich um ſein Treiben bekümmerte.

Während er nun ſaß und fleißig an ſeinem Bilde malte, wandelte Franz mit dem älteren Bruder von Saal zu Saal und machte ſeinen Curſus auf= merkſam durch. Nur ſelten tauchte der alte, ver= neinende Geiſt wieder auf, und ein Drohen mit dem Finger bändigte ihn ſogleich wieder. Die räthſelhafte Herrſchaft, die der knabenhafte Jüngling über den reifen Mann ausübte, wurde täglich fester, und täglich schien Franz sich williger darein zu fügen. Er gestand mir, daß er seinen Arzt segne, der ihn nach Italien geschickt habe. „Ich werde wie ein anderer Mensch heimkehren, und nur das ängstigt mich, daß dann diese ganze Zeit wie ein Traum hinter mir liegen wird und ich wachend mir eben so zur Last sein werde, wie bisher.“

Einmal, als wir in unserer Trattorie zusammen saßen, kam Franz mit dem Vorschlage heraus, die Brüder sollten ihn nach F. begleiten. Ihr werdet dort deutsche Kunst sehen und mehr lernen, als hier, sagte er eifrig. Oder, was noch besser wäre, Carlo, Ihr hängt die ganze Malerei an einen Florentiner Nagel und werdet mein Compagnon. Sagt Ihr nicht selbst, daß Euch immer mehr die Zweifel zusetzen, ob Ihr es zu was Rechtem bringen würdet? Ich sehe, daß Ihr vor dem Gedanken erschreckt, in einem Comptoir zu sitzen und Briefe zu schreiben. O, Ihr solltet es gut haben! Ich habe die schönste Bibliothek, die Ihr Euch denken könnt, Ihr würdet eine Welt vor Euch aufgehen sehen und auch mich wieder zu meinen alten Liebhabereien bringen. Dann und wann säßet Ihr ehrenhalber ein paar Stunden bei mir in meinem Cabinet, und wenn Euch die doppelte Buchhaltung langweilte, führten wir eine ganz neue Art derselben ein, nämlich Ihr hättet zum Schein ein

Handlungsbuch) vor Euch liegen und daneben ein anderes, in dem keine anderen Zahlen stünden, als die Seitenzahlen. Wollt Ihr?

Und Leonardo?

Der fände auch in F. genug zu malen, da er es denn doch einmal nicht mehr lassen kann, am Verfall der modernen Kunst mitzuarbeiten. Ueberlegt es euch. Wenn ihr Nein sagt, so mache ich am Ende den dummen Streich, hier in Florenz sitzen zu bleiben. Denn es ist eine wahre Schande, wie ich mich jetzt langweile, wenn ich mich ein paar Stunden ohne euer Kunstgeschwätz behelfen soll.

Carlo antwortete nichts. Von Stund an aber ward er in sich gekehrter und schien sich absichtlich von Franz ferner zu halten. Er gab ihm keine Hand mehr und nahm nie seinen Arm. Oft mitten im lebendigsten Gespräch stockte er, verwirrte sich, wurde roth und schloß sich mehr an mich an, wenn wir spazieren gingen in der lachenden Gegend um die Stadt oder in Kirchen und Klöstern. Es schien etwas in ihm zu wühlen und zu arbeiten, womit er nicht ins Klare kommen konnte.

Auch der Signora Eugenia gegenüber hielt er sich zurück. Er gestand uns am Tage nach dem Theater mit lachender Verlegenheit, daß er aus der Akademie heimkehrend ein Sonett auf seinem Tisch gefunden habe, mit der Ueberschrift: „An Romeo," ohne Namen des Autors. Franz schalt ihn heftig, was er schweigend hinnahm. Später waren wir einmal in die Zimmer der jungen Leute getreten, ihre Arbeiten anzusehen. Da stand eine Vase mit ausgesucht schönen Blumen auf dem Tisch. Woher sie kamen, wußten die Brüder nicht zu sagen, doch war es klar, daß sie für Romeo bestimmt waren. Franz wurde wild, und in der aufgebrachten Laune, in der er war, tadelte er rücksichtslos Carlo's Zeichnungen, die allerdings hinter denen des Bruders weit zurückstanden. Die Thränen traten dem guten Jungen in die Augen, und er trieb uns in hellem Zorn wieder hinaus. Ich weiß nicht, wie es kam, aber es war mir aufgefallen, daß die Brüder sich die Zimmer völlig getheilt hatten und jeder in dem seinigen sein Lager hatte. Ein wunderlicher Verdacht stieg in mir auf.

Einige Wochen aber waren vergangen ohne besondere Ereignisse, nur daß die Krisis in Franzens Krankheit allerdings ernstlich zu sein schien. Ja eine gewisse Leidenschaftlichkeit, mit der er Carlo's Zurückhaltung empfand, und eine seltsame Eifersucht gegen mich bestärkte mich in der Hoffnung, daß er aus dem unseligen Hang der Selbstzerstörung herausgerissen und des dunklen Grundes in seinem Wesen wieder theilhaftig geworden sei. Doch war er noch genug der Alte, um über dieses Verhältniß selbst zu reflectiren, sich mir gegenüber zu verspotten, daß er es nicht ertragen könne, wenn Carlo ihn bei irgend einer Gelegenheit übersah, und sich zugleich zu segnen, daß dieser unbedeutende junge Mensch es vermochte, ihn in völlige Selbstvergessenheit zu wiegen, ja ihn mit seinen eigenen unreifen Schwärmereien anzustecken. Der Schlingel könnte mich zu den Stillen im Lande bekehren! sagte er einmal. Wahrhaftig, ich mache Fortschritte in meinen Andachtsübungen, ich kann stundenlang in die Wolken starren, wenn er mir vorfabelt, welche herrlichen Formen und Farben dort bei einander stehn; ich kann sogar Gedichte, die er mir vorlies't, anhören wie im Schlaf und den Mangel an Logik darin nicht von fern empfinden. Am Ende bin ich aus einer Krankheit in eine schlimmere gerathen. Denn was soll daraus werden, wenn der Leichtfuß sich einmal verliebt und mir davonläuft? Jetzt habe ich das Gefühl, ihm zu nützen, indem ich ihn hofmeistere. Aber wenn er sich von mir emancipirt — ich fühle, ich könnte ihn dafür hassen, wie ich ihn und Sie schon jetzt in die Hölle wünsche, wenn ihr so vertraut und halblaut mit einander redet.

Ich lächelte und hatte meine Gedanken dabei.

In solchen Gedanken kam ich eines Vormittags wider Gewohnheit nach Hause, da die Bibliothek, ich weiß nicht mehr, aus welchem Grunde, geschlossen blieb. Als ich auf dem Corridor an den Zimmern der Brüder vorbeiging, standen die Thüren

essen, und ich erblickte Signora Eugenia, die auf
Carlo's Sopha saß und einen Teller mit Früchten
im Begriff war mit Blumen zu verzieren. Ich
ging auf den Zehen vorüber, um sie in ihrem verstohlenen Liebeswerk nicht zu erschrecken, und betrat
mein Zimmer. Die Thür nach Franzens Wohnung
war den ganzen Tag über geöffnet, um dem Luft-
zuge einen Paß mehr zu gestatten. Er saß an seinem
Tisch und schrieb, und da er mich nicht vermuthen
konnte, schrieb er bei meinen Schritten fort, denn
er hielt mich für die Magd, die männlich genug
anzutreten pflegte. Es reizte mich, zu wissen,
woran er so eifrig war: ich sah Bücher aufgeschlagen, die ich sonst nicht bei ihm gefunden, und trat
endlich über die Schwelle. Da sah er um, und
seine erste Bewegung war, die Blätter, an denen
er schrieb, bei Seite zu schieben. Dann besann er
sich schnell, stand lächelnd auf und sagte: Sie
sehen, ich entsetze mich vor Ihnen, wie ein in
flagranti ertappter Falschmünzer. Lachen Sie mich
nur aus, aber dann kommen Sie und halten Sie
mir still: zur Strafe für Ihre Heimtücke sollen Sie
mir jetzt zuhören. Ich bin ohnedies so gut wie
fertig. Können Sie rathen, um was sich's handelt? Sie erinnern sich jenes Bildes von Philipp II.,
das von Van Dyk gemalt ist. Vor etwa vierzehn
Tagen stehe ich mit meinem kleinen Lehrmeister davor,
und der Junge kramt aus seinem Schiller und Alfieri

das unsinnigste Zeug über diesen Herrn und seinen
sauberen Sohn Don Carlos aus, und als ich mir
bescheidene Einwendungen erlaube, will er keine
Raison annehmen und sagt mir ins Gesicht, daß
die Geschichtschreiber gräuliche alte Herren seien, und
nur die Poeten wüßten, wie dem armen Carlos zu
Muth gewesen. Die Galle lief mir über, als ich
den Kleinen so trotzen hörte; ich kenne zufällig diese
Geschichte genau, und gleich schoß mir's in den
Kopf, das Wahre von der Sache einmal gründlich zu sagen, um dem Vorwitz eine Lektion zu
geben. Damit hab' ich nun ein Dutzend Vormittage verdorben; wie es gerathen ist, urtheilen Sie
selbst.“

Er fing an zu lesen, und bald interessirte mich
der lebhafte warme Stil, um so mehr, als ich deutlich sah, wie Franzens gewöhnliche Ironie und
Skepsis nach und nach das Feld räumte. Der Eingang war noch, als hörte man ihn reden. Er wog
Amt und Würde der Historie und Poesie mit sar-
kastischem Lächeln gegen einander ab, bekannte sich
als einen armen Jünger der nackten Wahrheit,
warf hin, daß auch die Wahrheit, obschon sie nackt
sei, ihre Reize habe, und begann unmerklich mit
sicheren Strichen die Gestalten zu umreißen. Mehr
und mehr hob ihn seine Aufgabe, seine Worte
wurden schärfer, sein Stil größer, das Bild jener
Zeiten, mit grellen Lichtern und tiefen Schatten,

stieg gewaltig auf, und wenn die Wahrheit, die er gezeichnet, nackt war, so war sie es wie die Gestalten Michel Angelo's, von deren stählernen Muskeln alles Gewand wie Zunder abgefallen zu sein scheint. Es ergriff mich tief, ihn dabei anzusehen, die Hand zitterte, die das Heft hielt, seine Stirne röthete sich, und die Stimme, die sonst schneidend war, brach tief aus dem Busen vor.

Er hatte kaum die letzten Zeilen gelesen und ruhte mit geschlossenen Augen im Sessel zurückge lehnt, als ein Schrei von außen die Stille unter brach. Wir hörten ein hastiges Rauschen und Schlur= sen über den Corridor, zugleich die beiden Jünglinge auf der Treppe: die Thür von Signora Eugenia's Gemach ward eilig zugeschlagen, die Venetianer gingen in ihre Zimmer, und es war wieder still. Ich sagte, wie ich unsere gute Wirthin überrascht hatte, und wie sie wahrscheinlich erst jetzt vor Carlo geflüchtet sei. Franz überhörte Alles, er stand auf und durchmaß das Zimmer, betrat dann meines und verweilte drinnen einen Augenblick. Was ist das? hörte ich ihn plötzlich rufen. Sie sind aus der Akademie heim, früher als sonst, drüben wird gesprochen, Leonardo's Stimme, da= zwischen geweint — was kann geschehen sein? Der sanfte, stille Leonardo, entsinnen Sie sich eines solchen Tones von ihm? Er ist wie außer sich.

Wir horchten wieder und konnten kein Wort

unterscheiden. Immer noch weinte es dazwischen, und wie sich der Weinende zuweilen unterbrach und dem Anderen zuredete oder ihn anzuflehen schien, kam mir wiederum aus dem Ton, in dem dies alles geschah, mein alter Verdacht. Ich sah, wie Franz auf der Folter war, und wollte eben meine Vermuthung gegen ihn aussprechen, als es drüben still wurde. Einige Minuten vergingen. Franz warf sich auf mein Sopha, wühlte in den Haaren und sah ins Leere vor sich hin. Da öffnete sich die Thür, und Carlo trat ein.

Sein Gesicht war blaß, seine Augen verweint, und all jene Munterkeit und Raschheit des Wesens war von ihm gewichen. Als er Franz bei mir fand, schien er zu stutzen und sich zu bedenken. Dann nahm er sich zusammen, schloß behutsam die Thür, wie er sie unhörbar geöffnet hatte, und sagte: Verzeihung, daß ich ohne zu klopfen hereinzutreten wage. Ich wünsche nicht, daß mein Bruder von diesem Besuche weiß, ich habe einen Vorwand gebraucht, ihn zu verlassen, denn er würde mir's nie verzeihen, wenn er erführe, daß ich mich an Sie gewandt. Und doch — zu wem sonst kann ich meine Zuflucht nehmen?

Er lehnte den Platz neben Franz auf dem Sopha, den ich ihm anbot, ab und setzte sich uns gegenüber. Eine Weile schien er mit sich zu kämpfen, wie und wo er anfangen solle, dabei traten wieder helle Tropfen in seine Augen. — Was werden Sie denken, hub er an, daß Sie mich so weinen sehen! Wenn Sie es für weibisch halten, kann ich das nicht für eine Schande achten, denn wer will es mit seiner wahren Natur aufnehmen? Sie bezwingt mich, sie bricht endlich durch. Ich bin, was ich Ihnen erst in dieser Stunde scheine, ein Weib, ein armes, rathloses, schwaches Mädchen.

Ich fühlte, wie das Sopha, auf dem ich und Franz saßen, bei diesen Worten erzitterte. Ein scheuer Blick Carlo's glitt zu meinem Freunde hinüber: sein Gesicht war plötzlich erblaßt: dann stand er auf, trat ans Fenster, lehnte gegen die Jalousie und kreuzte die Arme über die Brust. Fahren Sie fort! sagte er gelassen.

Sie that es mit freierer Stimme, als habe das erste Bekenntniß ihr einen Stein vom Herzen ge- wälzt. In welchem Lichte muß ich Ihnen erschei- nen, sagte sie, daß ich in dieser Verkleidung in die Welt hinaus gegangen bin! Wenn Sie zurückdenken, wie ungebunden und übermüthig ich oft genug war, müssen Sie da nicht glauben, ich sei eine Abenteu- rerin, die sich in solcher falschen Rolle wohlgefalle? Ach, wenn ich auf Augenblicke mich selbst vergaß, wenn es mich reizte, die Komödie recht gut zu spielen, Sie auf jede Weise in der Täuschung zu erhalten, und mir die Zärtlichkeit unserer guten Wirthin sehr lustig vorkam — in dieser bitteren

Stunde büß' ich es hundertfach, was ich dadurch
an meinem Geschlecht gesündigt habe.

Sie weinte von Neuem. Ich suchte sie zu be=
ruhigen und versicherte ihr, daß sie sich nicht das
Mindeste vergeben, in nichts jemals die Sitte ver=
letzt habe.

Sie reden umsonst, erwiederte sie. Ich habe es
dennoch, durch jenen ersten Schritt über die Schranke.
Ja, hätte ich ein großes Talent, das des Opfers
werth wäre! Aber ich werde lebenslang eine Dilet=
tantin bleiben. Sehen Sie, ich hatte bei meinem
Vater viel gezeichnet und gemalt: er wollte was
aus mir machen, denn ich war sein Augapfel. Als
er nun nicht mehr war und sich meinem Bruder
die Gelegenheit bot, hier einige Aufträge auszufüh=
ren, da kam mir der Einfall: wie, wenn du mit
gingest und es ernstlich versuchtest, dich zur Künst=
lerin zu bilden? Sie wissen, wie schwer es ist für
ein Frauenzimmer, wirklich, wie es nöthig ist, zu
studieren, wenn sie nicht reich genug ist, sich zu
einem guten Meister allein in die Schule zu geben.
Es verlockte mich Alles zu dieser phantastischen Thor=
heit, meine Liebe zu Leonardo, mein Abscheu, allein
bei unsern alten Verwandten in Venedig zurückzu=
bleiben, und daß ich's nur gestehe, auch die Lust,
einmal die Welt kennen zu lernen, wie sie sonst nur
Männern zugänglich ist. Mein Bruder widersprach
mir lange, aber wozu hätte ich ihn nicht überreden

können, wenn es sich darum handelte, zusammen zu bleiben! Zuletzt gab der Grund den Ausschlag, daß dieses der kürzeste Weg sei, meine Kräfte wirklich zu prüfen, ob sie für ein Leben ausreichten. Wir wußten uns einen Paß zu verschaffen, in dem ich als Carlo aufgeführt war. Meine Haare schnitt ich ab, Niemand in Venedig erfuhr ein Wort von meinem Vorhaben, denn unsere Verwandten standen uns ziemlich fern, und Briefe wechselten wir nicht mit ihnen. So sind wir hieher gekommen, so ging ich auf die Akademie, und mein Bruder wurde endlich ruhiger über das Wagestück, da er sah, daß ich mich in meiner Rolle bald mit Leichtigkeit bewegte. Innerlich wurde sie mir freilich mit jedem Tage schwerer. Ich fühlte, daß mir die Ausdauer fehlte, ohne die kein wahrer Künstler gedeihen kann, daß ich mehr empfänglich war, als zum Schaffen begabt, und — läugne ich es nicht — auch Ihnen gegenüber schämte ich mich meiner Dreistigkeit und Keckheit, die mir meine Kleidung auferlegte. Sie kennen mich gar nicht, wie ich bin: ein Bischen Muthwille, darauf läuft meine ganze Ungebundenheit hinaus. Wie oft wünschte ich, daß Sie fortreisen möchten, damit ich nur vor Ihnen mich nicht zu verstellen brauchte! Und je freundlicher Sie zu uns wurden, um so mehr beklemmte mich's, daß Sie mir Ihre Freundschaft entziehen würden, wenn Sie wüßten, wie beständig ich Sie hinterging. Ich war sehr unglücklich

und mußte es doch am sorgfältigsten vor meinem
eigenen Bruder verbergen, um ihm zu aller Sorge
nicht auch noch diese zu bereiten.

Mit unbeschreiblich rührendem, schüchternem Aus=
drucke sah sie mich an und flüchtig zu Franz hinauf.
Die reinste Kinderseele trat ihr ins Gesicht. Franz
regte sich nicht, blickte fest zu Boden und preßte die
Lippen zusammen.

Und was ist Ihnen heute begegnet, daß Sie
bewog, sich uns zu entdecken? fragte ich endlich.

Sie erröthete und schwieg eine Weile. Ich sehe
es als einen Theil meiner Strafe an, sagte sie
darauf, daß ich Ihnen auch das eröffnen muß. Wir
gingen heute früh, wie gewöhnlich, in die Akademie.
Schon früher hatte meinen Bruder der rohe Ton
verdrossen, den einige Schüler anschlugen. Gewöhn=
lich aber ist der Professor während der ganzen Zeit
zugegen, und wir wählten unsern Platz neben den
feineren und wohlerzogeneren unter unsern Kamera=
den. Heute, nachdem der Lehrer seinen ersten Um=
gang von Bank zu Bank vollendet hatte, entfernte
er sich und ließ uns bei der Arbeit allein. Sogleich
machten sich jene Ungezogenen die Freiheit zu Nutze
und fingen allerlei Reden an, die ich mich zu über=
hören bemühte. Ich sah in wachsender Angst, wie
unruhig meinem Bruder das Blut zu Herzen stieg.
Ich sprach leise und eifrig mit ihm und suchte ihn
abzulenken. Umsonst. Ein Stück Kohle nach dem

andern zerdrückte er mit bebenden Fingern, und sein
Blick wurde immer fieberhafter. Endlich fing Einer
an, eine Geschichte zu erzählen — wie sie allerdings
für Mädchenohren nicht berechnet war. Ich will nach
Hause gehen, flüsterte ich ihm zu; du sagst, mir
sei unwohl geworden. Er hielt mich gewaltsam fest
und sagte mit erstickter Stimme: du bleibst! ich muß
ein für allemal ein Ende machen, wenn unseres
Bleibens hinfort hier sein soll. Damit stand er auf
und befahl jenem Menschen über die ganze Klasse
weg, zu schweigen und uns mit seinen Geschichten
zu verschonen. Ein allgemeiner Lärm antwortete ihm,
von allen Seiten drangen Hohn- und Scheltreden auf
uns ein; jener, der es angestiftet, trat dicht vor
meinen Bruder hin und sagte, daß solche Schwäch=
linge, die hier Sittenprediger sein wollten, sich aus
der Gesellschaft freier Künstler entfernen möchten,
oder man werde ihnen die Wege weisen. Ob hier
ein Nonnenkloster sei oder eine Akademie? Leonardo
kam außer sich, er faßte den Frechen beim Arm und
schüttelte ihn wie wüthend, bis sich die Anderen
dazwischen warfen; er hätte ihn sonst gewürgt. Ich
will dir zeigen, Unverschämter, rief er, daß ich
meinen Mann stehe. Wir sprechen uns! -- Da
lachte Jener zähneknirschend, ballte die Faust und
rief: ich treffe dich, sei überzeugt, und ehe du es
denkst. Zittre vor meiner Rache; es war dir lange
zugedacht, du österreichisches Milchgesicht, und nun

ist dein Maß voll! — So, während sich mir das Haar bei seinen Drohungen sträubte, gelang es mir endlich, meinen armen, völlig seiner unbewußten Bruder hinauszuziehen. Und nun, nun liegt er drüben wie im Fieber, von dem Vorfalle tief erschöpft, allen meinen Bitten und Warnungen taub, ohne Mitleid mit meiner Angst, und sagt, daß ihn der Schimpf rasend machen würde, wenn ich ihn hinderte, den Elenden niederzuschießen. Und das alles ist mein Werk, meine Schuld, mein ewiger Vorwurf!

Ich sah sie an, als sie geendet hatte. Sie war aufgesprungen, während sie erzählte, und stand nun uns abgewendet, ihre fassungslosen Thränen zu verbergen. Mein Auge suchte in Franzens Gesicht zu lesen. Er sah sehr ernst vor sich nieder, und die gekreuzten Arme hoben sich auf und ab über der arbeitenden Brust. Jetzt richtete er sich hoch auf.

Eine Kinderei ist's, sagte er trocken, und die düsterste Ironie überflog seine Lippen. Er ging nach seinem Hut, ohne einen von uns anzusehen, und verließ mit kurzem Kopfnicken das Zimmer.

Wohl sah ich, wie das große Auge des Mädchens mit tiefer Angst ihm folgte, bis die Thür hinter ihm zugefallen war. Ihre Thränen waren plötzlich gehemmt, ihre Aufregung wie auf Einen Schlag gelähmt, und all ihre Gedanken schienen den Schritten nachzueilen, die draußen über den

Flur erschallten. Signora Eugenia's Thür hörten
wir gehen — eine kurze Stille — dann wieder Franzens Schritte, neben dem Rauschen eines Frauen-
kleides, und Beides verklang und verrauschte die
Treppe hinab.

Ich war ans Fenster getreten und sah unten auf
der Straße Franz mit unserer Wirthin sich entfernen. Die Stunde war für einen Ausgang der guten
Dame so ungewöhnlich, daß ich mich nicht wenig
verwunderte und mir lange den Kopf zerbrach, wohin sie gehen möchten. Auf jeden Fall handelte
sich's um die Auflösung des ärgerlichen Knotens,
den die Geschwister geschürzt hatten, und ich kannte
meinen Freund hinlänglich, um die Sache bei ihm
in den besten Händen zu wissen.

Das sagte ich der schönen Traurigen, aber es
fand wenig Eingang bei ihr. Kaum schien sie es
zu hören. Denn mit regungslosen Augen stand sie
mir gegenüber, und statt aller Antwort sagte sie nur:
Er verachtet mich, ich weiß es! — Es war umsonst,
sie davon abbringen zu wollen.

Während ich noch im tiefsten Mitgefühl alles,
was ich nur an beruhigenden Worten fand, an sie
hinredete, stürmte plötzlich der Bruder herein. Der
Schmerz hatte ihn ganz verwandelt: der sonst so
stille, schlichte und gehaltene Jüngling war in Wort
und Geberde maßlos, Haar und Anzug verwildert,
die Augen unstät und geröthet.

Du hast uns verrathen! rief er, haftig an die Schwester herantretend. Sage es, nur das sage, alles Uebrige kannst du sparen! — O, recht so! fuhr er fort, als sie mit einem Nicken antwortete, ohne aus ihrem eigenen Kummer aufzusehen, so werden wir noch lächerlich werden, da wir nur unglücklich waren, ein Stadtgespräch, Zeitungsfiguren, auf die man mit Fingern weis't. War dir's nicht genug, einen Todten oder einen Mörder zum Bruder zu haben? Muß die Welt wissen, warum er Eins oder das Andere ward? Aber du hast falsch gerechnet, indem du das Mitleiden Fremder zu Hülfe riefst. Niemand soll mich hindern, was ich wie ein Knabe angefangen, wie ein Mann durchzuführen. Ich danke Ihnen im Voraus, mein Herr, für allen guten Rath, den ich Ihnen an den Lippen absehe. Geben Sie sich keine Mühe. Ich weiß, was ich meinem Vater im Grabe schuldig bin. Aber hüten Sie sich wohl, von dem Vertrauen Gebrauch zu machen, das diesem schwachen Mädchen die Verwirrung ihrer Angst ablockte! Wenn Sie sich anmaßen, meine Schritte zu hemmen oder gar die Einmischung der Obrigkeit herbeizuführen, bei Gott im Himmel, ich würde nicht ruhen, ehe auch wir einen Gang mit einander gemacht hätten. Und nun komm hinweg, Carlotta! Nicht zum zweitenmal sollst du mich betrügen, nicht noch einmal deine Ehre, die auch die meinige ist — — —

Sie sprechen im Fieber, Leonardo! unterbrach ich ihn. Mischen Sie nicht den Begriff der Ehre hier ein, und schämen Sie sich, daß ich, den Sie einen Fremden nennen, Ihre Schwester gegen Sie vertheidigen muß. Wie? Sie wagen, mit ihr zu rechten, weil sie der Wahrheit die Ehre gab, die allein der Quell aller echten Ehre ist? weil sie uns in ein Vertrauen zog, dessen wir uns durch unsere herzliche Freundschaft für Sie beide doch wohl werth gemacht haben?

Reden Sie nur, stürmte er dazwischen, o reden Sie nur und erbittern Sie mich immer mehr! Also auch Ihr Freund war zugegen, als die Schwester sich und ihren Bruder verrieth? Vortrefflich! Ich sehe den Spott auf seinen Lippen und das Achselzucken und die kalte Miene des Weltweisen! Aber das ist das Wenigste. Was am bittersten schmerzt, ist die Ueberzeugung, die ich gewinne, daß ich ihr nichts gelte, daß sie, um die ich Alles zu thun und zu dulden Muth habe, mich so gering schätzt, jedes Vertrauen auf mich wegzuwerfen und zu Fremden zu flüchten. Bin ich allein nicht Manns genug, diese Sache zu Ende zu bringen? Bin ich ein Kind, daß meine Schwester mir Vormünder bestellt? ein Wahnsinniger, für den Aerzte geholt werden müssen? Und wo ist Ihr Freund? Warum findet er sich nicht ein, daß ich ihm, wie Ihnen, für seinen guten Willen danken und mir jede Einmischung in meine Angelegenheiten verbitten kann.

Er ist fortgegangen, Leonardo, sagte ich ruhig. Seien Sie überzeugt, daß ihm Ihre Sache, und was Sie Ihre Ehre nennen, heilig ist, wie seine eigene. Sie sind kein Kind, kein Kranker. Aber in der Leidenschaft Ihrer Sorge um Ihre Schwester übersehen Sie, wie mir scheint, daß Sie, wenn Sie Carlotta nicht unglücklich machen wollen, auch für sich zu sorgen haben. Sie wollen ihr den Vater ersetzen und tragen kein Bedenken, sie des Bruders zu berauben.

Er stutzte und sah mich an. Gleichviel! erwiderte er nach kurzer Pause. Wenn mir denn ein Unglück zustoßen sollte, und ich hätte eine Schwester zurückgelassen, wie ich mir die meine dachte, muthig, mit fester Seele und klarem Geist, so würde ich mein Schicksal getrost erfüllen. Ich sehe nun freilich, daß sie viel Schutzes bedarf, da ihr der meine nicht ein mal genügt, und diese Erkenntniß wäre fast im Stande, eine Memme aus mir zu machen.

Damit warf er sich auf einen Stuhl und brütete verzweifelt vor sich nieder. Während des ganzen Gesprächs hatte die Schwester kein Zeichen des Antheils gegeben, und erst jetzt schien sich ihre Versteinerung zu lösen. Ein tiefschmerzlicher Blick fiel auf den geliebten Jüngling; sie trat leise neben ihn hin und ließ ihre Hände auf seiner Schulter ruhen. Leonardo, sagte sie, laß uns fortreisen, nach Hause, heute noch! Wir haben uns geirrt, es steckt keine

Künstlerin in mir, ich verdiene kein Opfer, das geringste nicht, denn ich bin nichts, kann nichts, und was ich war, ein einfaches Mädchen und deine Schwester — ich will Gott danken, wenn ich es wieder bin und bleiben darf. Was hält uns hier? Deine Bestellung ist vollendet, auf der Akademie verlorst du nur die Stunden um meinetwillen. Laß uns nach Venedig zurück und diese Kleider verbrennen, die mich jetzt in den Boden drücken wollen, als wären sie von Blei.

Nein! rief er aus und sprang plötzlich wieder auf: ich weiche nicht vor einer erbärmlichen Drohung, ich will das Gelächter dieser Bursche nicht in meinem Rücken lassen; einmal für allemal will ich zeigen, mit wem sie es zu thun haben. Sei ruhig, Carletta, ich kenne diesen Menschen: er ist so feige, wie er neidisch ist. Hatte er Ehre und Muth genug, meine Herausforderung anzunehmen? Leere Drohungen waren seine Antwort. Was denkst du nur? So wohlfeil kauft man denn doch die Dolchstiche nicht in Florenz. Und was kann er thun? Eine nichtswürdige Verläumdung gegen mich zusammenblasen, das ist Alles. Das, denke ich, kann ich mit ansehen. Ich weiß, daß er mich haßt; wir sind von gleichem Alter, und er sieht mich doch in der Galerie malen und pfuscht selber noch an seinen Gypsen herum. Es that ihm wohl, was er lange hatte hinunterschlucken müssen, heute in einem Schwall gegen mich auszuschütten. Der Erbärmliche! Aber er wagt nichts, ich kenne ihn, sei überzeugt, Schwe= ster. Ich gehe morgen wieder in die Klasse, als wäre nichts geschehen, und warte es ab. Und in= zwischen bedenke dich, was du thun willst, und nun — nicht wahr? — du vergiebst? ich war außer mir und redete irre und habe dir weh gethan.

Sie fiel ihm um den Hals und konnte nichts sagen: heftig weinend hing sie in seinem Arm, und er ahnte nicht, wie ich, um was sie weinte. Ich sah, daß er ruhiger ward, da er sie zu beruhigen hatte. Schon lächelte er wieder, und indem er zärt= lich das krause Haar der Schwester streichelte, sah er zu mir hinüber und sagte: Sie werden es hin= länglich bereuen, sich mit so lästigen Menschen, wie wir beide, jemals eingelassen zu haben. Wenn diese Kleine hier nicht ganz den Kopf verloren hätte, so wäre Ihr Zimmer nicht der Schauplatz ihrer Thränen und meiner Raserei geworden. Aber wir hoffen, daß Sie, was Sie dem Bruder übel nehmen möch= ten, der Schwester zu Gute halten werden.

Während ich herzlich seine dargebotene Hand drückte und das schöne Mädchen, sich aufrichtend, mit fremden Augen, noch immer in ihren heim= lichen Gram vertieft zwischen uns stand, fuhr ein Wagen am Hause vor. Sie schrack zusammen und wagte nicht, sich umzuwenden, als bald darauf sich die Thür unseres Zimmers öffnete. Aber nicht

Franz trat herein, nur unsere Wirthin, Signora Eugenia.

Wo ist sie? war ihr erstes Wort. Wo ist der böse Schelm von einem Mädchen, die Hexe, der Irrwisch? Nicht um ihr eine Hand zu geben, behüte! Nur um mich vor ihr zu bekreuzigen und dann basta! Ist es erhört, vor unseren offenen Augen, wochenlang —? Aber nein, hernach will ich schelten und zürnen, jetzt vor Allem sagen, wie die Dinge stehen: nicht gut und doch nicht zum ärgsten, und jedenfalls besser, als diese böse kleine Person verdient hat für all ihre Teufeleien. O! welche Hitze draußen, und das alles leid' ich um die schlimme Spitzbübin da, die ladra, die birba!

Es war hochkomisch, wie die gute Dame mit einem brillanten Theaterblick an Carlotta vorbeirauschte und sich in voller Majestät auf das Sopha niederließ. Sie bemühte sich, das Mädchen völlig zu übersehen, das ihr in der Maske so viel zu schaffen gemacht hatte. Aber ihre natürliche Gutmüthigkeit ließ sie rasch aus der Rolle fallen. Es entging ihr nicht, wie tief niedergeschlagen Carlotta zwischen uns stand. Alsbald sprang sie auf, ergriff ihre beiden Hände und sagte: Kind, Kind, die Augen auf und das Kinn in die Höhe und munter, liebes Herz! Was ist denn? Da hast du einen Schlag — und da einen Kuß — und nun sind wir gute Freunde, du Nichtsnutzige, und beßre als vorher, nicht wahr?

komm, da setz' dich neben mich und höre, was geschehen ist. Ihr tragt nun freilich den Schaden, Signor Leonardo, aber besser Euer Werk, als Euer junger Leib. Seht, ich lag drüben und las gerade meinen Monti, den ich liebe, obwohl er kein Mann war, — und sie warf einen komischen Seitenblick auf Carlotta; da bricht Signor Francesco in meine Musenstille ein, wie ein Lavastrom in ein stilles Dorf am Sonntag. — Steht auf, sagt er, und werft ein Tuch um Eure Alabasterschultern — der gottlose Spötter! — und stülpt ein Strohdach über. Ihr sollt mit mir gehen. — Es ist eigen, man kann sich gegen ihn nicht wehren. Seine Tyrannei ist so kurz angebunden, daß kein Widerspruch zu Athem kommen kann. Ehe ich weiß, wie mir geschieht, bin ich unten auf der Straße und frage nun erst: wohin? — Der Direktor der Akademie, sagt er, geht bei Euch ein und aus. Ihr sollt zu ihm und eine dumme Geschichte ins Reine bringen, welche die Venetianer angestiftet haben. Wo wohnt der Herr? Ich nenne die Straße, er ohne Weiteres winkt einen Wagen herbei, und im Fahren erzählt er mir das Uebrige. Ich schalt auf Euch, Kind, daß Ihr auch uns angeführt habt: ich will's nur gestehen, ich war Euch ernsthaft böse, ich meinte, ich könnte nie wieder ein gutes Wort an Euch wenden. Wie er's ansah, wurde mir nicht klar. Es ist schade! sagte er mit seinem bösen, spöttischen Lächeln. Und nun hielten

wir, und er versprach), mit dem Wagen unten auf
mich zu warten. Kein Wort von Eurer Verkleidung — das hatten wir ausgemacht. Ich sollte
sagen, daß Ihr austreten würdet, und dann nach
dem schlimmen Burschen fragen, der mit Eurem
Bruder an einander gerieth. Was Signor Francesco mit ihm vorzunehmen gedachte, weiß ich nicht.
Nun denkt, wen finde ich oben bei meinem edlen
Freund, dem Director? Einen Sbirren, der ihm
so eben eine saubere Anzeige gemacht hatte. Gleich
nachdem Ihr aus der Classe fort waret, Leonardo,
warf auch Jener, mit dem Ihr den Streit gehabt,
sein Zeichenbrett in den Winkel und verließ, ohne
ein Wort zu sagen, den Saal. Er ging schnurstracks
nach den Uffizien in die lange Galerie, wo Ihr zu
malen pflegt. Ist's nicht eine Copie nach Fra An-
gelico? Nun wohl! Er tritt vor Eure Staffelei, als
wär' es seine Arbeit, und macht sich da zu schaffen.
Es war gerade menschenleer, nur die lange Reihe
der Copisten saß auf ihrem Posten, Staffelei hinter
Staffelei, die tiefe Fensterflucht hinunter. Plötzlich
hört eine Dame, eine Engländerin, die hinter Eurem
Platze malt, einen seltsamen Ton auf Eurer Leinwand und blickt um, über ihren Rahmen weg. Da
sieht sie den elenden Menschen in aller Ruhe pian
piano damit beschäftigt, mit einem Federmesser die
Leinwand quer durchzuschneiden. Eben setzt er schon
wieder an, um das Werk noch gründlicher zu

zerſetzen, der Wicht, da fühlt er die Hand der herz=
haften Dame an ſeinem Arm, augenblicklich wird
ein Lärm um die Beiden, und als mir mein Freund,
der Director, die arge Neuigkeit erzählte, ſaß Euer
ruchloſer Kamerad ſchon eine halbe Stunde in ſiche=
rem Verwahr und erwartete ſein Verhängniß.

Unſer aller Augen hefteten ſich, während ſie ſprach,
auf Leonardo. Aber der Ausbruch gerechten Aergers
und Grimmes, den wir fürchteten, unterblieb. Es
iſt gut, ſagte er mit einem ſtillen Geſicht, ich habe
die Zeit nicht verloren, die mir die Arbeit ge=
koſtet hat.

Tobt Euch aus, Lieber! ſagte die Signora und
ſchüttelte ihre beiden Seitenlocken. Das iſt nicht
in der Natur, dergleichen zu verſchlucken, wie ein
Glas Limonade.

Was wollt Ihr? verſetzte der Jüngling und ſah
zärtlich zu ſeiner Schweſter hinüber. Es iſt doch
wohl das bischen Farbe und Leinwand werth, den
armen Haſenfuß dort beruhigt zu ſehen.

O Leonardo, ſagte das Mädchen, ſoll ich ruhig
ſein, jemals ruhig werden? Zu allem Unheil, das
ich dir gebracht, noch dieſes? Und meinſt du, daß
es ſeine Tücke nicht doppelt ſtachelt, wenn er jetzt
um deinetwillen geſtraft wird? Und wenn er den
erſten Fuß wieder aus dem Gefängniß ſetzt ...

Ihr könnt ruhig ſchlafen, carina mia! er wird
nicht mehr dieſelbe Luft mit Eurem Bruder athmen,

sagte Eugenia. Sie werden ihn über die Grenze
schaffen, wie mein Freund, der Director, mir ver=
sicherte. Denn er ist aus Bologna, und da er in
der Akademie nicht bleiben darf, hat er in Florenz
nichts mehr zu suchen. Signor Francesco, als ich
ihn unten am Wagen wiederfand, sagte auch: Der
hat sich uns selbst vom Halse geschafft. Ich sollte
Euch grüßen und trösten, trug er mir auf. Dann
hob er mich in den Wagen und — wart! bald hätt'
ich es vergessen! Da ist ein Zettel an Euch, Signor
Paolo, den er inzwischen geschrieben hatte, für mich
so gut wie versiegelt, denn es ist Deutsch.

Befremdet nahm ich das Blatt und las folgende
Worte:

„Lieber Freund!

„Die Komödie ist wieder einmal aus, und es
wird Zeit, nach Hause zu gehen und von dem Ver=
gnügen auszuschlafen, so gut es gelingen will. Dan=
ken Sie allen Mitspielern. Jeder hat seine Sache
gut gemacht, und es war recht hübsch. Schade, daß
es so kurz war!

„Ich wage es, Sie zu bitten, meine wenigen
Siebensachen in meinen Koffer zu packen und sel=
bigen nach Livorno per Post mir nachzuschicken. Ich
denke vorher noch eine kleine Fußreise zu machen.
Nehmen Sie im Voraus herzlichen Dank für Ihre
Bemühung.

Ihr Franz.

„N. S. Meine Schulden im Hause bezahlen Sie doch. Sie finden Geld in meinem Schrank. Den Schlüssel schick' ich mit. Es ist immer gut . . ."

Die letzten Worte waren ausgestrichen, die Zeilen hastig und offenbar mit aufgeregter Hand hingeschrieben, denn die Bleistiftstriche hatten sich hie und da durch das Blatt durchgestampft. Ich starrte eine Weile darauf und suchte mich zu sammeln. Als ich aufblickte und der tiefen Angst in den Zügen des Mädchens gewahr wurde, versagte mir das Wort auf der Zunge.

Und hier ist der Schlüssel zu seinem Schrank! sagte Eugenia, und nun verrathet, was Euer Freund für heimliche Dinge in dieser gottlosen Handschrift zu melden hat.

Er ist abgereis't, sagte ich. Ein Brief, der ihm von einem Bekannten eingehändigt wurde, als er auf der Gasse mit dem Wagen wartete, macht seine schleunige Rückkehr nach Deutschland nöthig. Er schickt Allen im Haus sein herzliches Lebewohl.

Das log ich auf eigene Rechnung hinzu, denn ich sah eine tödtliche Blässe auf Carlotta's Wangen. Niemand sagte ein Wort. Aber auch Eugenia bemerkte den seltsamen heftigen Eindruck, den der Brief auf ihren Liebling gemacht hatte, und ihre beiden schwarzen Locken pendelten gravitätisch nachdenklich hin und her. Es ist immer eine Verlegenheit für eine Nothlüge, wenn sie das letzte Wort behält.

Die meinige hatte volle Zeit, ihrer unbeholfenen Durchsichtigkeit inne zu werden.

Carlotta stand auf. Komm, sagte sie zu dem Bruder, ohne ihn anzusehen. Sie ging voran nach der Thür, Leonardo folgte, nachdem er mir stumm die Hand gegeben, und so blieb ich mit unserer edlen Wirthin allein. Die Gute saß noch eine Weile in ihrem besinnlichen Stillschweigen. Dann warf sie die beiden Locken zurück und drückte mir mit rascher Zeichensprache in großer Ernsthaftigkeit das Ergebniß ihres Nachdenkens aus. Ich seufzte und zuckte die Achseln. Auch sie seufzte, aber zorniger. Sie ballte eine tragische Faust und drohte zum Fenster hinaus, dem Entflohenen nach. Verräther! sagte sie. Wenn ich ein Mann wäre und an seiner Stelle —!

Ich setzte mich nun zu ihr und suchte ihr den wunderlichen Zustand meines Freundes zu erklären. Ich bot das beste Italienisch auf, über das ich zu verfügen hatte, und schilderte ihr die ganze Krankheit. Sie hörte scharf zu, aber dennoch blieb alles Teutsch für sie, so gut wie versiegelt. Ich sagte: das Räthsel hat ihn angezogen, gefesselt und glücklich gemacht. Sein lange verachteter und mißhandelter Instinct hat feurige Kohlen auf sein Herz gesammelt und seinen meisternden Verstand beschämt: denn er witterte das Räthsel, da es noch tief verborgen war. Nun es aufgelöst ist, fürchtet er, es möchte nur zu bald seinen Zauber für ihn verlieren, und darum will er bei Zeiten fliehen. — Er ist ein Narr, sagte sie feierlich. Ein rechtes Frauenzimmer gibt dem Mann, und wäre er so klug wie Salomo, sein Leben lang Räthsel auf. Ihr seid ein unglückliches Volk, ihr Deutschen. Ihr wagt nicht zu genießen, wenn ihr euch nicht vorher gequält habt. Was ist einfacher als das Schöne? Und was ist räthselhafter? Geht, ihr seid werth in einem Lande zu wohnen, wo Winter und Sommer sich nur dadurch unterscheiden, daß es im Juli seltener schneit. Napoleon hatte Recht, Ideologen seid ihr. O, o! die Arme, das süße Ding! Wenn Ihr nicht ein Stein seid, Signor Paolo, so ist es jetzt an Euch, sie zu lieben und zu heirathen!

Diese praktische Schlußwendung ihres Zornes machte mich herzlich lachen und überhob mich jeder Schutzrede für meine Nation. Aber als ich dann allein war und die Zeilen des Billets nochmals über=las, gerieth ich in die peinlichste Stimmung. Sollte ich den Auftrag unverzüglich ausführen, der vielleicht nur von der ersten stürmischen Erwägung dictirt worden war? Eine kleine Fußreise wollte er vorher machen! Franz! der schon auf der Universität be=rüchtigt war wegen seiner tiefen Geringschätzung aller Freuden, die man erwandern muß! Es war offen=bar, daß er den Zettel in krankhaftem, unzurech=nungsfähigem Zustande geschrieben hatte. Und wer stand mir dafür, daß er nicht plötzlich, einen Augenblick, nachdem ich seinen Koffer auf die Post geschickt, zu mir ins Zimmer treten und meine Psychologie, mit der er mich immer zu necken pflegte, in ihrer Kurzsichtigkeit unbarmherzig verspotten würde?

Ich beschloß, jedenfalls den nächsten Tag abzuwarten. War es Ernst mit der Fußreise, so kam die Sendung immer noch früh genug nach Livorno.

Der Tag verging mir betrübt genug. Unser Zusammenleben seit unseres Freundes Flucht sah mich so verstört an, wie ein Instrument, auf dem eine Saite gesprungen ist. Wir übrigen wollten nicht mehr zusammenklingen. Die Geschwister ließen nichts von sich hören. Signora Eugenia schmollte in ihrer Musenstille mit allen Deutschen, die den Fehler des Einen nicht wieder gut zu machen und die schöne Traurige zu lieben und zu heirathen eilten. Aristodemo selbst, der sonst gern herüberkam, um Zucker bei uns zu naschen, murrte entfremdet, wenn er meiner ansichtig ward, und nur die gute Stella fuhr fort, ihr geringes Licht in meine Einsamkeit leuchten zu lassen.

So kam die Nacht, und aus unruhigem Schlafe weckte mich ein ängstliches Rühren und Regen im Hause. Schritte hin und her hasteten über den Flur, behutsam gingen Thüren auf und zu, und aus dem Zimmer nebenan, wo Carlotta's Bette stand, fing ich

abgerissene laute Sätze auf, die mir sagten, was ich
dunkel befürchtet hatte. Ich hörte das Mädchen
wie aus dem Traume reden, tief rührende Selbst-
anklagen, dazwischen: Er verachtet mich, er hat Recht,
aber wehe thut's, wehe! Wo sind meine Zeichnungen? Macht ein Feuer im Kamin, Stella! Die
Studien hinein, die Skizzen, meine Kleider — mein
Herz! Leonardo! Warum sprichst du nicht? Ach,
deine Lippen sind ganz blaß, er traf dich gut! Sieh,
da steht deine Leinwand; Blut fließt aus dem
Schnitt — sie heilt nicht wieder! Ich bitte sehr,
schafft mir ein Mädchenkleid, ich will aufstehen und
nach Hause gehen — nein, ihr habt Recht, ich
darf es nicht mehr tragen, ich hab' es verscherzt,
Alles ist hin!

Ich fuhr in großer Bestürzung auf, warf mich
in die Kleider und trat auf den Flur hinaus. Das
Fieber schüttelt sie, sagte die Wirthin, die eben aus
dem Krankenzimmer kam; kaum daß man sie im
Bette halten kann. Ich wollte Euch gerade wecken
und bitten, daß Ihr einen Arzt holtet. Der Bruder darf ihr nicht von der Seite, oder sie denkt,
man habe ihn umgebracht; und Stella muß sie
halten. Wenn er das sähe, Euer kluger Freund
— wo bliebe sein Spott?

Ich holte den Arzt, der wenig Rath wußte.
Doch ließ das Fieber gegen Morgen nach, und über
Tag schlief sie so fest und sanft, daß wir schon alle

Gefahr überwunden glaubten. Als aber der Abend hereindunkelte, fing es zuerst mit Träumen, dann mit ängstigenden wachen Gesichten von Neuem an, und ich ging in lebhafter Sorge wieder zu dem Arzte. Er war nicht der nächste, denn er wohnte am Lungarno, aber ein Deutscher, und mir gut empfohlen. Leider hörte ich, daß er über Land geholt worden sei, und trat in wachsender Unruhe den Heimweg an, denn ich wußte nicht, an wen ich mich wenden sollte. Der Weg führte mich an der Loggia vorbei, und selbst in meiner Noth und Traurigkeit konnte ich nicht vorüber, ohne einen Blick auf meinen wohlbekannten Perseus zu werfen. Er stand schon in dichten Schatten, melancholischer als je; nur über das Haupt der Meduse fiel ein röthlicher Schein aus einer Straßenlaterne. Wer aber stand neben seinem hohen Sockel, die Arme über der Brust gekreuzt, und sah auf das nächtliche Gewoge des Platzes hinunter? Nein, es war kein Spuk, ich fühlte, daß mich zwei lebendige Augen trafen. Franz! rief ich. Gute Nacht! antwortete der Mann in der Halle und winkte mir mit der Hand, zu gehen. — Im Augenblicke war ich bei ihm. Sie hier? rief ich. Ein guter Gott hat Sie hieher und mich in Ihre Nähe geführt. Sie müssen mit mir gehen, nach Hause, sogleich! — Ich bin hier zu Hause, antwortete er. Es schläft sich gut zu Füßen des ritterlichen Herrn da oben, ich habe

es schon gestern erprobt. Es ist sehr reinlich hier
und die Nacht angenehm kühl, besonders wenn man
sich über Tag heiß gelaufen hat. — Ich will Sie
in Ihrer Liebhaberei nicht stören, sagte ich, aber
erst müssen Sie mit mir und ein schwer gebengtes
Herz aufrichten und heilen, das sich von Ihnen
verachtet glaubt. Ich ging aus, den Arzt zu holen:
keinen bessern kann ich nach Hause bringen, als
Sie. — Wissen Sie auch, was Sie thun? sagte
er düster, indem er sich schon wandte, um mir zu
folgen. Können Sie dafür stehen, daß Sie nicht
einen Feind mitbringen, wo Sie einen Arzt gefunden zu haben meinen? — Ich antwortete nicht
und zog ihn mit fort, und er folgte bald ohne
Widerstreben, ja ich hatte Mühe, mit ihm Schritt
zu halten. Unterwegs sagte ich ihm, was geschehen
war; er hörte alles schweigend an, nur ein Seufzer
entrang sich ihm, und eine Zeit lang ging er mit
geschlossenen Augen neben mir her. Noch einmal
schien er mit sich zu kämpfen, als wir die Thür
unseres Hauses erreicht hatten. Er zauderte, mir
über die Schwelle zu folgen. „Es ist bestimmt
in Gottes Rath," hörte ich ihn dann vor sich hin
sagen, und wir stiegen mit einander die Treppe
hinauf.

Signora Eugenia, den Arzt vermuthend, erwartete uns oben im Flur. Madonna! rief sie,
als sie Franz erkannte, so seid ihr es wirklich? —

Wie steht's? fragte er rasch und bückte sich zu dem
Hündchen hinab, das ihn bewillkommnete. — Zitto,
sagte sie. Es geschehen noch Wunder. Ihr waret
kaum fort, Signor Paolo, so begehrte sie plötzlich
mit klarer Stimme, aufzustehen und sich anzuklei-
den: sie erwarte Besuch. — Welchen? fragten wir.
— Und sie darauf: Ich weiß nicht; fragt mich nicht;
aber bringt mir ein Mädchenkleid, denn die Maske
da würde mich von Neuem krank machen. — Und
das alles ruhig und ohne Einbildungen, obwohl
ihre Stirn noch glühte. Was war zu machen?
Meine Kleider passen ihr nicht, und Stella ist zu
lang, und so entsann ich mich, daß ich noch einen
alten Bäuerinnen-Anzug von meinem Braut-Carne-
val in der Lade verwahrte. Damals hatte ich so
ungefähr ihren Wuchs. Was wollt Ihr? Jedes
Geschöpf Gottes . . . — Kann man sie sehen?
unterbrach Franz die Rednerin. — Wenn Ihr es
verdient, Verräther! erwiederte sie mit großer Feier-
lichkeit. — Lassen wir Gnade für Recht ergehen,
sagte ich.

. . . al fine
Ignudo ei mostra di pentito il volto.

Ich wußte es, daß sie einem Citat aus Alfieri
nicht widerstand. Sie lächelte erhaben, nickte mit

*   . . . Endlich
Zeigt er uns unverhüllt ein reuig Antlitz.

den beiden Locken vor sich hin und sagte: Kommt!
Sie ist in Leonardo's Zimmer und sitzt aufrecht auf
dem Sopha, wie um Besuch zu empfangen. Süßes
Kind! Ich schütte Euch Gift in den Kaffee, Signor
Francesco, wenn Ihr sie mißhandelt.

Wir traten in das Zimmer, die Dame voran.
Da bringen wir Euch Euren Besuch, sagte sie, wenn
Ihr ihn wirklich sehen wollt, nachdem er so heim-
tückisch sich davon gestohlen. Und man weiß auch
noch gar nicht, was ihn fortgelockt hat. Erzählt
Eure Abenteuer, Signor Francesco! — Er antwortete nicht und trat rasch an den Tisch, wo die
schöne Kranke saß. Die drei Flämmchen der Lampe
rötheten ihr blasses Gesicht und beschienen das seltsame Costüm, welches ihr übrigens vollkommen paßte.
Welch einen reizenden Wuchs hatte uns der böse
Malerkittel vorenthalten! Dazu der Kopf mit den
kurzgekransten Haaren, der nun frei und schlank
auf dem feinen Halse sich bewegte, daß man immer
noch im ersten Augenblicke zweifeln konnte, welche
Verkleidung eigentlich die echte sei. Wie ein ge-
scholtenes Kind, das aber wieder zu hoffen anfängt,
man werde nicht immer mit ihm zürnen, blickte sie
zu Franz auf. — Sie waren krank? sagte er, sie
fest ansehend. Wie fühlen Sie sich jetzt? — Besser
— gut, erwiederte sie. — Auch ich hatte das Fieber,
sagte er nach einer Pause. Sprechen wir nicht mehr
davon; ich habe mich nach meiner Manier damit

abgefunden, Jeder hat die seine. Guten Abend,
Leonardo: was macht der Verfall der Kunst? —
Niemand antwortete eine Silbe. Komm, flüsterte
ich Eugenien zu, mich dünkt, wir sind hier zu viel.
— Zu viel? wiederholte Franz laut. Wie viel seid
ihr denn? Zu wenig seid ihr: die ganze Welt
könnte in dieses Zimmer sehen, und ich würde mich
nicht schämen, wie ein Narr hier zu stehen und zu
betteln, daß man mich ein wenig lieb haben möge.
Wahrhaftig, es thut mir sehr noth, und du könntest nichts Verdienstlicheres thun, Leonardo, als
deiner Schwester zuzureden, daß sie ihre kleine Hand
nach mir ausstrecken möchte. Denn ich selbst — ihr
mögt mir's wohl ansehen — ich habe nicht mehr
Muth, als Aristodemo, aber dafür Treue für zehn
seinesgleichen.

Sie sah ihn leuchtend an und hielt ihm über
den Tisch die Hand hin. Er legte die seine still
hinein. Sehet es alle! rief er, sie wagt es, wahrhaftig, sie wagt es! O, ziehe diese Hand zurück,
mein Junge: noch ist es Zeit, noch habe ich sie
nicht fest gefaßt und halte sie nicht für immer.
Weißt du auch, was du wagst? Kennst du die
Hand, vor deren Berührung du dich nicht scheust?
Sie trug schon einmal den ersten Ring einer langen
Kette und hat Ring und Kette zerbrochen und ein
Lebensglück dazu.

Ich sah, wie er in banger Spannung an ihrem

Gesichte hing. Aber das Leuchten ihres Auges trübte sich nicht. Da faßte er ihre Hand mit beiden Händen und bog sich nieder und drückte seine Lippen auf die zarten Finger, die er gefangen hielt, und ließ so eine Zeit lang das Gesicht auf ihrer Hand ruhen.

Nein! rief er dann und richtete sich hoch auf, du wagst nichts damit, du nicht, geliebtes Kind: ich weiß es seit diesen zwei Tagen, daß du sicher bist in meinem Herzen für ewig. Ich ahnte es noch nicht, als ich vor dir floh. Ich wollte es nicht noch einmal erleben, was mich vor einem Jahr elend gemacht und beinahe umgebracht hätte: ein unschuldiges, armes Herz an mir verzweifeln zu sehen. Dieses Mal hätte ich es nicht überlebt. Es ist nun vorbei, sagte ich mir. Das Räthsel, das dich lockte, ist gelöst. Sie wird wieder, was viele sind, ein liebenswürdiges Mädchen, und der Himmel sende ihr jemand zu, der würdig ist, sie zu lieben. O, ich glaubte Wunder wie ich wieder zu Verstande käme. Mein Kopf, der eine Weile ganz aus dem Spiel geblieben war, fing seine alten Bosheiten wieder an und hielt es für eine Bagatelle, auch mit diesem Gefühl fertig zu werden. Erkenne dich selbst! triumphirte er. Du bist nur eine Zeit lang hinters Licht geführt worden von einer armseligen Maskerade. Die Maske fällt, und alles wird nüch= tern, und du wachst aus deinen Täuschungen auf.

O über den hochmüthigen Schächer! Was half ihm
sein Raisonniren? Hier innen, da trug ich dich
leibhaftig, Zug für Zug, so wohlbekannt und doch
so unergründlich, und es war mir, als hörte ich
dich den überklugen Freudenverderber auslachen mit
deinem hellsten Mädchenlachen, und mein ganzes
Herz lachte mit, und ich wußte, daß ich gesund ge=
worden. Glaube es, mein Junge, wenn ich nicht
umkehrte und dir zu Füßen stürzte, so geschah es
nur, weil ich dachte, nun wäre die Reihe, zu ver=
zweifeln, an m i r, zur Buße für meine alte Schuld.
Lieber Freund, — und er wandte sich zu mir —
habe ich denn recht gehört, daß sie im Fieber mei=
nen Namen gerufen hat?

Ihr seid und bleibt unverbesserliche Ideologen,
zürnte die edle Wittwe. Was predigt Ihr da in
Eurem abscheulichen Deutsch eine halbe Stunde lang?
Wenn ich ein Mann wäre und hätte das Recht
erhalten, diesen Mund zu küssen, kein Wort sollte
eher aus dem meinigen, und säße mir ein Sonett
auf der Zunge, das Petrarca's würdig wäre.

Er sah die Eisernde lächelnd an. Langsam ging
er ans Sopha und setzte sich neben die Geliebte.
Kind, sagt er, „ich sterb' um dich!" Sie sahen
einander mit vollem Glanz des Glückes in die Augen
und schwiegen. Dann stand Franz auf, umarmte
Leonardo und sagte: Wir wollen gehen. Es ist
spät, und dies ist ein Krankenzimmer. Und wenn

ich morgen zu dir komme — wirst du es nicht ver-
schlafen haben?

Sie antwortete ernst: Nicht im Tode verschlief'
ich es, daß du mich liebst!

––––––

Wenige Tage darauf saß ich am Vormittag in
dem dämmerhaften stillen Zimmer der Signora Eugenia mit ihr allein. Sie lag wieder, wie sie
pflegte, in eine ehrwürdige Kugel geballt in der
Sophaecke, Aristodemo ihr zu Füßen. Wir waren
alle drei sehr betrübt.

Sie haben gutes Reisewetter, sagte ich endlich.
Der Himmel ist bewölkt, und der Wind regt sich
seit Wochen zum erstenmal. Apropos, da habe ich
noch meine Bestellung an Freund Aristodemo vergessen. Diesen Kuchen schickt ihm Carlotta.

Welch ein Herz! seufzte die edle Wittwe. —
Nach einer Pause: Sie hätten hier bleiben und in
Florenz Hochzeit machen sollen. Wie kann man sich
freuen, wenn man friert?

Werthe Freundin, sagte ich, in unserer Heimath
blühen jetzt, ohne Uebertreibung, die Rosen im
Freien. Und dann, er mußte nach Hause, ich rieth
ihm selbst dazu. Die Stadt, wo er lebt, ist eine
Art Republik. Nun sind sie auf den Gedanken gekommen, ihre Verfassung zu ändern, und haben
ihm geschrieben, daß man ihn in den Ausschuß

gewählt habe. Nichts konnte sich glücklicher treffen, um jeden Rest seines alten Uebels aus ihm wegzutilgen und ihn vollends dem Leben wiederzugeben.

Muß denn gleich wieder gearbeitet werden? sagte sie zürnend. Freilich, es mag sonst wohl bei Euch nöthig sein gegen das Frieren. Aber wer diesen Schatz heimbringt — er sollte sich schämen, nicht die Welt darüber zu vergessen.

Darauf lag sie eine Weile mit geschlossenen Augen, und sprach dann, sie öffnend und feierlich in die Höhe blickend, folgende Verse:

> O lieblich war die Zeit, da wir sie hatten,
> Holdselig wie der Hauch der Morgenröthe!
> Wie junger Lerchen silbernes Geflöte,
> Scheucht' ihre Stimme dieses Lebens Schatten.
>
> Und so wie Dämm'rung lagert auf den Matten,
> Umgab Geheimniß sie. Den Reiz erhöhte
> Ein stiller Gram um jugendliche Röthe,
> Und auch ihr Leid kam unsrer Lust zu Statten.
>
> Nun schwand sie weg. Die Schleier sind gefallen,
> Der grelle Tag sieht stumm in mein Gemach,
> Der Abend naht, mit ihm die Nachtigallen.
>
> Umsonst! Und ahmte selbst die Muse nach
> Der lieben Stimme Klang — ach, in uns allen
> Bleibt eine Sehnsucht nach der Lerche wach!

Helene Morten.

1857.

Mitten aus der weiten Ebene des Bruchlandes erhebt sich, von Osten nach Westen gelagert, ein schmaler Hügelrücken, von kräftigen Kiefern bestanden. Wer die mäßige Höhe erreicht hat, wird bald gewahr, daß er sich auf einer Insel befindet. Denn der stattliche Fluß, der die unabsehliche Fläche des Wiesen- und Kernlandes durchwallt, hat sich links und rechts am Fuß des kleinen Waldgebirges sein Bett gewühlt, und die beiden Arme vereinigen sich erst wieder einige Stunden weit unterhalb am westlichen Ende des Hügeleilandes, um nun den Zufluß der hundert Kanäle, die das Bruch durchschneiden, mit plötzlicher Wendung nach Norden zu führen.

Die leichten Septembernebel dampften schon über den Wiesen, und die Sonne stand tief, als ich auf dem Straßendamme, der eine Stunde weit die Niederungen überbrückt, zwischen den Reihen uralter Weiden hinschritt. Ehemals hatte der Wanderer zu beiden Seiten durch ihre Stämme auf stille, unfruchtbare Sümpfe geblickt, während jetzt der Segen der Heuernte, in großen Schobern aufgeschichtet, aus der Ferne fast wie ein regelmäßig aufgeschlagenes Feldlager sich ausnahm. Rinder weideten mit Geläut an den Wiesenrainen, Hirtenfeuer loderten hie und da auf Rebenzweigen des Dammes, und am Horizont blitzten die Wetterhähne der Kirchen kleinerer Oerter.

Als ich aus der Weiden-Allee heraustrat, lag der waldige Hügelrücken seiner Länge nach vor mir, nur der Fluß war dazwischen und die starke Holzbrücke, in welche der Damm ausläuft. Gegenüber am Fuß der Höhe liegt ein Fischerdorf. Die Fläche des Wassers selbst war völlig öde, fast zugewachsen mit Mummeln und Schlammpflanzen, von kaum merklichem Fall; denn die Kahnschifffahrt hat den andern Arm jenseit der Höhen erwählt und diesen nördlichen den Fischern überlassen. Hieher wandern denn, wie ich mir hatte sagen lassen, an schönen Sommerabenden die Bürgerfamilien der nächsten Ortschaften, die fetten Bauern des Bruchs und die Kurgäste eines nahegelegenen Bades, um Fische zu essen und von der Höhe herab sich der Aussicht über die Kornkammer des Landes zu erfreuen.

Es war auch heute in dem Wirthshaus neben der Brücke lebendig genug. In einem Saale wurde getanzt, in den Lauben vor dem Hause getrunken und geschwatzt, der Berg dahinter war laut und bunt von jungen Leuten beider Geschlechter, die sich

durch lebhafte Spiele und ein Kreuzfeuer kleiner
Zärtlichkeiten gegen den immer empfindlicher heran=
fröstelnden Abendwind zur Genüge verwahrten. Um
jener sentimentalen Langenweile nicht zu verfallen,
die in solchem Gewühl den Fremden heimzusuchen
liebt, bestellte ich, ohne mich viel im Hause umzu=
sehen, mein Zimmer für die Nacht und ging wieder
an den Fluß hinaus mit dem Vorsatz, seinem Ufer
entlang die Insel noch eine Strecke weit zu durch=
forschen, da ich am andern Morgen quer über ihren
Rücken weiter zu wandern gedachte.

Schon von jenseits des Stromes war mir, einige
tausend Schritte vom Wirthshaus und den Fischer=
hütten entfernt, ein Haus, mitten aus einer Schilf=
und Gartenwildniß hervorblickend, durch einen selt=
samen Anstrich von Verwitterung und Verlassenheit
aufgefallen. Es war das einzige am Uferrand, aus
dessen Schornstein kein Rauch aufwirbelte. Aber
mehr als dieser zufällige Umstand befremdete mich,
im Gegensatz zu der höchst ländlichen Bauart der
übrigen Häuser, eine steinerne, auf Pfeilern ruhende
Veranda, die leer und traurig zwischen den wild=
aufgeschossenen Stauden in den Fluß hinabsah. Im
Wirthshaus, wo ich Auskunft darüber zu erhalten
dachte, wurde mir in der Hast des Hinundherlaufens
nur hingeworfen, daß man das abgelegene Haus
den Fährkrug nenne. Bevor hier die Brücke ge=
baut worden, sei eine Fähre an jener Stelle über

den Fluß gegangen, und die Fische, die man jetzt
bei ihnen esse, habe damals der Wirth des Fährkrugs gefangen. Seitdem sei die Wirthschaft ein-
gegangen.

Ich war bald selbst an Ort und Stelle. Die
Fahrstraße, die über die Berginsel hinläuft, führt
unweit an dem einsamen Gehöft vorbei. Mich wunderte jedoch, daß von ihr aus kein Weg, nicht einmal ein Fußpfad, bis an das alte Hofthor des
Fährkrugs sich abzweigte. Ja einige Spuren zeigten,
daß man absichtlich den alten Weg hatte verwildern
lassen, und eine Gruppe von jungen Fichten, welche
die Aussicht nach dem Hause zum Theil verdeckte,
schien auch gepflanzt, um die verödeten Baulichkeiten
völlig abzuscheiden.

Nun verließ ich die Landstraße und schlug mich
durch hohes Gras und Nesseln nach dem Hause
durch. Die Thür in der Giebelfront war verschlossen,
dagegen der Zugang zur Veranda frei; denn die
eisernen Geländer, die den tiefen, längs der Vorder-
seite des einstöckigen Gebäudes hinlaufenden Pfeiler-
gang verschlossen, waren zum Theil ausgebrochen,
zum Theil verbogen. Eine schaurige Moderkühle
empfing mich, als ich die Fliesen dieser Vorhalle
betrat. Man sah zwischen den theilweise ihres Be-
wurfs entkleideten viereckigen Pfeilern in ein pflege-
los wucherndes Gärtchen hinaus, das sich zum
Fluß hinabsenkte und im hohen Schilf auslief.

Malven schwankten zwischen den breiten Gebüschen
des spätblühenden Phlox mager hin und her, auf
den Beeten vermoderte der Blätterabfall vieler
Herbste, und wie der Wind zwischen den kahlen
Fliedersträuchen hereinstöberte, bewegten sich lang=
sam die schweren Hängeweiden, und klapperten die
Köpfe eines verwahrlosten Mohnfeldes trocken gegen
einander. Am andern Ende des Pfeilerganges war
die Aussicht offen. Die Eisenstäbe der Brüstung
hielten noch zwischen Wand und Eckpfeiler, und
man bedurfte der Schranke wohl, denn senkrecht
stieg die Grundmauer der Terrasse hinab, und ein
sorgloser Wanderer wäre, ohne jene Warnung, in
das üppige Nesselfeld hinuntergestürzt, das an der
Stelle eines früheren Gemüsegartens sich dort un=
gehindert fortpflanzte. Darüber hinaus aber öffnete
sich der Blick bis zu den Ausläufen der Höhen
über den trägen Strom zu Füßen, links die Fläche
des Bruchs mit ihren herbstkräftigen Farben, rechts
die Steile des Inselgebiets, das in dunkler Sil=
houette gegen die reine Pracht des Abendhimmels
abgeschattet emporwuchs.

Da stand ich und vertiefte mich eine Zeitlang
in die Melancholie der Einsamkeit. Kein Vogel
sang, kein Heerdengeläute drang zu mir. Nur die
Frösche schrieen so betäubend, daß man es zuletzt
gar nicht mehr vernahm, und dann und wann
gluckste das Wasser am Ufer, wenn einer der lauten

Sänger aus dem Schilf in die Tiefe sprang. Der Wind stand mir entgegen: sonst wäre die Musik aus dem Wirthshause wohl vernehmlich gewesen. Ich lauschte. Im Hause war es todtenstill. Keine Maus raschelte durch die Räume. Und wie ich jetzt, von der feuchten Zugluft in der Halle belästigt, wieder zurückging und in die Fenster zu sehen mich bemühte, fiel es mir seltsam auf, daß alle Scheiben gleichmäßig erblindet waren, wie wenn eine dicke Kruste Staubes sie von innen überzogen hätte.

Die Thür, die aus dem Innern nach der Veranda hinausging, fand ich verschlossen, und mir blieb nichts übrig, als um das Haus herum dem Hofthor zuzuschreiten. Ich bog die Fichtenzweige zurück und stieß die unverriegelten Thorflügel auseinander. Da lag, gelinde bergansteigend, der öde Hof vor mir, theils von einer hohen, schiefgesunkenen Mauer, theils von Ställen und Scheuern eingefaßt, deren Thüren entweder fehlten, oder halb offen, morsch in den Angeln hängend, die leere Dunkelheit im Innern zeigten. Als seien Jahre vergangen, seit der Krieg über dieses Gehöft hinweggestürmt, und kein menschlicher Fußtritt wieder über die Stätte des Raubes gewandelt. Auch auf dieser Seite des Hauses sahen mich alle Scheiben grau und blind an; doch war keine einzige zerbrochen, und wie ich an den hölzernen Brunnen trat,

gewahrte ich mit noch größerem Erstaunen, daß er
erst unlängst neu angestrichen sein müsse. Ich bewegte ohne Mühe den langen Schwengel, und das
reinste Wasser rauschte aus der Mündung nieder.

War das Haus dennoch bewohnt? oder, wenn
es leer stand, warum fand sich Niemand, vor dem
gänzlichen Verfall wenigstens das Material an sich
zu bringen und zu nutzen? Oder trieb hier ein
Spuk sein Wesen? Klebte Blut und Fluch einer
dunkeln That an der Schwelle dieser Thür und
scheuchte die Kauflustigen zurück?

Das offenstehende Scheunenthor, vom Winde ge-
rüttelt, knirschte und stöhnte heiser über den öden
Hof, und so spukfest ich mich glaubte, schien es
mir dennoch zuträglich, das unheimliche Revier zu
verlassen. Ein offenes Pförtchen führte zwischen
den Ställen hindurch bergan in den Wald. Denn
bis dicht an das Gehöft stiegen die Kiefern hinab
und warfen ihre langen Schatten über die alten
Strohdächer. Ich schritt den Pfad hinan, mit dem
Winde kämpfend, und stand oft still, um in die
Ebne hinabzusehen. Die letzte Sonne lagerte über
dem Bruch, und auf dem Damme standen die
Weiden wie im Feuer. Desto grauer sah der Fährkrug mit dem weiten Viereck der Wirthschaftsgebäude
zu mir herauf.

So war ich etwa bis zur Hälfte der Höhe ge-
langt, als ich unweit vor mir mitten auf dem

Wege eine Gestalt im Mantel gewahrte, die auf einem Feldstuhl saß und, wie es schien, ein Zeichenbuch aufgeschlagen auf den Knieen hielt. Die beiden Arme ruhten nachlässig darauf, das Gesicht verbarg mir der aufgerichtete Mantelkragen und ein breiter Mützenschirm, die es gegen den Wind verwahrten. Der Einsame schien in tiefe Gedanken versunken. Denn als mein Schritt plötzlich zu ihm hin klang, fuhr er wie erschreckt zusammen. Von der hastigen Geberde, mit der er sich umwandte, entglitt das Buch seinen Knieen, fiel zu Boden, und ehe es der ängstlich unbehülflichen Hand gelang, es festzuhalten, fuhr es auf den glatten Nadeln des Abhanges hinab, bis eine große Baumwurzel seinen Weg hemmte. Mit einem kläglichen Ausdruck der Hülflosigkeit stand der Alte — denn nun sah ich sein schneeweißes Haar — am Rande des Abhangs und streckte unwillkürlich beide Arme nach der Tiefe hin. Darauf machte er selber mühsam Anstalten, seinem Verlust nachzuklimmen. Ehe er aber noch den Fuß auf den schlüpfrigen Grund gesetzt hatte, war ich schon unten und hatte mich des Buches bemächtigt. Ich sah den Alten eifrig herunterwinken, und auf seinem Gesicht lag noch immer eine ängstliche Spannung, eine flehentliche Aufregung. Wäre ihm ein Kind hinabgestürzt, er hätte nicht mit ungeduldigeren Blicken fragen können, ob es sich keinen Schaden gethan habe. Indessen rief ich ihm

entgegen, daß sein Buch unversehrt sei, schlug es
im Hinaufklettern zu und las dabei auf dem alten
Ledereinband einen halbverblichenen goldgedruckten
Frauennamen. Das schien ihn vollends zu beunruhigen. Eilen Sie! rief er mir zu, ohne das
geringste höfliche Wort für den kleinen Dienst an
mich zu wenden. Ich eilte, so viel die Steile zu-
ließ, und noch eh ich vollends hinaufgekommen war,
reichte ich ihm das Buch in die weitausgestreckten
Hände. Er nickte kurz und wendete rasch Blatt
für Blatt um, und ich hörte ihn erst beruhigt auf-
athmen, als er auch das letzte unversehrt gefunden.
Ich danke! sagte er jetzt flüchtig und ohne mich
anzusehen. Dann klappte er den Feldstuhl zusammen, verwahrte das Buch unter dem Mantel
und ging, leicht seine Mütze lüftend, mit unsicheren,
langsamen Schritten den Weg hinab, den ich gekommen war.

Ich blieb stehen und sah ihm befremdet nach.
Er ging offenbar nach dem Fährkrug, denn in dieser
Richtung lag kein anderes Haus. Und was suchte
er dort? Und was hatte er hier gesucht? Denn
vergebens sah ich mich nach einem Punkte um, der
die Aufmerksamkeit eines Malers verdient hätte.
Die einförmige Fläche des Bruchs mußte, von hier
aus überschaut, dem Auge eines Landwirthes er-
freulicher sein, als einem Landschaftsmaler. Den
Hütten unten sah man auf die Dächer, der Fluß

bot wenig Abwechslung, und nicht einmal die Kiefern bequemten sich, in eine ansehnlichere Gruppe zusammenzutreten. Auch ließ das ganze Wesen des Alten nichts weniger als einen Maler vermuthen.

Wie ich so stand und dem Räthsel nachsann, sah ich im Sande, wo er gesessen, einen Bleistift liegen, den er offenbar bei seinem hastigen Rückzug vergessen hatte. Ich hob ihn auf und ging dem Alten nach. An einen Baum gelehnt fand ich ihn bald; er schien neue Kräfte zu sammeln. Als ich ihm den Stift gab und ihn fragte, ob ich ihm meinen Arm anbieten dürfe, um bequemer hinabzusteigen, sah er mir schweigend eine Weile ins Gesicht und sagte dann:

Sie haben den Namen auf dem Buch gelesen!

Ja, sagte ich, als ich den Deckel schloß, fiel er mir von selbst in die Augen.

Sie kennen mich also —

Einen Frauennamen las ich, der mir nicht ganz fremd ist. Wenigstens hörte ich ihn, als ich mich einst in N** aufhielt, — und ich nannte eine Hafenstadt an der Ostsee. Ohne Ihre Frage hätte ich dem Namen nicht wieder nachgedacht. Sie selbst, mein Herr, sind mir völlig unbekannt.

Was sagte man Ihnen damals von der Frau, die jenen Namen trug? Was es auch gewesen sein mag, die Wahrheit war es nicht.

In der That, erwiederte ich, nur einige Züge

einer wundersamen Geschichte sind mir im Gedächt
niß geblieben. Ein Krankenhaus in jener Stadt
heißt das Helenenhospital. Sie soll eine schöne
Frau gewesen sein, die nicht glücklich war und
jung starb.

Nicht glücklich! Nicht glücklich! wiederholte er,
und seine Wange färbte sich leicht. Es zuckte um
seinen Mund, als drängten sich ihm Worte auf die
Lippen, die er gewaltsam wieder in sein Inneres
verschloß. Dabei traf mich ein kurzer, halb scheuer,
halb unwilliger Blick, daß mich meine arglose
Aeußerung tief gereute. — Eine Pause trat ein.

Sie haben ihr nahe gestanden, fing ich wieder an.

Sie war mein Weib, antwortete er still vor
sich hin.

Ich betrachtete schweigend sein Gesicht, das mir
nur halb zugekehrt war. Die welken Züge waren
fein und regelmäßig, die Augen weiblich sanft, der
Mund gütig und traurig. Schlichtes, weißes Haar
lag um die Schläfen, wohlgehalten, wie auch der
Anzug des Alten unter dem Mantel die größte
Sauberkeit zeigte. Er hielt sich trotz seiner Jahre
aufrecht, und nur im Gehen verrieth sich die Schwäche
seines Alters. Endlich sah er aus seinen Gedanken
auf und sagte:

Ich nehme Ihren Arm an. Der Schrecken, als
ich das Zeichenbuch fallen sah, zittert mir noch in
den Gliedern. Gehen wir, wenn es Ihnen gefällt.

Wohin? fragte ich.

In den Fährkrug hinunter. Ich wohne dort.

Wie halten Sie es aus in jener trostlosen Ein=
öde? sagte ich, während wir hinabstiegen. Für
eine Sommerwohnung scheint mir dort gerade Alles
zu fehlen, was man sucht, wenn man der Stadt
entflieht.

Sie haben Recht, erwiederte er. Ich aber stehe
in meinem Winter und suche keine Sommerfreuden
mehr. Es sind nun fünf Jahre, seit ich diese Zu=
flucht besitze und meine ganze irdische Welt von den
beiden Armen des Flusses eingeschlossen ist. Seit=
dem habe ich Ruhe.

Und Sie überwintern sogar da unten?

Ich habe meinen Ofen, meine Bücher, meine
Erinnerungen. Die Leute im Wirthshaus drüben
sorgen für meine wenigen Bedürfnisse. Was fehlte
mir weiter?

Und Menschen?

Ich hasse sie wahrlich nicht, aber ich brauche
sie nicht. Meine Verwandten fragen mir nicht
mehr nach, seit sie mich bei meinen Lebzeiten be=
erbt haben. Und wenn die Stille um mich her ja
einmal zu drückend wird, gehe ich zu dem alten
Wirth hinüber, und wir sprechen eine halbe Stunde
zusammen.

Wie aber, wenn Ihnen, so abgeschieden und
hülflos, ein Unfall zustieße?

Dafür ist vorgesorgt, sagte er mit einem wundersamen Lächeln; das Liebste, was ich habe, wird in Sicherheit gebracht werden. Es müßte denn ein Blitz mich treffen oder ein unerwarteter Schlag ins Gehirn — was Gott in Gnaden verhüten möge!

Seine letzten Worte waren mir dunkel, doch wagte ich nicht zu fragen und führte ihn sorgsam den Rest des Weges hinunter. Inzwischen war die Sonne hinter den Hügel gegangen und der weite Hof, den wir jetzt betraten, lag schon tief dunkel, während draußen über den Wiesen noch eine Helle spielte. Ich war gefaßt darauf, an der Thür des Hofes, oder jedenfalls des Hauses, verabschiedet zu werden. Statt dessen ließ der Alte seinen Arm auf meinem ruhen, öffnete die festverschlossene Pforte, und wir traten in den dunklen Hausflur und links in ein wohnlich eingerichtetes Zimmer, in das durch die blinden Scheiben eine spärliche Dämmerung fiel.

Zwei Kerzen standen auf dem Tisch in der Mitte. Er zündete sie an und warf sich erschöpft, im Mantel wie er war, in einen Sessel. Keine größere Ueberraschung kann gedacht werden, als ich sie bei einem flüchtigen Umblick in dem Gemach empfand. Ich war im Fährkrug, in demselben Hause, das, von außen gesehen, wie eine Herberge für Gespenster erschien, der langsamen Zerbröckelung durch Zeit und Elemente gleichgültig überliefert. Und nun umgab mich Alles, was die Wohnung eines Einsamen

behaglich machen konnte. Dort im Winkel ein schönes
altes Clavier mit vergoldeten Füßen, an der Wand
eine Büchersammlung in zwei schwarzen Glas=
schränken mit Marmorplatten bekrönt, neben dem
Fenster hier eine Staffelei, der Malstock lehnte noch
daran, große Epheugitter verstellten das andere
Fenster, und die Scheiben, wie ich jetzt deutlich
sah, waren nicht vom Staube getrübt, sondern aus
grauem Milchglas. Die wenigen Kupferstiche an
den Wänden konnte ich nur von ferne mustern,
denn der Alte saß bewegungslos und ich wagte
nicht, ihn zu beunruhigen. Viele Bücher lagen
aufgeschlagen auf dem Tisch, den ein schwerer Teppich
bedeckte. Der kostbare Stoff schien sehr alt, die
Farben verschossen, wie denn überhaupt die ganze
Einrichtung des Zimmers einer verschollenen Zeit
angehörte. Langsam ging der Pendel einer schweren
Wanduhr hin und her, und der Holzwurm pickte
im Gebälk der weißgetünchten Decke. Ich fühlte
mich beklommen und wußte nicht, ob ich bleiben
oder gehen sollte. Endlich glaubte ich an den tiefen
Athemzügen des Alten zu hören, daß er in Schlum=
mer gerathen sei, und entschloß mich, ihn behut=
sam zu verlassen. Ich hatte schon den Thürgriff
gefaßt, als er aufsah, ohne ein Wort zu sagen
eine Kerze ergriff und mir nachkam. Er öffnete
selbst die Thür, leuchtete mir durch den Flur, und
nachdem wir eine einsilbige Gutenacht und einen

fremden Händedruck getauscht hatten, fand ich mich
wieder allein draußen im Hof und hörte hinter mir
zuschließen und den räthselhaften Mann langsam in
sein Zimmer zurückschleichen.

Wäre nicht durch die matten Scheiben der Schein
der Kerzen in die Nacht hinausgedrungen, ich hätte
Alles für einen Spuk meiner eigenen Sinne gehalten. Es war wieder lautlos still im Haus. Von
ferne aber hörte ich einzelne Klänge der munteren
Tanzmusik herüberwehen, und ich gestehe, daß mir
das Bewußtsein, fröhlichen Menschen nahe zu sein,
jetzt eine Wohlthat war. Eilfertig machte ich mich
auf den Heimweg, schlüpfte durch das Hofthor ins
Freie und gewann die Fahrstraße. „Helene Morten," sagte ich für mich selbst und mühte mich ab,
das zerrissene Gewebe meiner Erinnerungen, die
an diesem Namen hingen, wieder zusammenzufügen
und zu verknüpfen. Vergebens. Ich wußte nur,
daß damals in einer Gesellschaft hin und her über
diese Frau gesprochen und gestritten worden war.
Da sich Niemand fand, mir, dem einzigen Fremden, die Thatsachen selbst zu erzählen, hatte mich
das Gespräch wenig angezogen. Eine meiner Nach-
barinnen vertröstete mich darauf, daß sie mir von
der unglücklichen Schönen das Weitere nächstens
erzählen wolle. Leider mußte ich die Stadt früher,
als ich gerechnet hatte, verlassen.

Die kleine Tochter des Wirths begegnete mir

mitten auf der Straße. Wohin, Kind? frug ich sie. — Zum alten Herrn im Fährkrug, sagte das Mädchen. Ich bringe ihm alle Abend und Mittag das Essen hinüber, und heute von unserm Kuchen. Kennen Sie den alten Herrn? — Nicht viel, mein Kind. Fürchtest du dich nicht in den einsamen Hof zu gehen? — Es ist Niemand da, als der alte Herr. Was sollte mir geschehen?

Sie glitt an mir vorbei und verschwand hinter den Fichtenbäumchen. Ich aber langte in meinem Wirthshause an und trat in den Saal, wo man eine Art Kirchweih zu feiern schien. Bauernsöhne und junge Handwerker aus der Umgegend tanzten und stampften, daß die Fenster klirrten: die vornehme Welt aus dem Badeorte drüben hatte sich wohl schon lange zurückgezogen und die Lauben den ausruhenden Paaren überlassen. Das Gewühl und die ungebundene Lustigkeit erquickten mich nach dem seltsam gedämpften und verschleierten Bilde, das ich eben verlassen hatte. Hier die volle, übermüthige Freude und die derbe Jugendkraft, drüben ein still hinwelkendes Dasein, von der Welt zurückgeflüchtet hinter bleiche, undurchsichtige Scheiben.

Ich hatte dem Tanz eine Zeitlang zugesehen, als das kleine Mädchen hereinkam, und sich durch die wirbelnde Gesellschaft zu mir hin drängte. Der alte Herr läßt Sie fragen, sagte das Kind flüsternd, ob Sie nicht noch einmal zu ihm kommen wollten. —

Der alte Herr?

Ja, im Fährkrug. Sie müssen ihn doch gut kennen, denn er läßt sonst nie Jemand zu sich ins Haus. Der Vater sagt, Sie wären am Ende ein Pfarrer. Aber kommen Sie schnell.

Ist er krank geworden?

Er war sehr unruhig und ging immer auf und ab.

Das Kind führte mich hinaus, huschte dann von mir weg und ließ mich allein meinen Weg antreten. Die Nacht war kalt, aber windstill und sternenklar. Schwarz lag der Hügelrücken mit den Bäumen zur Rechten, die Ebene links wie ein zu Füßen einer waldigen Klippe erstarrtes Meer; denn die Heuschober tauchten wie Reihen plötzlich versteinerter Wellen aus dem Grunde auf. Nichts Lebendiges ringsum, als die Fledermäuse und der fallende Thau.

Ich klopfte bald wieder an der wohlbekannten Thür des Fährkrugs. Der Alte öffnete und führte mich hinein. Als er mir die Hand bot, fühlte ich an ihrem Druck, daß er aufgeregt war, wovon ich in seinem Gesicht freilich keine Spur zu entdecken vermochte. Ein Feuer war inzwischen im Ofen angezündet worden, und das Zimmer empfand bereits die Wohlthat der Flamme. Ich sah den Korb mit Eßwaaren, den die Kleine gebracht, unberührt unter einem Sessel stehn, sonst Alles, wie ich es kurz vorher verlassen hatte. Der Alte selbst, nachdem er mir stillschweigend den Platz am Tische angewiesen und die Bücher zurückgeschoben hatte, ging, die Hände in den Taschen seines langen Hausrocks, ein paarmal das Zimmer auf und ab und schien offenbar um das erste Wort verlegen. Endlich sagte er, ohne seinen Gang zu unterbrechen:

„Verzeihen Sie, daß ich Sie noch so spät belästigt habe. Ich bin noch nicht so lange von den Menschen entfernt, daß ich alle Höflichkeit verlernt haben dürfte. Aber Sie sind zum Theil selbst Schuld daran. Sie haben ein Wort fallen lassen, das mich um meine Nachtruhe zu bringen droht. Ich habe es in langen Jahren nicht wieder aussprechen hören und mir zuweilen eingebildet, es sei verschollen. Nun erkenne ich, daß die alte Lüge unsterblich ist.

Ich sah ihn fragend an.

Sie sagten, fuhr er fort, und seine Stimme klang bewegt, daß Helene Morten nicht glücklich gewesen sei. Sie haben es Andern nachgesprochen. Es läge mir viel daran, Jemand zu wissen, der, wenn in Zukunft diese Rede wieder geht — und sprechen wird man von Helene Morten, so lange Menschen leben, die sie als Kinder nur einmal an sich vorübergehen sahen — der, sag' ich, dann auftreten kann und zeugen, daß diese Frau nicht unglücklich war. Oder halten Sie Jemand für unglücklich, der wie ein Held gestorben ist?

Antworten Sie noch nicht. Sie sollen erst urtheilen, wenn Sie Alles wissen.

Er ging an eines der Fenster, die nach dem Fluß lagen und öffnete es rasch. Was sehen Sie? sagte er.

Ich sehe in die Veranda hinaus, und die Malven im Gärtchen.

Der Anblick ist nicht schön, sagte er und nickte mit dem Kopf. Es hat auch Zeit gehabt, zu verwildern. Als ich vor dreißig Jahren da saß, wo jetzt Ihr Sessel steht, im Sommer, und durch die offenen Fenster hinaussah, standen die Pfeiler sauber und trugen stattlich das Dach, zu dem der wilde Wein hinaufgerankert war. Der Garten dahinter war voller Blumen, der Fluß nicht so verschilft, wie heut; denn wo jetzt eine zähe Decke von Wasserlilien sich ausbreitet, ging die Fähre hin und her, und von ihrem Landungsplatz an der Insel führte ein reinlicher Weg gerade hinauf durch den Garten in dies Haus. Und eines Tages — ich war vom Bade herübergekommen — saß ich, wo Sie eben sitzen, und mir war wohl, und ich sah gedankenlos in den Tag hinaus. Da tauchte plötzlich ein Mädchenkopf zwischen den beiden mittleren Pfeilern auf und nun die ganze Gestalt, und gleich darauf hörte ich die Stimme, die ich seitdem Tag und Nacht nicht vergessen habe. Das war sie, dort, wo ich mit dem Finger hindeute, und hier trat sie in die Thüre, und dort stand der Tisch, auf den sie ihren Strohhut legte — und hundert Schritte vom Hause unten am Flusse war's, wo sie mir drei Wochen später sagte, daß sie mein sein wolle. Keiner kann die Stelle mehr betreten; das Fleckchen Ufer ist eingesunken, und das Wasser geht jetzt darüber.

Er schloß das Fenster wieder und trat seinen Gang von Neuem an. Dann fuhr er fort mit ruhiger Stimme, und ich sah, daß es ihm keine Ueberwindung kostete, das Vergangene heraufzubeschwören, daß es ihm eher wohlthat, einmal wieder den Namen zu nennen; denn er nannte ihn geflissentlich oft, und seltsam, meist mit dem seinigen zusammen.

Damals war sie sehr jung, sagte er. Wie ihr Gesicht war, kann ich Ihnen nicht beschreiben. Ich weiß nicht, ob man es schön fand. Es waren die lachenden Züge eines Kindes, und die Augen eines ernsthaften Knaben, Augen, die schon Alles ahnten, was das Ohr noch nie gehört und der Kopf noch nie begriffen hatte. Ihre Gestalt war nicht groß, sie schwebte, wenn sie ging, sie stützte gern die Stirn mit der Hand, wenn sie saß. Wenn sie sprach, war es rasch und heimlich, und oft lachte sie, wenn ihr Geist seine Funken warf; aber saß sie am Clavier und sang, so war es immer langsam und ernsthafte Melodieen, und oft brach sie mitten im Singen ab und stand auf mit nassen Augen. Sie schalt dann, es sei eine körperliche Schwäche, und nie sang sie vor mehr als Zweien. Wer es je gehört hatte, vergaß es nicht wieder.

Sie wußte viel und lernte noch immer, aber man erfuhr es nicht, außer daß sie Alles verstand, was gesprochen wurde, entlegene Dinge, die mir gänzlich fremd waren. Sprach sie selber, so war es mehr wie ein Spiel, ein Geplauder, um Jeden heiter zu machen, der um sie war, ohne mit einer Silbe zu verrathen, was sie Alles gelesen und gelernt hatte. Aber die gelehrtesten Männer sah ich alle anderen Gespräche im Stiche lassen, um mit ihr zu plaudern: und alle Schönheiten in einem Saale verblaßten plötzlich, wenn sie hereintrat. Man sah immer nur auf sie; aber sie wußte die Frauen eben so zu gewinnen, wie die Männer, und keine blieb ihr unversöhnt, der sie Anfangs im Wege zu stehn geschienen hatte.

Glauben Sie nicht, daß ich so bald wußte, was ich an ihr besaß. Ich war damals schon an der Grenze der Vierziger und ein leidenschaftlicher Kaufmann. Mein Comptoir, meine Schiffe, meine überseeischen Verbindungen — das war all mein Leben, und war es gewesen, seit ich selbstständig geworden. Ich galt in meiner Stadt für einen der Gebildetsten, obwohl es auf einige armselige Weltkenntniß hinauslief, die ich mir auf Reisen erworben hatte. Doch war ich für den Schein der Bildung nicht unempfindlich, und als ich meine junge Frau heimgeführt hatte und mein Haus bald Alles versammelte, was ein wenig Geist oder Geschmack verweisen konnte, wiegte ich mich bequem in dem Lichte, das von alle dem auf mich zurück fiel. Aber seltsam, während sich Jedermann bemühte, Helene Morten die Kreise ihrer Vaterstadt vergessen zu machen, verlor sie mehr und mehr den Geschmack an den neuen Menschen. Wir wollen für uns bleiben, sagte sie zu mir; sie betäuben mich, diese klugen Leute; ist das Geist, was so viel Lärm macht? Und wer das Schöne liebt, kann der es in Worte fassen wollen? Wer hat sie nur zu dem Glauben gebracht, daß ich eine gelehrte Frau sei?

Es war mir nicht unlieb, daß wir uns nun zurückzogen. Denn obwohl mir kein Schatten von Eifersucht je über die Seele gefallen war, war ich doch klar genug, zu sehen, daß ich neben Helene Morten völlig verschwand. Sie wissen, was das heißt, der Mann seiner Frau zu sein. Es hätte mich zuweilen empfindlicher gewurmt, wäre ich nicht ihres Herzens sicher gewesen. Nicht daß ich Zeichen heftiger Leidenschaft bemerkt hätte; doch vermißte ich sie auch nicht. Ich hatte sie zu meiner Abgöttin gemacht und wußte wohl, daß ich ein lächerlicher Narr gewesen wäre, eine Erwiederung dieser Empfindung auch nur für möglich zu halten. Sie war ein unvergleichliches, einziges, unergründliches Wesen, und ich, so geneigt ich war, mich für ganz leidlich zu halten, blieb doch ein gewöhnlicher Mensch, der nur verdiente sie zu besitzen, weil er sich ihr auf Gnade und Ungnade überliefert hatte und jeden Augenblick bereit war, sein Leben für sie zu opfern.

Und es war kein bloßer Vorwand, daß die Gesundheit Helenens sie auf ein stilleres Leben anwies. Sie hatte sich nie geschont, an Alles, was ihr nöthig und wichtig schien, ihre volle Kraft gesetzt. Nun empfand sie es an langen Schlaflosigkeiten, daß sie sich zu hüten habe. Eine Zeitlang sang sie keinen Ton und ließ ihre Staffelei leer an der Wand lehnen. Nur ihre Bücher konnte ich ihr nicht versagen: jedesmal, wenn ich davon anfangen wollte, schlug sie die Augen so kindlich rührend zu mir auf, daß ich schwieg und sie umarmte und sie gewähren ließ. Ich mußte es wohl: welchen Ersatz hatte ich ihr zu bieten? aber mir ahnte es nicht, daß es die reichere Hälfte ihres Lebens war, die sie mit jenem Blick behalten zu dürfen bat.

Sie hatte sonst wenig Wünsche. Diese einfachen Möbel, die Sie hier sehen, standen in ihrem Zimmer. Sie selbst hatte sie ausgesucht und wehrte immer ab, wenn ich sie mit Schmuck und Luxus überschütten wollte. Nichts war mir gut genug für sie, Nichts reich genug. Die Sterne hätte ich ihr vom Himmel reißen und in den Teppich unter ihren Füßen einsetzen mögen. Aber was ich ihr auch Kostbares bringen mochte, sie nahm es freundlich hin, dankte, weil sie meinen guten Willen sah, lobte es und that es beiseit in andere Zimmer, die sie selten betrat.

Ich unseliger Thor! Mit solchem Tand wagte ich ihr zu nahen, in solchem fremden Nichts ihr einen Ersatz zu bieten für Alles, was mir fehlte, um dieses Leben würdig zu schmücken!

Denn ich fühlte es immer erschreckender von Tag zu Tage, daß sie ihr bestes Leben für sich lebte. Wenn ich abgespannt, spät und zerstreut aus dem Comptoir kam und mich ihr gegenüber setzte, nachdem sie die langen Stunden einsam gewesen war — was hätte ich darum gegeben, ihr etwas sagen zu können, was mit ihren Gedanken zusammenklang! Sie selbst fing von diesem und Jenem an, aber sie kam nicht weit. Sie kannte endlich den ganzen Umfang meiner Unwissenheit und Trägheit und vermied es, mir wie Allen gegenüber, sich irgend überlegen zu zeigen. So verbrachten wir — fast verlegen Beide — die Abende einsilbig mit einander. Ich hatte versucht, sie in meine Interessen einzuführen, und mit wie gutem Willen hörte sie mir zu! Aber sie war Besseres gewöhnt als Getreidehandel, Droguen und Gewürze. Ich sah, wie ihre Augen, die fest auf mich gerichtet waren, müde wurden, und brach ab, um sie nicht zu quälen. Nach meinen Reisen frug sie mich. Was aber hatte ich von ihnen heimgebracht? Die Theater kannte ich ein wenig, die Frauen mehr, als ich ihr sagen mochte; von den Zuständen der Länder nur diejenigen, die den Kreis meiner Geschäfte berührten; alle Schätze der Kunst, die die

Fremde besitzt, nur sofern eine kühle Neugier danach fragt. Es entging mir nicht, daß sie nachdenklich, fast traurig wurde, als sie auch an diesen Felsen geschlagen hatte, ohne daß eine frische Quelle ihr entgegensprang. Nun verfiel sie darauf, mir vorzulesen, historische Werke. Ich erkannte ihre unerschütterliche Güte, mit der sie jedes Mittel ergriff, unsere Geister einander zu nähern. Und doch — lassen Sie mich's zu meiner Scham gestehen — einmal überfiel mich der Schlaf, mit dem ich oft gekämpft hatte, wirklich. Als ich endlich aufsah, hatte sie, wohl ohne den Blick von dem Buch zu wenden, weitergelesen, aber ihre Augenlieder waren feucht.

Meine schönen Schiffe waren mein Stolz. Ich überredete sie, das schönste, das eben von einer glücklichen Fahrt wieder eingelaufen war, mit mir zu besehen, und sie schien es gern zu thun, obwohl, als sie im Hafen in das kleine Boot stieg, eine seltsame Blässe ihr Gesicht überflog. Da sie lächelte und scherzte, achtete ich es nicht. Aber noch hatten wir die kleine Strecke auf dem ruhigen Hafenwasser nicht ganz zurückgelegt, so verfärbte sie sich vollends und ich mußte eilig umwenden lassen, um wieder zu landen. Sie war mehrere Tage noch krank davon und gestand mir jetzt erst, daß sie von Kind an jede noch so ruhige Fahrt auf dem Wasser, selbst auf den stillsten Flüssen oder Landseen, mit Unwohlsein habe büßen müssen.

Mit jedem Monat, der nun verging, wurde sie
stiller. Ihr Lachen klang nicht mehr wie sonst, es
war, als würden ihre Augen immer größer, ihre
Stimme dunkler, ihre Bewegungen leiser. Ich sah
das Alles um so trauriger mit an, als ihre Innig-
keit mir gegenüber sich fast zu steigern schien. Wenn
ich sie aufs Aengstlichste, zuweilen in völliger Trost-
losigkeit fragte, ob sie leide, schüttelte sie den Kopf
und umarmte mich. Auch dem Arzt gelang es nicht,
mehr von ihr zu erfahren. Ich glaubte es zu wissen,
was ihr Kummer mache. Sie war im dritten Jahre
mein Weib, und wir hatten kein Kind. Der Arzt
rieth, im nächsten Sommer — denn dieser war schon
zu weit vorgeschritten — ein Bad zu besuchen, und
versprach den besten Erfolg. Sie willigte gern darein,
wie in Alles, was ich ihr vorschlug.

Das war in den letzten Tagen des August. Gerade in dieser Zeit beschäftigte mich ein verdrießlicher
Prozeß, der sich eben entsponnen hatte und wohl
mit den Ausschlag gab, die Reise ins Bad noch ein
Jahr hinauszuschieben. Nach der ersten Besprechung
mit meinem Advokaten lud ich ihn zu Tisch. Er
war ein ernsthafter Mann von wenig gewinnendem
Aeußern, einige Jahre jünger als ich, schweigsam
im Umgang, vor den Richtern höchst beredt, in der
Stadt für einen Sonderling bekannt, da er die Ge-
sellschaften vermied. Auch in unserm Kreise hatte er
sich nie blicken lassen. Als ich ihn zu Tische zu

meiner Frau brachte, bewegte er sich trocken und höflich ihr gegenüber, ja fast glaubte ich zu bemerken, daß er etwas zu überwinden hatte, in ihr Gespräch einzugehen. Der Zwang, wenn er ihn fühlte, gab ihn schon nach wenigen Worten frei. Seine Stirne klärte sich auf, seine Augen wurden lebhaft, das scharfe und eckige Gesicht bekam einen harmloseren Ausdruck. Mir war es nichts Neues, daß Helene Morten das Beste und Menschlichste aus allen Menschen an den Tag lockte. Wir verplauderten ein paar heitere Stunden, und vollends sprang die Rinde von unserm Gast und ließ den verheimlichten hellen Kern erblicken, als wir nach Tische in Helenens eigenes Zimmer gingen, er die Bücher sah, in denen sie den Morgen über gelesen hatte, das lange verschlossene Instrument öffnete und ohne jede Vorrede sich setzte, um zu spielen. Wie verabredet traf er gerade die Sonate, die Helene in ihren liebsten Stunden zu wählen pflegte. Ich beobachtete mein Weib. Sie saß still in der Ecke des Sophas neben mir, ihre Augen lächelten und umflorten sich leise, sie drückte mir unter dem Tische die Hand, ich war lange nicht so glücklich, so beruhigt gewesen, und sie kam mir schöner vor, als je.

Als der Gast aufbrach, bat ich ihn, bald und oft wiederzukommen; und wenn ich noch Geschäfte hätte, mich bei meiner Frau zu erwarten. Er verneigte sich stumm. Wohl zehn Tage vergingen, ehe

er sich wieder blicken ließ. Er hatte inzwischen alle
Papiere, die ich ihm mitgetheilt, durchgearbeitet und
kam zunächst in Angelegenheiten des Prozesses. —

Ich bat ihn zu Helenen zu gehen, bis ich meine
Post geschlossen hätte. Als ich dann selbst hinüber=
ging, fand ich meine Frau in lebhaftem Gespräch
mit dem Doctor — wie er kurzweg im Hause ge=
nannt wurde. Das Gespräch nicht zu unterbrechen,
trat ich an einen andern Tisch, nahm die Zeitun=
gen, blätterte darin, und hörte daneben — mit
welcher Freude! — jenes alte Lachen aus Helenens
Munde, das über Jahr und Tag geschwiegen hatte.
Sie stritten mit einander und schlossen endlich einen
witzigen Vergleich, worauf meine Frau aufstand,
mir die Zeitungen wegnahm und mit den heitersten
Worten mich auf meinen alten Platz neben sich zog.
Des Prozesses wurde kaum gedacht, ich hatte das
vollste Zutrauen in meinen Anwalt und wollte mir
die Freude, Helene lachen zu hören, nicht durch
das armselige Geschäft verderben lassen.

O diese Freude, sie blieb nicht lange ohne einen
trüben Beigeschmack! Was mich anfangs glücklich
gemacht hatte, schnitt mir zuletzt ins Herz. So klein,
so schlecht, so unglücklich wurde ich im Verlauf we=
niger Monate, daß ich meine früheren Sorgen um
Helenens Stille und Blässe zurückwünschte, nur um
dieß Lachen nicht mehr zu hören, das durch die
Macht eines Dritten wieder geweckt worden war.

Denn man gewöhnt sich an Alles, sogar an die eigene Unbedeutenheit. Als sie den Schwarm kluger Schwätzer aus unserm Hause verbannte, triumphirte ich im Stillen und sagte mir: Du bist ihr mehr werth als die Geistreichen! Dann, in unserm Stillleben, nachdem die erste Selbstkränkung überwunden war, — ihr in nichts merkwürdig oder ebenbürtig sein zu können, hatte ich mich auch hierin wie in ein Schicksal gefunden, bis ich mich dann begierig selbst verblendete, den Grund ihrer gedrückten Stimmung in körperlichen Beschwerden zu suchen. Sie hat immer die Muße gehabt, sagt' ich mir, zu lesen und sich Gedanken auszuspinnen. Ich hatte zu thun und bin darum nicht schlechter. Und liebt sie mich nicht? Und bete ich sie nicht an?

Armselige Ausflüchte! Ein unscheinbarer Mensch, der ein paar Mal mit ihr spricht, kann alle versiegenden Lebensquellen in ihr wieder entfesseln, und du stehst dabei, und eine Bitterkeit im Herzen wehrt dir, den Segen mit zu genießen!

Empfand sie es selbst? Ich weiß es nicht. Nur das weiß ich, daß sie herzlich, offen und rein mir begegnete, wie nur je. Sie verbarg es gar nicht, daß ihr der Doctor werth war. Sie sprach oft von ihm und lobte seine guten Eigenschaften, die zu Tage lagen. Er ist recht ein Freund auf die Dauer, sagte sie. Auch was er spricht, hat nichts Bestechendes, aber es wirkt nach im Hörer, und das Herz wird

nicht kalt dabei. Und er hat viel Musik. Aber von
Malerei versteht er nichts. Wenn er eine gute Frau
fände und sich hier in der Stadt für immer nieder-
ließe, es wäre doch ein Gewinn für uns. — Er
denkt nicht ans Heirathen, sagte ich darauf. — Er
sollte aber. Er hat noch zu viel Scharfes, um die
Einsamkeit zu genießen und zu ertragen. Ich hoffe
auch, er bekehrt sich, wenn er längere Zeit mitan-
sieht, wie wir glücklich sind.

Ein Engel der Güte sprach aus ihr. Aber das
gerade marterte mich. Es klang mir wie Mitleiden.
Auch in seinem Benehmen glaubte ich das stille
Einverständniß zu spüren, mich meinen Mangel nicht
empfinden zu lassen. Er kam immer öfter, zuletzt
täglich, in den Abendstunden, doch nicht früher, als
das Comptoir geschlossen ward. Und geflissentlich
sog ich auch aus diesem Umstand neues Gift der
Kränkung. Sie können doch sprechen, was sie
wollen, wenn auch der Platz im Sopha besetzt ist,
sagt' ich mir. Ich bin durchaus nicht im Wege,
wenn ihre Geister sich die Hände reichen.

Aber es war auf die Länge nicht möglich, diesem
Herzen Unrecht zu thun. Und so kam es in einer
Nacht, da ich keinen Schlaf fand, daß sich all mein
verhaltener Groll plötzlich gegen mich selbst wandte.
Die tiefste Selbstgeringschätzung, ein wahres Grauen
über die Art, wie ich neben einem solchen Weibe
stumpf und leer dahinlebte, bemächtigte sich meiner:

dazu die helle Verzweiflung, daß es noch irgend an
ders mit mir werden könne, und eine völlige Re=
signation. Ich sagte es mir mit dürren Worten:
sie liebt dich nicht, sie kann dich nicht lieben: sie
duldet dich nur, weil sie zu stolz ist, den Irrthum
ihrer unerfahrenen Jugend sich selbst einzugestehen,
zu stark und edel, um nicht auszuharren in diesem
Geschick, und zu gütig, um deine grenzenlose Liebe
von sich zu stoßen. Zeige ihr nun, daß du nicht
schwach genug bist, ein solches Opfer anzunehmen.

Als ich am andern Morgen aufstand, war mein
Entschluß gefaßt. Ich gab meinem ersten Buchhalter
alle nöthigen Vollmachten und kam dann zu Helenen.
Sie erschrak sichtlich, als ich ihr ankündigte, daß ich
in Geschäften eine Reise machen müsse. Wie lange?
fragte sie hastig. — Ich kann es aus der Ferne nicht
berechnen, erwiederte ich, und wahrlich, ich wußte
es selbst nicht. Ich wollte fort, sie von mir befreien,
mich ihren Augen entrücken, wie ich ihren Gedanken
längst fern zu stehen glaubte. Was weiter aus mir,
aus ihr werden sollte, das zu bedenken, fehlte mir
noch Besinnung und Kraft. — Und jetzt willst du
reisen, in dieser Jahreszeit (wir waren im November),
und gerade da der Prozeß sich entscheiden soll? Du
hast Etwas, das du mir verbirgst. Sei offen, es
sind nicht Geschäfte, die dich wegrufen.

Ich konnte ihr in aller Wahrheit betheuern, daß
meine Zukunft an dieser Reise hange. Der Prozeß

sei wohl aufgehoben in den Händen des Doctors. Ich hoffte, daß dieser ihr inzwischen die einsamen Stunden zerstreuen werde. — Sie sah mich still und ernsthaft an, als ich diese Worte sagte: aber kein Zug von Bitterkeit konnte ihr meine Schmerzen verrathen: denn auch den Unmuth gegen den Doctor hatte die vergangene Nacht völlig in mir ausgelöscht. Und so entfloh ich ihr, da ich mir selbst nicht zu entfliehen vermochte, und reis'te, innerlich zerstört und hoffnungslos, bis ich nach einigen Tagen und Nächten unablässigen Fahrens vor Erschöpfung Halt machen mußte.

Die körperliche Anstrengung war mir willkommen gewesen und hatte mich für jedes Leiden des Gemüths abgestumpft, so lange sie dauerte. Nun ich ruhte, fingen die Schmerzen ihr altes Spiel wieder an. Wenn ich auch meinen Unwerth tief genug erkannt hatte und mehr als Einer es ihr nachempfand, daß ich ihr Nichts sein konnte, so war doch Leidenschaft und Mannesstolz zu mächtig in mir, um den Gedanken einer Theilung zu ertragen. Er nehme sie hin, sagte ich bei mir selbst, er mache sie glücklich und gebe ihr die Jugend zurück, die neben mir verwelkte. Nur sehen will ich es nicht müssen, und wenn ich mich in meiner Armuth unverhohlen verachte, keinen Zeugen dabei dulden.

Und doch, glaubte ich dergestalt mit mir fertig zu sein, so rissen mich ihre Briefe, die ich jeden zweiten Tag empfing, wieder mitten in den Strudel der Qualen und Zweifel hinein. Ich hatte gesorgt, daß sie mir schreiben konnte, und Auftrag gegeben, mir die Briefe nachzuschicken: es sollte das die letzte Probe sein, wie sie schreiben würde. Und wie gesagt, sie schrieb einen um den andern Tag, Briefe voll der herzlichsten Hingabe, voll des reinsten Vertrauens. Ich las sie unzählige Mal, ich spürte in jeder Zeile nach einer Falte, die eine heimliche Absage enthielte. Und wenn ich eben frohlockte, die gewohnte, trauliche, liebe Sprache zu vernehmen, nur von Betrübniß der Trennung dunkler gefärbt, warf ich die Blätter wieder von mir und verhöhnte meine Blindheit. So spricht das Mitleiden, die himmlische Güte! Klingt ein Ton jenes Lachens, das sie ihm schenkt, durch all diese Worte hindurch? Nein, ich will wenigstens nicht schwach sein, wenn ich denn unselig sein soll!

Vierzehn Tage dauerte dieser Zustand zwischen Leben und Tod. Ich selbst antwortete keine Zeile. Sie stand zu hoch für die Lüge, für die Beschönigung. Ich erfuhr aus ihren Briefen, die immer dringender um Erwiederung baten, daß der Doctor nach wie vor bei ihr ein- und ausging. Jeder Brief brachte Grüße von ihm: die meisten erzählten von den Liedern, die sie ihm vorgesungen, und wie ihr mein Beifall, den ich verschwenderisch zu spenden pflegte, dabei gefehlt habe. Ich konnte es nicht mehr lange so ertragen, sie in dem Zwang zu wissen, den sie sich, wie ich meinte, beim Schreiben auferlegte. Ich wollte endlich offen zu ihr reden und ihr die Freiheit zurückgeben. Aber so oft ich ansetzte, immer zog mir ein Schauder, der mich faßte, wenn ich an meinen Verlust dachte, die Feder aus der Hand. Wie oft bat ich den Himmel inbrünstig um meinen Tod. Ja, ich war gottlos genug, ihn zu suchen. Auf den wildesten Pferden, die am Orte aufzutreiben waren, machte ich in Dämmerung und Nacht die halsbrechendsten Ritte in der unbekannten Gegend. Sie brachten mich alle heil und sicher wieder an die Thür meiner Wohnung, wo ich in völliger Abgeschiedenheit, ohne einen Diener, für Jedermann unzugänglich mein Inneres zernagte.

Da blieben plötzlich ihre Briefe aus, einen — zwei — drei Tage. Auch aus dem Comptoir erhielt ich keine Zeile. Ich hatte oft gewünscht, sie möchte ermüden und damit das Zeichen geben, daß sie mich verstieße. Und jetzt, wo das zuweilen sicher Geweissagte eintrat, gerieth ich in die furchtbarste Aufregung.

Am Morgen des vierten Tages, als ich wieder ohne Nachricht geblieben, nahm ich Courierpferde und reiste unaufhaltsam zurück, Tag und Nacht die Augen nicht schließend. Als ich spät am Abend des dritten Reisetags wieder in meine Stadt kam und absichtlich nicht vor meinem Hause, sondern an der Post aus dem Wagen stieg, trugen mich meine Füße kaum. Die Postmeisterin hielt mich für einen Todtkranken und erkannte mich nicht wieder. Ich that einen Zug aus der Schale mit Thee, die sie mir hülfreich an den Wagenschlag brachte, und wankte dann von dannen, meinem Hause zu. Eine feige Stimme in mir wollte mich abhalten, sogleich der Wahrheit ins Auge zu sehen. Aber mit letzter Kraft raffte ich mich auf und erreichte die Straße, wo wir wohnten. Alle Fenster waren dunkel, der letzte Zweifel erlosch in mir. Die Geschichte, die ich mir hundert Mal vorgesagt hatte: daß ich sie nicht mehr finden würde, — so unglaublich sie war, wenn man Helene Morten gekannt hatte, — jetzt war sie mir unumstößliche Gewißheit.

Ich klopfte den Portier heraus, er öffnete, und wie er mich sah, fuhr er verstört und ohne ein Wort zu sagen mit dem Licht in der Hand zurück. Sage mir nichts, Valentin, sprach ich mit mühsamer Ruhe, ich weiß Alles! — Ich nahm ihm das Licht ab und stieg die Treppe hinan. Die Diener und Mägde schliefen schon. Oben fand ich alle Thüren verschlossen und öffnete mit dem Schlüssel, den ich bei mir trug. Von Zimmer zu Zimmer ging ich, langsam, ohne alle Hoffnung. In den hohen Spiegeln sah ich mein Bild — das war kein Lebender mehr. Zuletzt kam ich in ihr Gemach. Es war, wie ich es verlassen hatte, das Clavier noch offen, auf der Staffelei ein halbvollendetes Aquarellbild. Und dort stand der Lehnstuhl vor ihrem Schreibtisch, ihre Mappe lag aufgeschlagen — und auf der Mappe ein Brief. Ich hatte auch das erwartet.

In tödtlicher Lähmung all meiner Glieder und Gedanken stellte ich das Licht auf den Schreibtisch und warf mich selbst in den Sessel. Nur einmal versuchte ich, den Brief in die Hand zu nehmen. Er war versiegelt, aber statt der Aufschrift stand nichts auf dem Couvert, als hastig hingeworfen „An." Ich ließ ihn wieder fallen, denn was sollte er mir Neues sagen?

So war es denn entschieden, und ich hatte sie verloren. Kein Gedanke stieg mehr in mir auf, daß hier ein Räthsel walten könne, keine Ueberlegung, ob sie, die ich so hoch hielt, fähig sein möchte — und wenn sie noch so klar eingesehen hätte, daß sie mir nur nahm, wessen ich nicht würdig war —, einen solchen Schritt zu thun, heimlich, da ich fern war. Sie wird ihrer Leidenschaft zu dem Andern inne geworden sein, dachte ich, und zu welchen Entschlüssen der Verzweiflung Leidenschaft fortzureißen Macht habe, wußte ich nur zu gut.

Es senkte sich immer bleierner und eisiger über mein Hirn herab, alles Fühlen und Sinnen ward wie erwürgt in mir, und ich dachte, das sei mein Ende. Es war nur ein Schlaf, der die Aufregung in mir völlig zur Ruhe brachte. — —

Ein Klopfen an der Thür weckte mich: da war
es heller Morgen, und mich schüttelte der Frost,
denn ich hatte leicht in den Kleidern geruht, und
die Novembernacht war kalt gewesen. Kaum vermochte ich das Haupt zu regen und hing so im
Stuhl und starrte zuerst wieder auf den Brief. Es
klopfte inzwischen wieder, und endlich ging die Thür
auf und Mannsfeld, mein erster Buchhalter, trat
langsam herein. Er war alt geworden im Hause
und liebte mich und verehrte die Frau wie eine
Heilige.

Herr Merten, sagte er mit stockender Stimme,
Sie sind lange ausgeblieben — Sie finden es hier
traurig. —

Ich winkte ihm mit der Hand, daß er gehen
solle. Der treue Mensch that, als verstünde er
mich nicht.

Madame ist fort! fing er wieder an.

Ich weiß, ich weiß, — unterbrach ich ihn.
Gehen Sie, Mannsfeld, ich bin müde. Lassen Sie
mich allein.

Sie wissen es, Herr Merten? Auch daß sie zu
Schiffe fort ist?

Jetzt erst sah ich zu ihm auf. Er hatte die
Thränen in den Augen.

Sehen Sie, sagte er, das wissen Sie nicht. Sie
hätten es nicht gelitten, wenn Sie es gewußt hätten.
Und so sagte ich auch zu Madame, aber sie hörte

mich nicht und verbot mir, Ihnen ein Wort davon zu schreiben. Sie ließ sich nicht halten, obwohl ich noch am Hafen, ehe sie einstieg, sie fast auf den Knieen bat, zurückzubleiben, denn ich wußte ja, daß sie das Wasser nicht verträgt, und nun obendrein in diesen Novemberstürmen, wo ausgewettertes Seevolk selbst sich nicht hinaus getraute. Es wird mir nichts geschehen, sagte sie, und ich verlasse mich auf dich, guter Maunsfeld, daß du meinem Manne nichts schreibst. Er würde sich nur ängstigen, und es hülfe doch nichts. Und damit sah ich sie abfahren. Ich sprang, wie ich zur Besinnung kam, in ein Boot und dachte mir, ich wollte sie wenigstens begleiten, aber sie litt es nicht: der Schiffer lichtete eilig die Anker und fuhr aus dem Hafen, und so hatte ich das Nachsehen, bis mir der nasse Nebel vor die Augen trat und ich nichts mehr sehen konnte.

Er fuhr sich mit der Hand über die Wimpern und schwieg eine Weile. Ich lag noch immer und legte Alles, was ich hörte, nach meinem Wahn aus.

Wer war der Schiffer, mit dem sie fuhr? fragte ich endlich.

John Meier, derselbe, der die Nachricht aus Kopenhagen gebracht hatte.

Die Nachricht?

Auch davon sollte ich Ihnen nichts schreiben, oder sie wolle mich nie mehr freundlich ansehen.

lieber Himmel, mit der Treburg hatte sie mich
zu Allem gebracht! Aber warum mußte ich ihr ein
Wort davon sagen! Wäre ich alter Esel nur das
Eine Mal in meinem Leben gescheidt gewesen, so
stünde es jetzt nicht so. Herr Merten, werden Sie
mir's je verzeihen? Ach, wenn auch Alles gut ab-
läuft, die Angst werde ich mein Lebtag nicht aus
den Gliedern los werden, die ich diese Woche aus-
gestanden habe.

Ich sprang auf, faßte ihn bei der Hand, um
mich aufrecht zu erhalten, und rief: Was ist geschehen, Mann? Rede, sprich — Alles muß ich
wissen — wo ist sie hin?

Ich will reden, sagte er, während ich kraftlos
wieder in den Sessel zurücksank: Alles will ich sagen,
und wenn Sie dann sprechen: Mannsfeld, du kannst
die Bücher von Merten und Compagnie nicht mehr
führen, so werde ich meine paar Sachen packen und
sagen, ich habe Schlimmeres verdient. Sehen Sie,
es war etwa um diese Tageszeit, und wir waren
eben Alle ins Comptoir gekommen. Da trat der
John Meier bei mir ein und legt einen Brief von
Christian Molderups Erben auf meinen Pult. Er
selbst war eben verwichene Nacht mit seinem Schnell-
segler in den Hafen eingelaufen, nach einer harten
Fahrt. Seid Ihr unsern Schiffen begegnet, John
Meier? frag' ich ihn, indem ich den Brief aufmache.
Denn Tags zuvor, wie Sie wissen, Herr Merten,

war die Africa, der Phönix und die Hansa endlich ausgelaufen und hatten Weisung, gerade auf Kopenhagen den Curs zu setzen. Der Weizen, der Hanf und die Farbekräuter, die Hansen und Compagnie gekauft hatten, waren wohl verstaut, Alles, wie ich Ihnen geschrieben habe, und wie gesagt, gestern waren die drei wackeren Schiffe in See gegangen. John Meier war ihnen vorbeigekommen, und lobte sie noch. Aber, sagte er, die See ist schlecht, und ich wollte, Herr Mannsfeld, ich wär' ihnen auf der Höhe von Kopenhagen begegnet, statt so nahe diesseits. Denn wir haben November.

Wie er noch spricht, habe ich den Brief von Christian Mölderups Erben überflogen und denke, es schlägt hart neben meinem Pult ein, so entsetz' ich mich. Sie wissen, Herr Morten, daß Mölderups immer reell gegen uns waren. Die Verbindung ist auch so alt. Und so schreiben sie denn, daß die Firma Hansen und Compagnie sicherem Vernehmen nach binnen Kurzem falliren müsse, und hielten es daher für angezeigt, der alten Handelsfreundschaft wegen, das Haus Morten und Compagnie bei Zeiten zu warnen, vorläufig keine Geschäfte mehr mit Hansen und Compagnie zu contrahiren, oder schwebende abzubrechen. Das las ich, und augenblicklich dacht' ich an unsere drei Schiffe, für die wir keinen Schilling sicher haben. Wenn sie in den Hafen von Kopenhagen einlaufen und Tags drauf wird das Falliment

erklärt, so gehört die Ladung natürlich zur Masse,
und wir haben keine Rechte mehr daran. Das
Einzige war, ihnen eilig nachzusegeln und sie zurück-
zuholen. Wollt Ihr gegen doppelte Provision gleich
jetzt wieder in See stechen, John Meier? fragt' ich
ihn. Er besann sich und schüttelte dann den Kopf.
Mich wundert, sagt er, daß ich meine „Seeschlange“
dasmal noch sicher ins Winterquartier gelootst habe.
Nein, Herr Mannsfeld, das hieße den Herrgott
lästerlich versuchen. Geht selbst an den Hafen und
seht Euch das Sturmwesen an und fragt, ob einem
Fahrer seine Knochen feil sind. Was ein Anderer
thut, thu' ich auch. So nahm er seine Mütze und
ging kopfschüttelnd weg, und ich wußte, daß er Recht
hatte. Hätte ich einen Tag früher die Nachrichten
von der See in der Zeitung gelesen, so hätte ich's
nicht verantworten mögen, unsere drei guten Schiffe
auslaufen zu lassen. In tausend Nöthen stand ich
am Pult und wußte nicht aus noch ein. Da bringt
mir der erste Commis die übrigen Briefe, die wir
Ihnen zu schicken hatten, und fragt, ob Madame
den ihrigen schon fertig habe: denn es war ihr Tag.
Ich, noch ganz in meinen Gedanken, stecke den Brief
von Christian Mölderups Erben zu mir und gehe
selbst hinüber zu Madame. Sie saß, gerade wie
Sie hier, vor dem Schreibtisch und war im Begriff, auf den Brief da die Adresse zu schreiben. Als
sie mich so verstört eintreten sieht, hört sie auf mit

dem Schreiben und fragt, gut wie sie immer zu
mir war: Was fehlt Ihnen, Mannsfeld? Sie sind
krank oder haben Kummer. — Das Letztere, Madame
Morten, fahr' ich elender Tropf heraus. Und ich
wußte doch, daß sie nicht ruhte, bis sie Einem eine
Last abgewälzt oder wenigstens einen Theil davon
auf ihre eigenen Schultern genommen hatte. So
fragt sie mir denn richtig die ganze Calamität ab,
und ich muß ihr den Brief vorlesen und die Sache
erklären. Sie hatte kaum begriffen, worauf es
ankam, als sie aufsprang und sich von der Jungfer
ihren Hut und Pelz bringen ließ. Wo wollen Sie
hin, Madame Morten? sag' ich noch ohne alle Angst,
denn ich wußte, daß sie die See scheute, und so
was konnt' ich überhaupt nicht ahnen. — Bringen
Sie mich an den Hafen zu dem John Meier, sagte
sie. Ich will noch einmal mit ihm sprechen. —
Das war soweit unverfänglich, und so begleitete ich
sie hin. Aber es war mir schon wunderlich unter
wegs, daß sie kein Wort zu mir sprach, und sie war
sehr bleich. Nun, wir finden den John Meier, und
Madame spricht mit ihm, und was kein Geld und
Geld zu Stande gebracht hätte, ihr gelingt es, und
er verspricht zu fahren. O sie hat eine Art, der
Niemand was abschlagen kann. Ich fahre mit Euch,
John Meier, sagte sie, denn Ihr habt doch nicht
so viel Muth, wie ich, und am Ende auch nicht so
viel Glück. — Wie ich das höre, steht mir's Haar

zu Berge. Um Gotteswillen, sag' ich, Sie können,
Sie werden doch nicht sich auf die See wagen? Sie
halten es nicht aus, beste, gnädige, gütige Madame,
lassen Sie mich ins Schiff, ich verspreche Ihnen,
ich hole unsere drei Kauffahrer zurück, und wo nicht,
und wenn's zum Aergsten kommt — was ist an mir
viel verloren! Aber Sie — Herr Morten überlebt
es nicht, Sie machen ihn und uns Alle unglücklich,
denken Sie an unsern Herrn und stehen Sie ab
von dieser Fahrt. — Gerade weil ich an meinen
Mann denke, sagte sie darauf sehr fest und herrlich,
will ich kein anderes Leben als meines aufs Spiel
setzen, ihm sein Gut zu retten. — Sie sah gar nicht
mehr aus wie ein Mensch, und selbst John Meier
stand wie außer sich dabei und rief einmal über das
andere: Kommen Sie, Madame, was soll uns Bö
ses geschehen, wenn Sie bei uns sind? Dem Teufel
wollt' ich die drei Schiffe abjagen, sobald ich Sie
an Bord habe. — Sie ließ mich gar nicht mehr zu
Worte kommen, und nur das besahl sie mir noch,
Ihnen Alles zu verschweigen: und dann winkte sie
mit der kleinen Hand nach dem Hafendamm herüber,
wo ich stand, als hätt' ich einen Mord begangen,
und John Meiers leichtes Schiff löste die Taue
und steuerte weg. Ich habe Ihnen schon gesagt,
daß ich nachfuhr und nicht an Bord gelassen wurde.
Und als ich endlich mehr todt als lebendig wieder
im Comptoir saß, war's, als hätte ich nur geträumt.

Aber da lag Christian Mölderup's Brief, und im ganzen Haus war ein Lamento, als wäre Madame Morten gestorben, und ich wagte Keinem ins Gesicht zu sehen. Es ward mir nicht schwer, es Ihnen zu verschweigen: denn was hätte es geholfen? Und wenn ich an Ihren Zorn und Jammer dachte, Herr Morten, hätte ich mir am liebsten einen Stein an den Hals gebunden und mich irgendwo im Hafen sicher untergebracht.

Als er geendet hatte, stand er lange vor mir und sah zu Boden. Ich vergaß ganz seine Gegenwart, hatte die Augen geschlossen und empfand nichts als mein Glück und Elend zugleich, nicht einmal Angst um die Geliebte: nur den Triumph, so geliebt zu werden, und die Zerknirschung, so niedrig an ihr verzweifelt zu haben. Aber auch dieses Gefühl gab endlich dem reinen Schwindel des Entzückens Raum. Ich sah auf. Sind Sie noch hier, Mannsfeld? sagte ich. Gehen Sie, es ist gut. — Der ehrliche Mensch verließ mich zögernd mit bedenklichen Blicken. Er mochte glauben, der Schlag habe mir den Verstand zerrüttet, und ich hörte, daß er draußen auf dem Flur in der Nähe blieb, um bei der Hand zu sein, wenn ich außer mir geriethe. Ich aber, als ich allein war, brach in Thränen aus, warf mich auf den Boden und küßte die Stelle, wo ihr Fuß gestanden, und die Tasten des Claviers, auf denen ihre Finger geruht hatten.

Der Wahnsinn der Freude verloderte bald, und da ich durch das Fenster die Jagd der Wolken sah und die Kälte empfand, die durch den Kamin stoßweise hereinfuhr, wurde ich plötzlich von Schrecken und Schauder erfüllt und sah mein Kleines, mein Weib, mein Leben auf der furchtbaren See verloren dahinschwanken. Nein, rief ich aus, das kannst du nicht wollen, gütiger Gott, der den Stürmen und Wellen gebietet, daß das Ungeheure geschehe! Zerbrich meine Schiffe, versenke die Ladung, mache mich zum Bettler, aber rette mir mein Weib!

In der entsetzlichen Unruhe, die von Minute zu Minute stieg, litt es mich nicht mehr im Zimmer.

Ich steckte ihren Brief zu mir, den ich an mich gerichtet glaubte, und ging allein aus dem Haus, dem Hafen zu. Unterwegs erbrach ich das Siegel und las. — —

Lesen Sie selbst, sagte der Alte nach kurzem Schweigen zu mir. Er ging an den Schreibtisch, schloß ein Fach auf und reichte mir den Brief im Couvert, auf dem ich die angefangene Aufschrift erkannte. Sie martern mich, wenn Sie mir das Ende vorenthalten, sagte ich. Um Gotteswillen, wie war der Ausgang? — Lesen Sie, erwiederte er. Sie würden das Ende ohne den Brief nur halb verstehen. Damit trat er an das Fenster und ich las:

„Lieber Freund! ich schreibe Ihnen, weil mir ist, als sollten wir uns so bald nicht wieder sehen. Sie haben gestern Abend eine Frage an mich gerichtet, auf die ich die Antwort schuldig blieb. Es wäre besser gewesen, Sie hätten nicht gefragt, oder ich hätte gleich Klarheit und Ruhe genug gehabt, Ihnen zu antworten, wie ich es jetzt thun will. Hätte ich die Frage früher schon mir selbst gestellt, so wäre die Antwort bereit gewesen.

„Ob ich glücklich bin?" — Ich schwieg darauf, und was mögen Sie aus meinem Verstummen herausgehört haben? Sie kamen in einer Aufregung, die mir schmerzlich war, und gingen aufgeregter, als Sie gekommen waren. Sie sind mir zu werth, als daß mir dies gleichgültig sein könnte. Die Frage, die mir meine aufrichtige Freundschaft für Sie nahe legte: ob Sie nicht glücklich seien — wurde mir durch Ihren Anblick erspart.

Ich will es nicht wissen, was Sie unglücklich macht. Ich habe das Vertrauen zu Ihnen, daß Sie in keinem Kampf des Lebens unmännlich die Waffen strecken werden, ehe Sie sie ritterlich geführt haben.

Aber vielleicht wird es Ihren Muth erneuen, wenn Ihnen Ihre Freundin sagt, daß sie Nichts so herzlich wünscht, als Ihren Sieg in jeder Gefahr. Und beruhigen wird es Sie, zu wissen, daß die Sorge um mich und mein Glück Ihnen gespart sein soll. Denn ja! ich bin glücklich, lieber Freund, und was mir zur vollen Dankbarkeit gegen den Himmel gebricht, das hoffe ich mir zu erwerben.

Sie haben mich, seit mein Mann fern ist, oft unruhig und nachdenklich gefunden. Warum verhehle ich Ihnen die Ursache? Es ist Eins, was mich bekümmert: das Gefühl, meinen Mann nicht so glücklich zu machen, als ich wollte.

Sie kennen ihn, denn Sie sind sein Freund. Und so wissen Sie, ein edlerer Mann lebt nicht unter der Sonne. Und dieser Mann gehört mir an, und jeder Tag zeigt mir seine Liebe, und doch finde ich den Weg nicht, ihm Alles zu sein, was er zum Leben bedarf.

Ich habe Ihnen verschwiegen, daß er mir auf all meine Briefe keine Zeile geantwortet. Und noch heute ist mir seine plötzliche Abreise unerklärlich. Ich habe ihm mit Wissen Nichts zu Leide gethan: aber daß ich unterlassen haben muß, ihm etwas zu Liebe zu thun, worauf er gehofft hatte, das wird mir jeden Tag einleuchtender.

Er wird wieder kommen, und ich werde offen mit ihm reden, und wenn er die Schmerzen sieht, die mir seine Entfernung gemacht hat, wird er mir Alles sagen und die letzten Schatten verscheuchen, die mein Glück trüben.

Bis das geschehen ist, lieber Freund, lassen

Sie mich auf die Freude verzichten, die Stunden, wie ich gewohnt war, mir durch Ihr Gespräch zu verkürzen. In der Spannung, mit der ich einem Brief meines Mannes oder seiner Rückkehr entgegen sehe, wäre ich wenig fähig, unsere Lectüre fortzusetzen oder so ruhig dem Flug Ihrer Gedanken zu folgen, wie man muß, um ihn nicht aus den Augen zu verlieren. Seien Sie getrost und siegreich und heiter, wenn wir uns nach dieser gewiß nur kurzen Pause wiedersehen.

Ihre Freundin

Helene Morten.“

Ich hatte den Brief längst ausgelesen und konnte die Augen doch noch nicht von der verblaßten, zarten und zugleich festen Handschrift trennen. Auch störte mich der Alte lange Zeit gar nicht in meiner stillen Feier. Die Uhr tickte müde und hart dazwischen und schlug endlich mit vollem Klang die elfte Stunde. Da wandte er sich um von seinem Fenster, ging auf mich zu und sagte, mir die Hand sanft auf die Schulter legend: Werden Sie nun hintreten können, wenn die Welt sagt, Helene Morten starb unglücklich, und zeugen, daß sie zu hoch gestanden für das Unglück?

Ich ergriff seine Hand und drückte sie, die Stimme versagte mir.

Er nahm den Brief, faltete ihn wieder mit sorgsamer Hand zusammen und verschloß ihn: dann ging er wieder ans Fenster zurück und erzählte das Letzte halb in die Nacht hinaus:

Es war heller Tag und ich sah nichts um mich her und hörte nichts vom Lärm der Straßen, durch die ich mich hindurch wand, ich weiß nicht wie. Sobald ich den Brief gelesen hatte, überfiel mich eine tiefe Traurigkeit. O, war ich dieser Worte der Liebe und Treue jemals werth gewesen, — durch meine wahnwitzigen Zweifel hatte ich jeden leisesten Anspruch verscherzt. Ich hatte mein Urtheil gelesen. Wie ein Verbrecher mied ich den Blick aller Menschen und zitterte vor dem übrigen. Mir etwas zu Liebe zu thun, mir! — Was war ich? Ein selbstsüchtiger blöder Mensch, ein enger Kopf, ein unersättliches Herz, ein Frevler, aus Selbstgenügsamkeit und Selbstverachtung jämmerlich zusammengepfuscht, unwürdig, ihr je im Leben begegnet zu seyn. Und diesem Menschen etwas zu Liebe zu thun, hatte sie sich allem Trangsal der winterlichen See preisgegeben! O freilich, sie mußte ja glauben, meine Schiffe seien meine Götzen, da mich die Sorge für sie drei Jahre hindurch den besten Theil des Tages abgehalten hatte, den Himmel neben mir zu verdienen.

Und so trat ich auf den Platz vor dem Hafen hinaus, und mein Blick fällt übers Meer. In demselben Moment tönt die Hafenglocke, die das Einlaufen der Schiffe anzeigt, ich schrecke zusammen und sehe an der Hafenpforte eines hinter dem andern meine drei Schiffe, voran das Fahrzeug John Maiers. Sie liefen langsam ein, die beiden ersten die Flagge an der Gaffel führend, und jetzt bog das dritte, der „Phönix," ins Bassin ein, die Hafenglocke verstummte und ich sah vom Maste das Trauerzeichen, eine Flagge auf halber Stange, wehen und dann nichts mehr, denn ich sank um und lag bewußtlos auf den Steinen des Quais. — —

Als ich wieder zu mir kam, fand ich mich noch auf derselben Stelle, von Hunderten umgeben. Alle kannten mich, Allen sagte ein Blick aufs Meer, was es war, das mich zu Boden geworfen. Den treuen Mannsfeld sah ich neben mir, der mir nach= gefolgt war, und eben stieg John Meier die Hafen= treppe herauf und kam langsam auf mich zu. Als er sich durch die Menge durchgedrängt hatte und nun die Mütze zog und mir seine derbe Hand hin= reichte, übermannte es den alten Seemann und er schluchzte wie ein Kind. Ich hatte mich aufgerichtet und faßte seine Hand und zog ihn fort nach dem Bassin. Wir stiegen, nur von Mannsfeld begleitet, ins Boot und ruderten nach dem „Phönix."

Da lag sie auf dem Verdeck, in den Pelz ge= hüllt, bleich und schön, das Gesicht nach dem Him= mel gewendet, der seine Wolken über ihr zerstreute und die reine Bläue zeigte. Im Kreis standen die Schiffsleute, alle barhaupt, starr und lautlos.

Nur die Wellen schlugen gegen die Planken des hohen Katafalks. — —

Sie hatten die drei Schiffe erst einige Meilen vor Kopenhagen eingeholt mit unsäglichen Mühen. So lange noch keines in Sicht war, schien die Fahrt ohne alle Spur jener bösen Wirkung auf Helenens zarte Natur von Statten zu gehen. Sie saß auf dem Verdeck unablässig, ein Fernrohr in der Hand, das Auge vorwärts gerichtet. Als der Mann auf dem Ausguck meldete, daß drei Segler am Horizont auftauchten, stand sie auf und ihr Gesicht röthete sich plötzlich. Sie ließ das Fernrohr fallen, hielt sich mit dem einen Arm fest am Mast und drückte die andere Hand gegen die Brust. Als John Meier zu ihr trat, um voller Freude Glück zu wünschen, sah er sie wanken, fing sie in seinen Armen auf und trug sie, der alle Pulse im hitzigsten Fieber flogen, hinab in die Cajüte. Sobald sie beim „Phönix" angelegt und sich verständigt hatten, wurde sie auf das größere Schiff hinübergetragen, dessen Bewegung ruhiger war. Zu spät! Die heftigsten Fieberstürme lösten die Anfälle der Seekrankheit ab, und am zweiten Tage war sie verschieden.

Ich wollte, ich könnte Ihnen das Alles mit den Worten des braven John Meier sagen. Das erste mildere Gefühl des Lebens kehrte mir zurück, als ich ihn wieder und wieder wie einen begeisterten Dichter von ihrem Ende sprechen hörte. Einmal

über das andere klagte er sich an, daß er ihr nach-
gegeben und die Fahrt unternommen, und in demselben Athem, weinend, zähneknirschend rief er aus:
Ich mußte es thun, Herr Morten, und hätte sie
mir befohlen, meinen eigenen einzigen Sohn um-
zubringen, ich hätte sie angesehen und wäre ein
Unmensch geworden! —

Am dritten Tage darauf begruben wir sie. Ich
war eben vom Friedhofe in mein Haus zurückgekehrt
und lag allein, thränenlos, selbst wie ein Begrabe-
ner, auf dem Sopha. Da geht die Thür auf, und
der Docter tritt herein. Bis dahin hatten meine
Leute Niemand zu mir lassen dürfen, als Mannsfeld und John Meier. Nun erzwang er sich den
Eingang. Wie er mich liegen sah, stürzte er mit
unterdrücktem Aufschrei neben mich hin auf die Knice
und weinte auf meine Hand strömende Thränen. Ich
fand sie auch endlich wieder; ich neigte mich über
ihn hin und umarmte ihn. Dann erhob ich mich
und gab ihm den Brief, und der starke Mensch bebte
bis in die Fußspitzen, während er las. Er wollte
sprechen, aber wie er mich ansah, mußte er wissen,
daß Alles gesagt war. Er stürzte an meinen Hals,
ich küßte ihn auf den Mund und setzte mich dann
neben ihn vor ihre Staffelei. So verbrachten wir
zusammen, ohne Jemand sonst hereinzulassen, den
übrigen Tag in ihrem Zimmer. Als er Abends
ging, bat ich ihn, den Brief behalten zu dürfen,

und behielt ihn. Den Freund habe ich verloren. Er war am andern Morgen abgereist, nachdem er alle Acten und Papiere meines in letzter Instanz schwebenden und nicht mehr zu verlierenden Prozesses mir mit wenigen Abschiedszeilen ins Haus geschickt hatte. Ich sah ihn nicht wieder und hörte nur später, daß er sich in England niedergelassen habe.

Warum mußte er auch so eilig die Stadt verlassen? Ich weiß, was darüber gesprochen wurde, Alles erfuhr ich. Es finden sich immer gutherzige Freunde, einem die Verleumdung ins Haus zu tragen. Den Ersten, der mich so theilnehmend dabei ansah, daß mir alles Blut ins Sieden kam, ließ ich ausreden, und wies ihm dann ohne ein Wort die Thür. Er ging mit Achselzucken und überließ mich meiner Empörung. Ein Anderer machte Miene, dieselbe elende Rolle zu spielen. Von der Todten schwieg er, aber gegen den Doctor zog er los und lauerte, wie ich sah, auf jede Silbe, mit der ich einstimmen würde. Wer von meinem Freunde unwürdig spricht, sagt' ich trocken, hat die Wahl, für einen schlechten oder dummen Menschen von mir gehalten zu werden. — So hatte ich Ruhe; aber der Ort war mir verhaßt, wo die Lüge wie ein Feuer um sich fraß und selbst Helene Mertens Grab nicht verschonte.

Ich betrat mein Comptoir nur noch, um mein

Geschäft aufzulösen. Dann verschloß ich mein Haus, nahm eine Anzahl von Helenens Büchern mit und reiste ziellos in die Welt hinaus. Meinen Geist in die Nähe des ihrigen aufzuschwingen, das war der einzige Gedanke, um den mir das Leben noch der Mühe werth schien. Ich las all ihre Bücher und lernte die Sprachen, deren sie mächtig war, und in denen ich bisher nur Phrasen zu machen gewußt hatte. Auch das Zeichnen fing ich an. Nur für die Musik waren meine Finger nicht mehr jung genug. Nach Hause kam ich nur wenn mein Büchervorrath erschöpft war: dann betrat ich das verlassene Zimmer, öffnete diese Schränke und nahm neuen Trost für meine Einsamkeit heraus. So trieb ich es viele Jahre.

Als ich endlich alt genug war, um meinem Körper Ruhe zu gönnen, führte mich der gute Stern meiner Liebe, der immer reiner über mir aufging, in diese Gegend, wo er zuerst über meinem Horizont emporgestiegen war. Ich fand dies Haus leer und kaufte es, um hier die letzten Tage zuzubringen. Alles, was mir noch theuer war, ließ ich in dies Zimmer zusammenstellen. Und so fahre ich hier fort, von ihrem Vermächtniß zu leben. Es sind nur noch wenige Bücher in diesen Schränken, die ich nicht gelesen habe. Wenn das letzte Blatt des letzten von ihnen umgewendet sein wird, dann ist auch meine Geschichte zu Ende

Die Lichter auf dem Tisch waren dem Erlöschen nahe und die Uhr schlug Mitternacht. Es ist spät geworden, sagte der Alte, der ruhig und wie verklärt vor mir stand. Ich habe Sie um viel Schlaf gebracht. Nehmen Sie zum Dank für die Thräne, die ich in Ihrem Auge sehe, ein Andenken mit an Helene Morten.

Er blätterte in einer Mappe, nahm eine Zeichnung heraus, rollte sie sorglich auf und legte sie in meine Hand, die er zum letztenmale drückte. Der Zugwind, der durch die geöffnete Hausthür hereinfuhr, verlöschte ihm das Licht. Aber schon hörte ich das Schloß hinter mir verschließen und stand draußen unter den Sternen in dem weiten Hof des Fahrkrugs. —

In meiner Kammer angelangt, war es mein Erstes, das Blatt zu entrollen. Es war eine Ansicht des Meeres, über Wipfeln schöner Buchenwälder, die am Ufer standen, hinausdunkelnd, der Himmel in Sturmwolken gehüllt, und vorn auf einer Lichtung spielten Streiflichter der Sonne. Wenige Farben gaben die schlagendste Wirkung und eine Meisterhand hatte den Pinsel geführt. In der Ecke vorn stand der Name: Helene Morten, September 1819.

– – –

Es war zwei Jahre später, daß ich wieder auf dem Damm über das Bruch nach der Waldinsel hinwanderte. Das Herz schlug mir, als ich endlich aus der Weidenallee vortretend an der Brücke stand und über den noch immer grünverwachsenen Strom hinübersah nach der wohlbekannten Veranda. Ich erschrak, denn an ihrer Stelle ragten nur noch zwei oder drei halb zertrümmerte Pfeiler auf, der ganze Platz war gelichtet, das verwilderte Gärtchen niedergetreten, das Haus des Fährkrugs verschwunden. Aus der Entfernung konnte ich mehr nicht unterscheiden. Was war geschehen? Nur das erkannte ich, der Alte war nicht mehr unter den Lebenden.

Man hatte mich drüben im Wirthshaus nicht vergessen: denn als der Einzige, der von dem alten Herrn im Fährkrug in sein Haus gelassen worden, war ich ihnen in der Erinnerung geblieben. Sie finden ihn nicht mehr, sagte mir der Wirth. Er hat noch so fortgelebt bis in den November verwichenen Jahres. Da lieg' ich einmal Nachts im Bett und wache gegen meine Gewohnheit auf. Das Fenster ging gerade nach dem Fährkrug, und beim Element! es war roth wie von der Morgensonne. Ich aufgesprungen und mir die Augen gerieben und aus Fenster hin, und da sah ich's: nicht der Morgen war's, Feuer war's, Feuer im Fährkrug. Wie ich das Haus in Allarm brachte und Alle, groß und klein, aus den Betten jagte und hinstürzte, können Sie denken: denn der alte Herr, so wunderlich er war, ein Ehrenmann war er, und wir hingen

Alle an ihm. Aber eh' wir hinkamen und die Spritze aus dem Schuppen war, brach schon das Dach ein und die Lohe knisterte hoch auf. Es mußte schon eine reichliche Stunde so fortgebrannt haben, ehe wir's inne wurden. Mein Kind, die Dorothee, schrie hellauf: der alte Herr ist verbrannt! und fiel schier in Krämpfe, denn er war allezeit wie ein Vater zu ihr gewesen. Wir dachten auch nicht anders, als er sei im Schlaf von den Flammen ergriffen und elendig vom Rauch erwürgt worden. Was aber fanden wir? Andern Tags, als die letzte Glut zusammensank und ich in traurigen Gedanken um das Gehöft herumschlenderte, sehe ich unweit hinter der letzten Scheune den alten Herrn ganz still und steif an eine Kiefer gelehnt auf der Erde sitzen und hinüberschauen, wo die Trümmer seines Fähr= krugs noch rauchten. Ich schlage schon einen Freu= denspectakel auf, laufe zu ihm und sage: „Gott sei Lob und Dank —" da sehe ich, daß er ganz weiß ist im Gesicht und den Blick eines Todten hat. Ja, ja, Herr, er war todt: er hatte sein Stündlein kommen gefühlt und sein Hab' und Gut selbst an= gezündet und war mit den letzten Kräften hinaus= geschlichen, es noch brennen zu sehen. Denn seine Sachen und Möbel und Bücher — so gern er sonst gab — die gönnte er Keinem. In der Nacht selbst war Niemand von uns an jenen Platz gekommen, denn die Scheune stand außer Gefahr und wir hatten die Hände voll zu thun, wo es brannte. Man fand nichts bei ihm als Geld und ein Blatt, worin er sagte, man solle auf Niemand den Verdacht werfen, er habe es gethan. Man solle ihn begraben unten am Ufer, hundert Schritt vom Gehöft, an jener Stelle, wo er ein Kreuz in den Sand gestoßen. — Meine Dorothee wird mit Ihnen gehen, wenn Sie das Grab zu sehen wünschen. — Friede sei mit ihm!